律爲花的電極

蒲靜 著

目次

律鳶花的電極 4

紙飛機上載了什麼

1

她笨拙地摺著紙，身邊整整一疊印著字的A4列印用紙還剩下一半，腳邊則散落著剛剛摺好的紙飛機，隨性堆成一座座小小山巒。

風很冷冽，因為這裡是頂樓上的陽臺。

為了順利潛入，她特別上網搜尋她能夠學會的開鎖法，再用自個兒臥室的門反覆練習。結果僅僅五分鐘的時間，她就征服了這陌生且陳舊的喇叭鎖，她開始相信課本上寫的熟能生巧，或許是真的。

摺了半天，紙張總算用罄了，她手裡捏著最後一架摺好的紙飛機，如蟄伏的狼等候一撲的時機。

第四節下課的鐘聲作響，她將紙飛機奮力射出，一架接著一架、一架接著一架，翱翔在泉都大學的藍天下，降落在人潮洶湧的步道上，一架接著一架、一架接著一架……

每一架紙飛機，都乘載著她小小的希望。

乘著風，將她的期許一點點拓展開來，直到讓整片天際都劃滿了雲朵！

「枯魚」，一間座落於泉都大學文學院附近一隅的校內複合式餐飲。懸掛在挑高樓層下的大型吊扇正順時針轉動著，朝下方輕遞微風，店裡頭的裝潢擺設則揉合了古韻和時尚，相互映襯。

吊扇下的桌上，一壺洋甘菊花草茶還蒸騰著白煙裊裊。

律鳶花她總愛點一壺花茶，讀一本不是磚塊的書，將晌午的餘韻默默碾碎在墨瀑字泉間。

闔上書，飲盡最後一杯茶，她推開玻璃門離開，門上風鈴作響。豈料，她才踏出沒幾步，倏然滿天而下的紙飛機，如白雲般塡滿了仰望所及的藍天，置身其中如夢似幻。

「這裡是角鴞廣播電台，歡迎收聽『角鴞夜衝中』，我是DJ辜沉。好的，很快又到了『異聞館』的時間，這次要介紹的城市異聞有兩個，很巧都發生在泉都大學裡……」

近年來將廣播DJ的工作情況直接在網路上同步轉播，蔚爲風潮，並且還開放聽眾可以直接在網路上即時留言。

辜沉雖不討厭這種增添和聽眾互動的模式，但偶爾還是覺得有些不太自在。

「第一個異聞，是上星期六中午在泉都大學D棟大樓上，飄落了無數的紙飛機，可怕的是紙飛機裡還寫著關於這所大學的鬼故事。哇，還眞有些令人毛骨悚然，不知道到底是誰爲了什麼原因，藉著紙飛機來散布這些靈異傳聞的？」

旋即，網路留言上湧入許多對於這傳聞的猜測和推論，有人覺得是無聊的惡作劇，有人覺得是在製造垃圾，還有人揚言要捉到這個丟紙飛機的人。

甚至有泉都大學的畢業校友前來留言，表示這些鬼故事流傳很久了，並非臨時杜撰。

「看來，似乎每個人都對鬼故事很感興趣呢！下次再和大家分享紙飛機鬼故事的內容。接下來，我們來看第二個異聞，據說在泉都大學裡有個助理教授，解決了很多疑難事件，是個偵探！」

我聽過這個人、她很漂亮、有點怪卻很可靠……諸如此類的留言，轉瞬間攻佔頁面；還有些人表示：偵探？眞的假的、眞實的偵探只會跟蹤和身家調查罷了、哪有警察會讓偵探插手辦案啊……

「看來這則異聞，大家同樣很感興趣呢！」每當留言討論很熱烈時，辜沉都會感到欣喜。「啊，這裡有位聽眾奧菲斯說，她任教於文學系還有個稱號叫做『負極偵探』。好像挺有趣的啊！好，讓我們先來聽首歌，等等再回來繼續聊……」

暫時離開攝影機捕捉的辜沉，啜飲一口咖啡，將思緒沉澱。

暗自估計著，既然這兩個異聞這麼有討論度，不如去採訪看看，或許能做成一個短期的連續性議題來填補節目內容。何況都發生在泉都大學裡，不用太奔波，只要一趟路就夠了。

好，就這麼辦吧！辜沉在行事曆中記下前往採訪的決定。

「好的，今天錢教授請假，由我來代替他上課。請各位翻到第二二〇頁……」

律鳶花狀似熟練地在白板上寫字，她是泉都大學文學系的助理教授，跟隨在主任教授錢璽風身邊，偶爾會代替錢教授上課。

她將蒼勁有力的漂亮字體撰寫成四句詩，複誦而出：「春雨斷橋人不度，夏木陰陰正可人，秋氣堪悲未必然，冬暮歸期又未成。」但奇怪的是，這四句詩的橫向行間，卻有大有小。

而書上雖有「春雨斷橋人不度」這句詩，但下頭接著的卻是「小舟撐出柳蔭來」，和她所寫的詩句構成，完全不同。

「相信大家都看得出來，這首詩的藏頭，是代表四季的『春夏秋冬』四個字。這並非詩人刻意爲之，而是後人加以揀選而成，這就是我們今日要教的一種中國特殊文學形式——『拼裝詩』！」

律鳶花繼續深入淺出的解釋著關於拼裝詩的用法，例如這首集合了春夏秋冬四個藏頭的詩句，分別來自四位不同的詩人，在四首不同的詩裡所擷取而來。

首句取自「春雨斷橋人不度，小舟撐出柳蔭來。」乃徐俯的〈春遊湖〉。

次句取自「芳菲歇去何須恨，夏木陰陰正可人。」乃秦觀的〈三月晦日偶題〉。

三句取自「秋氣堪悲未必然，輕寒正是可人天。」乃楊萬里的〈秋涼晚步〉。

尾句取自「暮秋已誤張郎約，冬暮歸期又未成。」乃趙必象的〈懷梅水村十絕用張小山韻〉。

她將其餘的詩句用別的顏色的白板筆依序填入，使得看似大小不一的間隔，頓時變得工整。

「接下來，就請各位發揮巧思寫幾首拼裝詩出來吧！當然可以用手機上網來查詩句……」

不久後，驗收的時刻來臨了。什麼「垂死病中驚坐起，笑問客從何處來」、「江州司馬青衫濕，宣城太守知不知」還有「月上柳梢頭，自掛東南枝」之類令人驚駭側目又哭笑不得的拼裝，如萬鬼出籠，將課堂上鬧個天翻地覆。

而兩句讓課堂哄堂大笑的「後宮佳麗三千人，鐵杵磨成繡花針」，卻換來律鳶花透過半框眼鏡的冷覷，和一聲低喃：「saide[1]。」

下課後，律鳶花收拾好教材緩緩步出教室，卻被一個男人攔截住。

「請問妳是律鳶花助理教授嗎？」男人穿著一件帽T，頸間掛著副耳機，手裡還拿著一瓶寶特瓶飲料，揹著一個不算小的背包，年齡似乎比律鳶花還大上一點。

「你從西側門走過來很辛苦吧，DJ先生？」

「還好啦，不過確實沒想到要走上這麼久……」辜沉倏然驚覺。「妳怎麼知道我是從西側門走過來

1 日語的「最低」，意指差勁。

的？而且還知道我的職業是電台DJ？」

律鳶花莞爾一笑，指著辜沉身上的裝備：「你頸肩上的耳機其實是一種助聽器對吧？一般適用有耳鳴現象的人，而容易有耳鳴現象的職業，DJ自然是其中之一。當然還有別的線索，你揹的是DJ專用來攜帶相關物品的器材包，對吧？我曾經在購物網站上看過。」

「那妳又如何看出我是從西側門走過來的？」

「雖然你臉上的汗都擦掉了，可頭髮還有些溼潤，所以我判斷你是走過來的，而且走得很快。至於西側門的推斷，來自你手上的寶特瓶，從西側門到D棟大樓中間正好有一間校內超商。」

「但我也可能是從家裡帶來，或在路上買的啊。」

「不，寶特瓶壁上還留有水珠凝結，可以證明你才剛買不久而已。」

辜沉露出甘拜下風的神情：「眞是名不虛傳，好敏銳的洞察力。不愧是擁有『負極偵探』稱呼的人啊！」

「我不喜歡那個綽號。可以用最後兩個字稱呼我就好。」

「『偵探』嗎？」辜沉暗自疑惑著負極到底是什麼意思？聽來好像不是什麼好事，難怪她會有些排斥。「我知道了。」

「那麼，你來找我做什麼呢？DJ先生。」

「偵探小姐，其實是這樣的……」辜沉將紙飛機和靈異傳聞的事娓娓道來。

律鳶花目光落在辜沉身後，有些故弄玄虛道：「假如是這件事的話，我倒是有一點線索喔！」

辜沉聞言喜出望外：「眞的，那麼現在剛好是午餐時間，我請妳吃飯，我們好好談一談，如何？」

「那就謝謝啦！」律鳶花一個頷首，越過辜沉的肩膀隨手抽出墜落在帽T帽子裡的紙飛機。「我知道最近附近開了一些新店，我們一起去嘗嘗鮮吧。順便研究一下線索！」

「誒？妳說的線索就是這個嗎？」

律鳶花揚長而去，辜沉則一臉倉皇失措地跟上。

2

泉都大學中午的用餐時間，無疑是人滿為患的一級戰場，除了一些散落在校內的餐廳和店家外，校園外附近的巷弄，幾乎每一學期都會有新店開幕，分食這塊餐飲大餅。

律鳶花領著辜沉來到新學期剛開張的一條美食街，各式料理琳琅滿目，看得兩人眼花撩亂。而且到處擠滿了同樣前來覓食的大學生們，各據山頭，塞滿了一間間餐館。最後好不容易在一間麵攤找到靠牆的兩個座位，點了兩碗一大一小的麵，以及一些滷味和一盤燙青菜。

「對了，不知偵探小姐妳方便和我交換手機號碼嗎？或是加 LINE 還是FB……」

「沒有辦法。」

「我保證除了討論紙飛機事件外，不會一直騷擾妳的。」

「不是我不相信你。而是我根本沒有手機、LINE 和FB。」

「誒？」辜沉發出不敢置信的驚呼，這年頭竟然還有人不用手機和社交軟體？「那、那不會覺得很不方便嗎？」

「例如有什麼不方便呢？」

「雖然有些人覺得會被手機或社交軟體箝制住，但是無可否定，這確實帶來了更即時的人際關係交流，而且能夠隨時隨地分享彼此的喜悅，或者生活上的點點滴滴。」

「假如你試著將手機關上，不上網也不打卡，好好認眞地過生活，你覺得過幾天後你再打開手機，你會發現些什麼呢？」

幸沉偏著頭回答：「堆積如山的未讀訊息？」

律鳶花斬釘截鐵反駁道：「不，是得知『根本沒有人在乎你的消息』這殘酷的事實眞相。」

「呃。」幸沉驚察律鳶花的話語猶如　根響羽長箭，射穿胸口，將自己的玻璃心徹底粉碎。「我感覺我開始了解『負極』這稱呼是怎麼一回事了……」

「好了，言歸正傳。將剛才一路上撿到的紙飛機拿出來看看吧！」

在律鳶花發號施令下，幸沉從背包裡掏出一架架紙飛機，律鳶花則將紙飛機拆開攤平，再根據紙上印的鬼故事，來分別疊放。

「啊，一共有三疊啊。」幸沉看著桌上。「這麼說來至少有三則鬼故事囉？」

「不過最近的紙飛機，和一開始的不一樣。」律鳶花拿起一張攤平後的紙端詳道。

「是紙飛機的摺法不同嗎？」

「是更明顯的差異！昨天的紙飛機是用白色的新紙張摺的，可是今天是用單面廣告傳單。」

「眞的耶，五顏六色的。」幸沉將一張紙拿在手裡翻看。「鬼故事印在背面，正面則是廣告……哇！

好便宜喔，這家超市的特價品竟然壓到這麼低，雖然離這很遠，但離我工作的電台很近呢。」

「你覺得紙張的差異是爲什麼？」

「該不會是凶手沒錢買紙，只好蒐集廣告傳單來節省成本吧？」辜沉開玩笑道。

「不太可能。你不覺得鬼故事的印刷和廣告的印刷有著微妙的差距嗎？明顯鬼故事的印刷解析度更高一些，應該是以家用噴墨機列印的，或許是因爲害怕拿去影印店會留下線索吧？」

「如果都用噴墨列印的話，墨水的成本確實比紙還高出很多，似乎沒必要省這麼一點紙錢。」

「當然，也不能說凶手一定不是爲了省錢。只是一般情況下，沒有人會在乎這一點小錢才是！」

「那麼紙張的不同，又是爲了什麼？」

「這好像是我問你的問題。」

「什麼妳問的、我問的，不重要吧？重要的是問題的答案啊……」辜沉豁然開朗。「啊，我知道了，紙張不同有可能是因爲摺紙飛機的根本不是同一個人！」

「沒錯，一如紙張的差異問題我可以問、你也可以問，不只有一個人可以問，紙飛機同樣不只有一個人可以來摺。」

「這麼說來……是模仿犯……？」

「有這個可能。」

「換句話說，第一天眞正的元凶散布完印有鬼故事的白紙飛機後，第二天有模仿犯抱著惡作劇的心態，改用廣告傳單印上鬼故事，摺成飛機如法炮製，在校園內四處投擲？」

「用廣告傳單，而不用白紙。可能是模仿犯爲了和元凶做出區別，宣示自我的存在，或者表達跟隨的意思。」

「那模仿犯的數量，只有一人嗎？」

「無從得知。」律鳶花抽出一張攤開後的白紙。「你看今天仍然撿得到白紙飛機，可能是第一天留下的，可能是元凶後來丟的，也可能是忠於原著的模仿犯投擲的。」

辜沉搔著頭，有些苦惱：「這麼說不但有模仿犯，還可能分成兩派，一派丟白紙飛機，一派丟廣告傳單紙飛機，數量無法準確預估，這樣根本不可能找出所有兇手嘛……」

「我對於兇手是誰本來就沒有興趣。」

「咦，那為什麼偵探小姐妳會答應參與調查呢？」

「我只是想推理出元凶，投擲紙飛機的真正動機！」

「難道不是單純的散布謠言，藉由鬼故事來嚇人嗎？怎麼看都是惡作劇吧？」

「不知道，因為推理還沒結束。」

不久，餐點送來，於是兩人暫時中斷熱烈的討論，大快朵頤了起來。

律鳶花一邊吸著麵條，一邊凝望著紙上打印的三則鬼故事的內容，同時盤算著接下來的方針。

第一篇鬼故事是「街燈妹妹」。

只要半夜十二點，經過圖書館正門外往左數的第四根街燈，即會聽到一聲詢問「現在幾點了？」的稚嫩小女孩聲音，但是卻瞧不見任何人影。

第二篇鬼故事是「古鐘二十五」。

古鐘是泉都大學的著名象徵，某一屆的女學生在鐘下等候情人不至，憤而撞鐘自殺。後來每逢夜深就有人在鐘下看見有女學生鵠候身影，最詭異的一點是，當有人目擊到這身影後，當晚十二點，古鐘會自行敲響二十五下。

第三篇鬼故事是「鬼電梯」。

據傳若在十二點後，搭乘H棟大樓的某一座電梯會抵達地獄（hell）。

曾有一個鐵齒、不信怪力亂神的教官，自五樓往下搭，但電梯卻一路往下到了B1、B2……

可是實際上電梯卻只建造到一樓，根本不可能再往下，顯示燈號為何會憑空增添？而在電梯門打開後，該教官卻瞧見了猶如地獄般的情景，眼簾裡甚至映入了奈何橋的模樣。

好不容易，回到一樓後，看了看手錶竟然只過了五分鐘？可是他卻覺得好像歷經了半小時這麼久。

用餐後，辜沉將三疊攤平的紙收入背包中。由於辜沉要到晚上才有節目要錄，而律鳶花下午也沒有課或別的緊急工作待辦，兩人決定一同前往相關地點進行勘查，來追尋蛛絲馬跡。

「那麼現在是要前往射出紙飛機的大樓樓頂，來進行調查嗎？」辜沉跟在律鳶花身後問道。

「不，我想應該不是在單一樓頂射發。而且過了這麼久，只怕留不下太多線索。」

「要不然妳打算要從哪裡開始調查？」

「一個即使過了整整十年，仍然會完整保留線索的地方。」

「有、有這種地方？」

律鳶花忽然在一盞街燈下止步，辜沉望向前方一座美輪美奐的建築。

「圖書館？」

「正確的說法，是圖書館內的校刊室。」律鳶花用手指往上一比。「對了，這盞街燈就是其中一篇鬼故事『街燈妹妹』裡的街燈。」

「誒？」辜沉難掩驚呼。

律鳶花繼續踏著輕盈的步履前行，辜沉則略顯倉皇跟上。推開圖書館明淨的玻璃門，走過鋪著藍地毯的閱覽室，她用教職員證通過閘門進入藏書區內，辜沉則在換證後進入。

校刊室裡往往空無一人，相隔數尺的漫畫區則時刻高朋滿座。

律鳶花用站立式電腦裡的搜尋系統翻查著歷屆校刊的報導，尋找著是否有關於紙飛機事件的相關文章，不消片刻，旋即列出了關鍵字的搜尋結果，於是按圖索驥將相關的校刊一一自書架取下。

律鳶花用食指抵在鏡片下緣，輕輕往上一推：「果然在十年前的五月號校刊，就出現了關於紙飛機事件的記載！直到暑假開始才終止了這詭異事件……」

「剩下的幾乎都是關於鬼故事的報導，等於紙飛機和鬼故事打一開始就是一起出現的？」

「而整整十年間，紙飛機未再現蹤，只剩鬼故事餘波盪漾。」

「爲什麼凶手，要再度將鬼故事炒作起來呢？」

律鳶花掃視著手上的校刊：「和十年前一樣是三則鬼故事，不多不少……」

辜沉搔著頭：「如果鬼故事的數量不同，還有點眉目，一模一樣反而搞不懂凶手的目的？」

「不管如何，我們先去勘查三則鬼故事描述的地點吧！」律鳶花闔上校刊。

兩人首先來到剛才經過的街燈下，鐵桿上還烙有上次修整時的完工日期，清晰可見。

律鳶花蹲下來低頭俯瞰著，那浮雕般的烙字：「五年前曾經維修過一次，或許連整排街燈都換了也不一定。」她站起身來，望向一整排筆直延伸的街燈。

辜沉手指抵著下顎道：「假如是換根街燈，大概不用多久的施工時間。」

「這倒是……」律鳶花有些欲言又止。

「怎麼了嗎？有什麼不對勁的嗎？」辜沉詢問道。

律鳶花聳聳肩：「換根路燈這麼短的時間，不太可能會有什麼意外才是……」

「那到下一個鬼故事的地點去吧？」

「好的。」律鳶花輕笑回答，辜沉卻搞不懂她上一句話到底是在講些什麼？只覺得她的笑，似乎有種療癒的美，能讓人忘卻煩憂。

「哇！好壯觀的大鐘喔。」凝望著鐘樓上的青銅大鐘，辜沉由衷地發出驚嘆。

這座古鐘據說是由某間寺廟移贈來的，圓周大約是八個人手牽手圍住的大小，確實是非常巍峨且壯觀，一旁的撞鐘木同樣粗大，用麻繩緊緊捆綁並懸吊著。

雖然沒有限制人們來參觀的圍籬，但卻安裝了監視器和「嚴禁隨便敲鐘，干擾上課」的告示牌。一旦被舉發，會以破壞公物的罪名，移送法辦。

「會不會有人趁著半夜偷偷來敲鐘呢？只要遮住監視器或蒙著臉就行了吧？」辜沉推測道。

律鳶花卻不以爲然：「這校園內的監視器，可不只這裡，何況要想按照鬼故事敲滿二十五下的話，要耗費一段可觀的時間，警衛早就趕到將人逮捕了。」

「有道理。這麼大的鐘，坦白講要敲起來也不容易，一個人很難辦到。」

「而且若有共犯，被抓到的機率就更大了。更重要的是，雖然這幾天鬼故事鬧得滿城風雨，但並沒有人眞的聽到過鐘聲在半夜作響。」

「假如元凶是爲了製造恐慌，即使鬼故事本身是作假的，也應該會設法弄些詭計讓它成眞才是，但卻無此徵兆？莫非元凶純粹只是要散布這些鬼故事罷了？」

「光是散布，是無法製作出太大恐慌的。即使沒辦法讓三個鬼故事都重現，也不至於連一個都沒有發生，這樣的渲染力太弱了。」

「還有一個鬼故事，或許會有收穫。」

「希望如此。」

抵達最後一個鬼故事的地點H棟大樓時，那座電梯卻早被防護欄杆圍住並掛上故障的牌子。

整點巡邏的警衛，正巧返回一樓瞧見律鳶花和宰沅駐足在欄杆前，於是主動前往搭訕，加以盤查。

「又是來看鬼電梯的？」警衛問。

「你好。」律鳶花輕輕點頭，拿出連著繩子的教職員證表明身分。「我是文學系的助理教授。」

宰沅則道：「我是角鴞廣播電台的DJ宰沅，來調查紙飛機上的鬼故事，以作爲節目素材。」

兩人瞧見警衛胸前口袋上的識別名牌寫著「蔡康正」三個字。

「是這樣啊……」警衛蔡康正臉上的皺紋一鬆。「可惜，這裡沒有你們要的驚悚鬼故事……」

「爲什麼你能如此篤定呢？」律鳶花緊接著問。

「我都在這裡幹了十幾年的警衛了，要是眞的有鬼的話，我早就辭職啦！」蔡康正哈哈笑道。

宰沉手指向故障牌子：「那爲何要封閉這座電梯呢？」

蔡康正無奈回答：「因爲即使換新的，還是一直壞掉，修不好啊。」

宰沉追問：「難道不是因爲有鬼在作祟嗎？」

蔡康正一個竊笑，將一直半藏在身後的手猛然高舉：「是這傢伙害的啦！」

「哇啊！」突如其來湊到眼前的灰色物體令宰沉大驚失色，竟是一隻活老鼠被囚禁在鐵籠子裡。

律鳶花盯著活潑亂跳的老鼠：「是老鼠咬斷了電線吧？」

蔡康正將鐵籠子放下：「沒錯，可惜這鼠窩一直找不到，迫於無奈只好封閉電梯了。」

自驚慌中重整旗鼓的宰沉提出疑問：「可是爲什麼只有這台電梯遭老鼠攻擊呢？隔壁這一台卻一點事都沒有？」

「我又不是老鼠，怎麼會知道？」蔡康正聳聳肩。「反正別硬要搭這台電梯就是了，萬一出事，我可不負責喔。」警衛撂下這句話作結後，旋即離開。

宰沉回頭詢問律鳶花的見解：「妳覺得呢？這座電梯到底出了什麼問題？」

律鳶花和宰沉眼神對望：「我覺得眞正有問題的電梯，不是這一座！」

「咦？」宰沉倏然靈光一閃。「我懂了，因爲另外那一台鬧鬼，所以老鼠才不敢攻擊這一台。」

「與其瞎猜，不如親身體驗看看，這『鬼』的眞面目究竟是什麼？」

按下按鈕，律鳶花踏入開門相迎的電梯內，辜沉隨後跟上。

她將每一層的按鈕全都按亮了，打算逐層尋找線索。H棟大樓是隸屬於醫學院的範疇，所以對她而言幾乎是陌生的，她了解的和辜沉並無不同。

抵達第二層，兩人按下延長開啓鍵後，走出電梯四處張望，右邊是一間販賣咖啡和甜點的餐廳，被封鎖的電梯也在同一邊。左邊則是燈火通明的教室，正在授課中。

第三層，右邊以手術室爲主，左邊則一樣是各種教室。

第四層，右邊橫掛著名目各異的儀器招牌，是各類儀器存放處，左邊同樣是教室。

第五層，右邊則是堆放著各類醫療用品和藥物，甚至紙箱都放到走廊上來，有些擋到另一部電梯的門口。左邊是獸醫院的教室，裡頭傳來各種聲音，以貓狗叫聲爲最。

「好像有很多校外人士啊？」辜沉遠眺著教室內部，有些明顯不是學生的身影映入瞳膜。

「有個告示。」律鳶花指著教室外的告示牌。

兩人湊近一觀，告示上寫著「寵物免費健檢」的字樣。

瞧見律鳶花和辜沉在外面鬼鬼祟祟的徘徊探望，裡頭的授課講師出來問候。

根據教室外課表上的名字，這節課的授教講師名叫「王灝」，年齡似乎只比律鳶花長一些。

原來這是獸醫院的例行活動項目，會不定期提供免費的寵物健康檢查，甚至疾病治療。一來作爲學生實習，二來可以和泉都大學附近的住戶打好關係。而相關時間，可從學校官網上的課表得知。

辜沉問道：「好像以狗和貓最多？」

王灝回答：「是的，雖然也有一些例如兔子、烏龜、黃金鼠等寵物，但仍以貓狗最多人飼養。」

律鳶花問道：「這個活動很久了嗎？」

王灝偏著頭回答：「在我擔任講師前，就已存在了，似乎舉辦有十年以上的時間了。」

宰沉又問：「很辛苦吧？」

王灝則微笑回答：「是啊，常常到晚上八、九點都還有人來，我們可是來者不拒。雖然累，不過我們都樂在其中。」

律鳶花指著走廊另一頭堆積如山的紙箱：「那些東西同樣擺放了很久嗎？」

王灝回答：「對啊，很多該丟棄的過期醫療用品都捨不得丟，於是就越積越多了，但每隔幾年還是會清理掉過期品，只是很快又會堆滿了。」

律鳶花露出微笑：「原來是這樣啊！這下捉到『鬼』了。」

兩人感謝過獸醫系講師的指點後，旋即埋伏在電梯內，陪伴著將寵物帶來健檢的飼主上上下下。各種寵物都有，類型可謂五花八門，其中一條球蟒還嚇得宰沉有點魂不附體。

終於在第十次搭乘中，有隻貓發出了叫聲迴響在電梯中，然後電梯上頭則隱約傳來細微聲響。

「難道說……」宰沉似乎明白了律鳶花她在等待什麼。

抱著貓的婦人則有些驚恐：「什麼聲音啊？」

抵達一樓後，婦人帶著貓火速離開。律鳶花和宰沉則在後面緩緩走出了電梯。

「如何，搞懂了嗎？」律鳶花試探性地詢問。

「剛才的聲音，是老鼠落荒而逃的跫音，對吧？」

「答對了。因爲五樓右邊的電梯門口長期被紙箱擋住了一部分，所以大多數人選擇由左邊下去，而來做寵物健檢的動物又以貓爲大宗，若聽到貓叫聲，老鼠自然不敢久待。」

「於是老鼠便待在右邊的電梯，時常咬斷纜線，才會造成故障。」

「沒錯，而且在第二層樓的右邊有間餐廳，八成也是造成老鼠出沒集中在右邊的原因。」

「這麼說來，眞正的『鬼電梯』還在使用中，因故障而停用的反倒是沒鬧鬼的那座電梯？『鬼』的眞相，則是老鼠竄逃發出的聲響？」

「是的，十年前的鬼電梯是左邊這一座。但因爲右邊的電梯故障了，幾年後大家反而誤認了故障的才是鬼電梯。因爲瞧見有故障牌子懸掛著，很容易讓人先入爲主認爲這座才是鬧鬼的電梯。」

「但妳怎麼會洞悉到這一點呢？」

「因爲我在校刊的報導上，發覺關於鬼電梯的記載，有左邊，也有右邊，於是產生了疑問。」

「原來如此，但也有可能是站的位置不同，所以左右不同啊。」

「但是也有可能，指的是不同座電梯不是嗎？我只是不願放棄任何可能性。」

「那麼投擲紙飛機的元凶，認知中的鬼電梯是十年前的？還是十年後的呢？」辜沉手指輕輕靠著下顎，皺眉思索著。

「一樣的鬼故事，卻有不同的認知嗎？」律鳶花低喃著辜沉的結語，若有所思。

3

當晚十一點整，由辜沉主持的廣播節目「角鴞夜衝中」又迎來了異聞館的單元。

「好的，根據我一整天明查暗訪的結果，釐清了關於紙飛機上的三則鬼故事……」辜沉將街燈妹妹、古鐘二十五和鬼電梯的故事輕輕轉訴而出，同時和律鳶花攜手實際探勘的過程，也一併鉅細靡遺地闡述，當然還加了點戲劇性地渲染，仿若一場名偵探與助手的合力調查。

「雖然還沒有調查出這紙飛機元凶的眞正動機，不過我相信不用太久眞相就會水落石出！」網路討論區上，湧入聽眾的留言，和虛幻的鬼故事相較下，似乎大多數人對於實際存在的偵探更感興趣，紛紛力薦辜沉應該在眞相解開後，邀請律鳶花上節目一同分享破案始末。

「看來大家對於偵探都很有興趣啊！律鳶花助理教授確實是個有趣的人，假如她願意的話，我一定會邀請她來上節目，敬請期待喔。」

泉都大學研究室內，律鳶花仍在分析著各期校刊上的報導有哪些不同？桌上則擺放著三疊以鬼故事作基準分類後攤開來的紙飛機。這是在和辜沉分道揚鑣後，她利用一個小時的時間在校園邊散步邊蒐集來的，數量不下百餘張。

一向生活自律的律鳶花幾乎都在晚上十點左右就寢，只有解謎能讓她精神抖擻，絲毫不覺疲累。

「在十年前的那期校刊前，沒有任何關於鬼故事的傳聞，突然一下子三則鬼故事就橫空出世了，這很不尋常，究竟那一年發生了什麼事？又爲何接下來鬼故事沉寂了這麼久，卻再次被翻出？」

問號逐漸在她的腦袋裡成形，她試著從校刊上的每一篇報導每一行字句拼湊出往昔的樣貌，將鬼故事的誕生尋找合乎邏輯的解釋，然而卻遍尋不著蛛絲馬跡，莫非眞是椿單純的惡作劇？

倏然半開的窗戶，涼風趁隙吹拂而來，將桌上的紙撞得潰不成軍，攪亂後灑落滿天，緩緩飄落。望著遍地錯落的紙張，她卻輕咬著手指指尖，疑問在一瞬間恍然大悟！

「原來是這樣啊……」律鳶花莞爾一笑。「我看見了，通電後的曙光。」

異聞館的單元來到尾聲，辜沉繼續講述著和律鳶花相處的點點滴滴。

「她曾和我講過：『解謎的過程彷彿在累積一股電荷量，一旦謎題解開，斑斕的光芒旋即會驅散黑暗，或許就是爲了讓人們看見那無瑕美麗的一霎那，所以謎團才會存在吧！』好的，聽首歌後，就要說再見了……」

將音樂播放後，辜沉伸手去拿咖啡杯卻不愼將由紙飛機堆疊成的紙張撥落了，紙張散落，映入辜沉如枯爐般的眼眸裡，竟似點燃了某種火焰。

「我明白了，太棒了，一定是這樣沒錯，我解開了答案！」

興奮莫名的辜沉隨即想撥打手機給律鳶花，可拿起手機才驚覺她根本沒有手機。正當失望時，緊握的手機卻嗡嗡作響，是室內電話號碼，他趕緊按下接聽鍵。

「喂？」

「是DJ先生嗎？我是泉都大學的律鳶花。」

「啊，是偵探小姐。我正想打給妳……」

「我應該告訴過你我沒有手機吧？而且無論是研究室的電話號碼或家裡的電話號碼，我都沒有告訴過你才是。」

「幸好，離開時我有將手機號碼給妳。眞是太好了。對了，我告訴妳，我解開謎題了！我知道了元凶的動機。」

「正巧，我也是。」

「那我們約個時間見面，對照一下答案吧。」

「好的，明天中午如何呢？」

「可以，要在哪裡呢？」

律鳶花低頭看著手裡捏著的某張攤開後的紙飛機：「……就到那裡等，沒問題吧？」

「好，不見不散。」切斷通話後辜沉仍緊握著手機，沉浸在雀躍的情緒中不能自拔，他開始體會律鳶花所說的那種瞧見光芒驅散黑暗的喜悅，解開謎團的感覺竟是如此暢快。

翌日，早上九點。

律鳶花帶著前一日借出去的校刊前來歸還，負責櫃檯的是泉都大學三年級生杻盈臻，因爲律鳶花常來借書所以兩人偶爾會互相寒暄，薄有幾分情誼。

「花花老師，妳還借校刊看啊？是有要幫忙編校刊嗎？」

由於年齡差距不大，學生私底下都暱稱律鳶花爲花花，當面稱謂則用花花老師代替。

「不，是爲了調查紙飛機事件。」

「是喔。」杜盈臻突然憶起花花老師還有另外一個綽號，似乎是叫什麼偵探的？

「對了，請問圖書館內有資歷十年以上的人嗎？」

「主任她好像做快十五年了……」

「她在嗎？」

「她去處理書商的事，可能要晚一點才會來喔。」

「我知道了，請妳替我轉告她，我等等有事情要請教她。」

「喔，好的。」

幾句問候後，律鳶花結束對話，再度前往校刊室，但卻是翻閱更早前的幾期校刊，似乎在驗證著什麼？而結果好像正中下懷，一如她所推測的。

「好，接下來，再確認一次三個鬼故事的地點吧……」趁著早上無課，她獨自重遊三個鬼故事發生的場所，並和H棟的資深警衛確認了一些事情。

「請問你知道二樓的餐廳和五樓的寵物健檢活動是何時開始的嗎？」

警衛蔡康正盤著胳膊，偏頭苦思：「這間餐廳大概是五年前，在之前是賣豬排飯和拉麵的，也同樣賣了四、五年，後來遷移到F棟大樓去了。寵物健檢活動約莫是十年前的事，當時有些人抗議，可是那時候的校長卻覺得很有意義，於是擔保這活動能持續進行，後來的幾任校長都蕭規曹隨。」

「我明白了，謝謝你的指教。」

「有幫上妳的忙嗎？」

「是的，幫了大忙。」

「對了，上次那個電台賣藥的沒跟妳來？」

「DJ先生雖然是廣播電台主持人，不過該電台應該沒有承攬賣藥的業務才是。」

「是喔，那肯定沒啥賺頭。」

「打擾許久，容我先告退了，再見……」

拜別警衛後，律鳶花瞧了一下手錶時間是早上十點半，她預料圖書館主任應該回館了，只要再將這件事加以確認，整個推理過程就幾乎等於可以獲得證明。

4

剛睡醒的辜沉揉著惺忪雙眼，穿梭在擁擠的泉都大學街區，在手機的導航下總算找到了和律鳶花相約的店，「阿喜牛排」的招牌有些陳舊地高掛著，還沒中午十二點卻已座位半滿。

「在這裡！」辜沉一拉開門，旋即瞧見律鳶花向他招手呼喊。

辜沉趕忙走過去在她旁邊的空位入座：「抱歉，我讓妳久等了……」

「無妨，是我來早了。」

兩人各點了客牛排，然後到自助區取用了沙拉和飲料。

「我記得這間店的廣告單，好像也有出現在紙飛機的正面上？」辜沉回憶道。

「是的。」律鳶花有些詫異地回答。「DJ先生，你不是解開了謎團嗎？」

「是啊，解謎眞的很有趣呢！沒想到是這麼有成就感的事。」

「既然如此，就請你先發表高論吧？」

「好，妳聽仔細了。」辜沅一副磨刀霍霍的模樣。

辜沅故作姿態咳嗽了幾聲後：「關於元凶的動機，與其說是推理，不如說是靈光一閃！昨夜我不愼推落了紙飛機的三疊紙堆，然後……我發現了這個！」辜沅將一張攤開後的紙拿出，上頭印的是一個新的密室脫逃遊戲的宣傳廣告。

「所以呢？」律鳶花似乎有點搭不上辜沅的思考天線。

「妳看啊，這遊戲的名稱叫做『尋找密室的兇手』，而大樓上的門幾乎都有上鎖，所以丟擲紙飛機的元凶，不等同於製造出了一個『頂樓上的密室』嗎？我猜這一定是元凶留下的挑戰書。」

「然後呢？」

「根據在廣告單上寫的，這遊戲至少要六人參加，所以只要再找四個人就可以破關，找出元凶留在遊戲裡的線索了！如何？我已經約了四個人了，今晚就去找出元凶吧！」

「照你這麼說，元凶的動機只是要讓人去找他？」

「應該是吧？有點類似惡作劇，但實際上是一種挑戰，想看看有沒有人能找到他吧？」

律鳶花嚴肅道：「很抱歉，關於你的推論，我不能認同！」

「誒？」辜沅無疑受到打擊。「難道我錯了嗎？」

「首先，密室成立的條件是門無法輕易打開，可惜的是泉都大學頂樓上的門只是一般的喇叭鎖，要是有心的話，要開鎖並不困難。」

「說不定，那是特製的鎖，只有一把鑰匙能開啊！」

「只有本格派推理小說，才會有這種不合理的設定，很可惜在現實生活中是不可能的。」

「雖然不想承認，但妳說得好像很有道理。」

「而且這又不是推理期刊的有獎徵答，沒有指名的挑戰根本沒人會注意到吧？何況元凶並未署名，所以發起挑戰的可能性不高。」

辜沉頹喪道：「現實眞殘酷，我想回去推理小說的世界了……」

「簡單講，你的推論毫無邏輯可言，只構築在你個人虛幻的妄想中罷了。」

慘遭數落打擊的辜沉，不甘示弱反駁：「那妳說說看妳的推理，搞不好我也能找出破綻！」

「好的。」律鳶花輕推鏡框。「容我直言不諱。」

律鳶花自背袋中掏出一大疊攤開後的紙飛機：「這是我費心蒐集來的紙飛機，大概有三百張我想應該有相當的準確度，足以佐證我的推論了。」

辜沉有些驚異：「這些都是妳一個人蒐集的？」

「不，有一半以上是學生給我的。」

「有學生可以使喚眞不錯啊。」

「請別搞錯了，我可沒有要求學生替我蒐集喔。是瞧見我在撿紙飛機後，學生們主動幫我的。」

「好啦，我知道妳很受學生愛戴啦。」

「DJ先生，太孩子氣可是會被討厭的喔！」

「我、我才沒有咧。」辜沉猶如被戳破的氣球般消氣。「妳就接著說吧，我洗耳恭聽。」

於是律鳶花接續前言道：「一開始我們用背面空白處所印的三則鬼故事來分類，於是將廣告傳單分成了三疊。」

「沒錯，這很合理啊。要不然分成白紙飛機和廣告傳單紙飛機也行啊！」

「但其實還有一種分類法，只要稍微改變一下分類標準，答案就呼之欲出了！」

只見律鳶花將手中的傳單慢慢消耗，在桌上和空椅上堆疊出六堆紙疊，甚至堆數還一直在增加。

「等等……這種分法？莫非……」

正當辜沉驚惶之際，律鳶花手裡的傳單已分類完畢，一共分成十三堆，有的紙疊中只有兩三張，有的紙疊卻有十幾二十張，而最多張廣告傳單上印著的商店名稱，正是「阿喜牛排」。

辜沉詫異道：「這……這是怎麼一回事？」

律鳶花沉聲回答：「正如你所見，這一疊牛排館的傳單數量甚至還比白紙張更多。簡單講，元凶眞正的目的是替這間牛排館打廣告，以增加來客量！」

「什麼？這、這只是巧合吧？元凶只是剛好拿到比較多這間牛排館的廣告傳單罷了。」

「不，你仔細看。除了這間牛排館以外，剩下的廣告傳單上的店家，幾乎都離泉都大學有一段相當遠的距離，只有這間牛排館近在咫尺。很明顯這些看似雜亂無章的傳單，其實是刻意挑選過的。」

辜沉回憶起早前翻看的超市特價品傳單，確實地點離泉都大學很遠，反而離角鴞電台很近。

「所以模仿犯利用了紙飛機事件，來做廣告宣傳？」

「不，沒有模仿犯。一開始的白紙飛機，只是一個伏筆，後來的廣告傳單才是元凶的眞正目的。」

「這麼說來，元凶是爲了不讓人輕易聯想到這一點，才營造出模仿犯的樣子？」

「是的，要是被人察覺這層算計，即使同樣能替店家打廣告，但難免會有些負面觀感吧！」

辜沉望向料理臺後的老闆：「什麼嘛，這也太卑鄙了……」

「有趣的事不只如此，在你來前，我問過老闆關於這張廣告傳單的事，但老闆卻表示從沒印過這張傳單。」

「這怎麼可能？只是不敢承認吧？」

律鳶花話鋒一轉：「你知道嗎？大學和國高中的期中考日期不一樣。」

「這我當然知道，又怎麼樣呢？」

「你看料理臺旁的矮櫃上，擺著一張全家福的照片吧？那是十年前拍的，裡頭的小女孩如今正是就讀高中的年齡，大學校園裡雖無感覺，但這兩天正好是高中期中考的日子。」

「誒？」辜沉心領神會。「那元凶不就是……」

「是的，在解開謎題的同時，元凶的身分同樣撥雲見日了。」

辜沉思索道：「確實有人留言，曾在頂樓看見穿高中制服的人丟擲紙飛機，我還以爲只是在故弄玄虛。沒想到凶手眞的是個高中生啊！」

這時，自門口一道身影信步而來，晃過辜沉和律鳶花的桌邊，是名身穿高中制服的女孩。轉瞬間吸引住了辜沉和律鳶花的眼球，隨之攀移。

老闆探出頭來向女孩開口：「考完試了？」

女孩點點頭：「對，還有等一下我要跟朋友出去喔。」

「既然考完試了，怎不留在家裡幫忙？最近客人可是變多了啊。」

眼看老闆有些抱怨，老闆娘趕緊出來打圓場：「好不容易才考完試，就讓她出去玩一下嘛。」

「好啦，別太晚回來喔！」老闆很快地妥協。

「我知道啦！」女孩嘟著嘴，像是叛逆期會有的反應。

直到女孩離開前場，上樓去，辜沉和律鳶花才轉回目光。

辜沉壓低聲音詢問：「就是那個女孩？」

律鳶花輕輕頷首。

女孩很快換裝下來，還背著一個時尚的斜背包，雖然不大卻也不小，要塞下一套制服倒還是綽綽有餘。她輕聲講了句「我出去了」，便頭也不回掀開門簾往外走了。

「喂，我們應該追上去，好捉個人贓俱獲吧？」辜沉語氣中難掩興奮和緊張。

律鳶花卻是露出一個微笑：「啊，牛排來了。」雙掌在胸前一拍。

店員俐落地將兩份牛排端上桌，還講了句「久等了，請慢用」。

「謝謝。」律鳶花回答。

「偵探小姐，凶手她要逃跑了啊！」辜沉仍一臉擔憂。

律鳶花反倒肅顏道：「這又不是什麼刑事案件，你在慌張什麼？而紙飛機的鬧劇也差不多就會在今天過後，劃下句點不是嗎？」

「確實提升人流的目標已達成，且期中考只有兩天。」

「因爲最近泉都大學附近又新開了幾條美食街，使得家裡的生意受到影響，爲了替父母分憂，而靈機一動想出這個紙飛機的宣傳手法，利用假日和兩個考試日來付諸實行，結果也確實提振了店內人氣。你打算讓這個孝順的女孩受到懲處嗎？」

「可是無論立意是否良善，擅自開鎖上頂樓，以及到處投擲紙飛機都不是什麼正確的事啊！」

「隨便你。不過謎題還有一半尚未解開，若你沒興趣，就儘管走吧！我不會留你的。」

律鳶花的語氣竟冷淡到讓辜沉有些毛骨悚然。

「唉，我知道了。」辜沉只能舉白旗投降。「我不會再去追究這件事，既然元凶都知道了，那剩下的一半謎題是什麼？」

「關於鬼故事的眞相。不過詳情還是等吃完牛排再說吧！」

律鳶花故意賣了個關子。

辜沉望著她輕輕微笑的嘴角，竟有種被玩弄在股掌間的感受，但不知爲何卻並不討厭。

5

用完午膳後，辜沉和律鳶花相伴散步於泉都大學校園一隅，沿著河畔曬著樹影間疏落的午暉，在蓮荷簇擁下的橋樑以斑駁描繪了古韻，兩人踏上青石磚輕倚橋欄，極目處流水一彎又將情思蜿蜒。

「三則鬼故事，我若沒猜錯也是種轉移焦點的手法吧？爲了不讓人輕易聯想到這只是牛排館的廣告手法。」辜沉推測道。

「是的，雖有喧賓奪主的可能，但從另一個角度來講亦能讓廣告傳單留在消費者手裡更久一點。」

「除此之外，難道鬼故事還有什麼玄機嗎？」

「十年後，借助鬼故事力量的原因確實只有如此。但十年前，將鬼故事製造出來，卻是另有緣故。」

「製造出來的鬼故事？」幸沉想起當初調查鬼電梯時，所遇上的矛盾點，十年前的鬼電梯仍在使用中，而十年後故障的電梯反倒被當成是鬼電梯。

「其實無論十年前或十年後，三則鬼故事都是基於某個目的而被利用的！」

一條雷射般的靈光，貫穿幸沉腦袋：「我知道了！果然這三則鬼故事的地點，埋藏著人類的骨骸對吧？肯定是以前的建築工事中喪生的工人，或者某件殺人案的兇手將屍體藏匿於此，再散布靈異傳聞，讓人不敢靠近！」

律鳶花輕嘆道：「你還真是被荼毒得不輕啊！要是如你所說的話，這鬼故事不該銷聲匿跡這麼久才對啊，可是直到藉著紙飛機重新提起鬼故事前，這些傳聞都被遺忘了許久不是嗎？」

「我又猜錯了？不可能，我可是看了五百部古今中外的推理作品，精通六十幾種詭計和作案手法，還有三十餘種不在場證明，怎麼可能會猜錯了？」

「看來或許最該請警察伯伯逮捕起來的人，應該是你啊！DJ先生。」

「我、我開玩笑的。」幸沉乾咳幾聲。

「是嗎？抱歉，我聽不懂你的笑話。」律鳶花誠摯表達歉意。「那麼言歸正傳，其實十年前圖書館正巧在更換新的路燈，但卻出了些事導致工程延誤，使得路燈只拆了一半，雖然有用警示條圍住施工處，但在午夜熄燈後仍很危險。」

「所以那則鬼故事，是爲了讓人不要靠近避免發生危險？」

「正是，這點我已從圖書館主任口中證實。至於古鐘的靈異傳聞則是因爲那時尚未設置監視器，所以常有學生胡亂敲鐘，甚至視爲一種試膽挑戰。爲了杜絕此歪風，才產生了這樁鬼故事。我在十年前的校刊中找到警告學生不要胡亂敲鐘的宣導，證實了這點。」

「那鬼電梯呢？難道也是有人刻意爲之？」

「是的，當初H棟大樓的第二層已有餐廳進駐，導致鼠輩出沒，爲了避免老鼠咬壞電纜線，同時讓獸醫系的學生有實習的機會，於是才設下免費寵物健檢這個一石兩鳥的計策。」

「等等，照妳的說法那右邊堆積著紙箱阻礙出口的那座電梯，又是怎麼一回事？難道……」

「沒錯，其實一開始兩座電梯都是『鬼電梯』，只是後來紙箱阻礙了右邊的電梯，使得參加寵物健檢的人都從左邊電梯進出，使得嚇阻老鼠的效果僅限於左邊，意外導致右邊電梯常常故障。」

「那到底是誰，一手策劃了這三則鬼故事？」百思不解的辜沉好奇問道。

律鳶花則賣了個關子：「DJ先生，你覺得誰有能力做到這些事呢？」

辜沉思索道：「學生不太可能。且三則鬼故事都是爲了學生而製造的，莫非是校方的人？」

「答對了。」律鳶花輕笑。「是十年前任職於泉都大學的校長的傑作。」

「這，眞的嗎？」

「關於這點，我已經從本科系的錢璽風主任教授口中證實了。」

「錢教授，怎麼會知道呢？」

「我查了一下，他正巧是前校長的學弟，於是抱著僥倖的心理向他詢問。雖然錢教授有些驚訝，但還是爽快的坦承不諱，沒錯，這三則鬼故事都是前校長出於善意而散播的。」

「會有這種玩心，是個年輕的校長吧？」

「不，當時前校長已屆六十高齡了。」

「誒？那、那還眞是個不折不扣的老頑童啊。」幸沉忽然有感而發。「我一開始以爲不懷好意的惡作劇鬼故事，未料無論十年前後都是包裝著善意的行動啊……」

律鳶花順著話尾道：「是的，唯有解開謎團，才能看見事實的原貌和眞相！」

幸沉疑問：「對了。那偵探小姐是如何發現了只要用不同的分類方法，就能找出事實眞相的啊？」

律鳶花莞爾一笑：「其實跟DJ先生你的情況有些類似呢！只不過我不是不小心弄倒了紙疊，而是被風吹亂了，我望著滿地散落的紙張才發現了這一點。」

幸沉有些悵悵落寞：「這麼說來，我們得到了同樣的提示，卻只有妳答出了正確解答。看來偵探果然不是每個人都能當的啊……」

稍稍沮喪後，幸沉自我慰藉道：「但若不是靠我的熱心，偵探小姐或許不會插手這謎團，答案也將隨時間沉埋了吧？以這個角度來著眼，我還是有點貢獻的。」

「是啊，DJ先生你眞是一個非常古道熱腸的人呢。」

「妳眞的也這麼認爲？」

「我不是在誇獎你，而是指你連自己的事都做不好了，還總是想管別人的事。」

幸沉按壓著心口，擠出了一絲痛苦的表情：「呃，妳的負能量又發射了嗎？」

「等等！」幸沉決定反擊。「妳怎麼知道我自己的事情會做不好呢？」

「DJ先生你是爲了調查紙飛機背後的謎團而來的吧！如今雖然謎團已解，但你若在節目上將來龍去脈公諸於眾，牛排館會惹上很多來找碴的困擾和麻煩，難道你要爲了節目不惜這麼做嗎？」

「所以妳才阻止我去揭穿她的行徑？確實在這個酸民滿載，全民公審的時代，一旦我將謎團毫不遮掩的解開，牛排館很可能會因而關門大吉。我、我不能這麼做……」

「但解不開謎題，你的節目工作就不能算是做好了吧？」

「妳說得好像有點道理。」

瞧見搴沉低落到谷底的哀傷神情，律鳶花卻嘴角一揚：「雖然十年後的事情不宜多提，但十年前的三則鬼故事成因，因爲事過境遷倒是可以提一下。只是仍要謹慎用語，否則只怕仍會招致不好的後果，我可不希望前校長的善意蒙上了陰霾。」

即使是基於善意考量而散布的靈異故事，但憑空捏造的舉止可能還是會引來方法錯誤的批評吧？只是若讓前校長的一番善行自此長埋，她仍不免感到有些遺憾和不甘。

「我知道了。」搴沉握拳拍著胸脯。「放心，我知道該怎麼講，能讓傷害降到最低，又能讓人理解前校長的苦心。」

倏忽，微風輕拂，皺了流水漣漪，平了心湖浪濤。清澈倒影則仰望著橋墩上的藍天，懷抱著具體化的解答墜入萬頃碧波。有時候埋葬了答案，才能讓謎團的美麗一直延續下去。

律鳶花嫣然道：「DJ先生你知道嗎？每個人都像是一首詩，自成韻味。但當人和人相遇，彼此專屬的詩句將會交錯，拼湊出一首全新的篇章，所以雖然是同樣一首詩，卻能有千萬種變化。」

「咦，莫非有這種文學體裁嗎？」

「有的，而且我們似乎還押著同一個韻腳呢！」律鳶花回眸一笑，令辜沉不由心動。「既然解謎完成，就容我先告辭了。」

「那個……」

「還有事嗎？」

辜沉並未遺忘了偵探是異聞館的兩個上題之一。「妳可以作爲嘉賓來參加我的廣播節目嗎？」

「以偵探的身分？」

「沒錯。」

「請問時間是……」

「週一至週五，晚上十點到十二點。」

「抱歉，我十點就睡覺了。」律鳶花毫不考慮地拒絕。

辜沉有些詫異：「就不能晚一點睡嗎？只要一個晚上就行了！」

「不行，身體健康很重要的。」律鳶花轉身欲走。

「等等，不對啊！昨晚妳打電話給我時，不是接近十二點嗎？妳明明還沒睡啊？」

律鳶花回首燦爛一笑：「只有解謎，能讓我廢寢忘食。而你……不行！」她伸出食指輕輕搖晃。

再轉過身，律鳶花揚長而去。

辜沉則苦苦糾纏：「拜託啦，偵探小姐！」

「不行。」

「一個晚上就好。」

「不行就是不行啦。」

兩人身影逐漸遠離了小橋，倒影消失水面，解答靜躺河底。

行經某棟大樓附近，倏然繽紛的紙張自身邊劃落，辜沉和律鳶花抬頭仰望，紙飛機絢爛滿天。除了會心的笑，再無須言語。

枯魚咖啡廳內，廣播聲音正迴響著，音量既不喧鬧又不孱弱，控制得正是恰到好處。

「歡迎收聽週六下午兩點的『旋律滿點』，我是DJ辜沉。好的，不知道大家有沒有收聽昨晚的『角鴞夜衝中』，不知道對於三則鬼故事的眞相有何感想呢？昨晚公布後，網路上的討論可以說是前所未有的熱絡啊……」

昨夜的節目上，辜沉依照律鳶花的意思，只簡略述說了紙飛機十年前誕生的緣由，也就是關於三則靈異傳聞的眞相——街燈妹妹是爲了不讓人在半夜靠近發生危險，古鐘二十五是避免有人惡作劇造成別人的困擾，鬼電梯則是爲了驅趕鼠輩和增加學生實習機會的小小意外。

辜沉並未直揭其名，只以某位前任校長稱呼，當然此作法仍有些人不認同，但大多數人都能體諒，甚至覺得這做法很有趣。在留言中，歷屆校長的名字都被人肉搜索出來討論，而辜沉只裝傻不予回覆。至於十年後的紙飛機重出江湖，只輕描淡寫地說，或許是爲了將前人的善意傳承下去！

當然，辜沉幾乎將功勞全推給了「偵探」，只可惜還是無法邀請她來上節目。

「無法邀請偵探小姐來節目眞的很可惜，她似乎不喜歡太晚上節目。」

此刻播音室螢幕上湧入了一些網路留言。「啊，有個叫『禿鷹圍裙』的聽眾留言，若是不能上『角鴞夜衝中』，何不邀請她來上旋律滿點？好像有點道理啊！雖然異聞館不是旋律滿點的單元，不過或許可以來個特別節目？好，下次我會盡力再邀請她一次，請大家期待喔……」

飲盡最後一杯薰衣草花草茶，律鳶花闔上書本準備離開枯魚。櫃檯的老闆禮貌出聲向她道別，老闆戴著一副墨鏡理著光頭，圍著褐色的圍裙，裙面上則印著魚骨頭的圖案和枯魚的字樣。

風鈴作響，她踏出門口。

或許打從初次見面時一聽到辜沉的聲音，律鳶花就什麼都知道了也未可知？畢竟推理不是只有單一的路徑，可以抵達答案。

而這件事的眞相，恐怕只有律鳶花自己清楚！

有請李白來解謎

1

泉都大學會計系三年級的授課教室外，杜盈臻和同班室友並肩談笑一起來到，楊煜丰則在門外等候多時，他將手裡一本書塞給杜盈臻後，旋即離開。

「那個帥哥是誰啊？」顧潔好奇地問。

「是研究所的學長啦！」杜盈臻把書本高舉將書側底端的條碼示眾。「知道我在圖書館打工，只是託我幫忙他還書而已啦，沒有什麼別的事情，不要亂想。」

林佩瑾盤著雙臂擠著眉眼道：「解釋這麼多，肯定心裡有鬼！快說和那個帥哥到底是什麼關係？」

「真的沒有啦！教授來了，進去上課了啦。」

杜盈臻率先走入教室，顧潔和林佩瑾相看一眼竊笑後隨即跟上。

緣份總是無預警地悄然來訪，故事往往在看似最枯燥的段落埋下伏筆。某一天，一疊書隨性置於還書櫃檯的桌面上，杜盈臻照慣例翻開書本的末頁刷著條碼，將書歸檔。

某一本書的末頁卻夾著張紙條：「我答應自己，某天寫下一句話夾在某一本還書裡，這是我想妳的方式。」

紙條上頭除了字跡外，還畫著杜盈臻的Q版肖像指名了對象。

證明不是她的自作多情，這是個別出心裁的搭訕，她默默記下了那本書的最後借書人的名字，可是隔日又換成了別的名字，於是她忘了前一天的名字。她知道對方只是隨機將紙條夾入某本還書中，而不是真正登錄借書的人。

她曾試著緊盯每一個還書的人，卻仍一無所獲。後來她臆測夾入紙條可能是在圖書館外做的，那麼即使她過濾所有來還書的人，依舊是徒勞無功。

最後她轉換了心情期待著不知何時會來的紙條，原本喜歡的圖書館工作也變得更加熱愛了。但紙條上若即若離的情衷，屢次讓她有回覆的衝動，只是不得其門而入。

原來這看似浪漫的紙條傳情，是一條單向道，一條縱使想逆向行駛亦不可行的單向道。

太自私了。

她下了這樣的評語，在臉書上。

或許對方看得到，這是她唯一有機會向對方表達的機會，即使有些渺茫。

但事實證明她賭贏了，無論對方是誰確實偷偷關注著她的臉書。

紙條上透露了滿滿歉意：「當我想妳時，我能透過紙條跟妳說話，我能看見妳，而妳不能，無論妳喜歡或討厭，妳說得對是我太自私了，我保護了我，卻傷害了妳。」

翌日，有一個人前來還書但並未丟下書直接離開櫃檯，而是等著杜盈臻刷條碼歸檔，她嫻熟地翻開書本末頁，一張紙條橫躺映入眼簾，紙上的字未及看清她猛然抬頭，望向來還書的人。

楊煜丰，是還書人的名字。

爾後，每一次夾著紙條的書本一打開，最後一個借書人的名字都寫著楊煜丰。

放學後，杜盈臻和兩個死黨分道揚鑣到了圖書館上工。趁著工作空檔，她翻開了楊煜丰塞給她的書本末頁，一如往常夾著一張紙條，但紙條上的字跡卻只謄寫了兩個字？

她照著字囁嚅道：「受、青？」

這兩個字，是什麼意思？她百思不得其解，那天過後她再也沒收到任何紙條，整整兩個星期。

而楊煜丰這個人則好似人間蒸發般消失了。

2

律鳶花微步穿梭在櫛比鱗次的書櫃叢林中，揀選著今天要看的書籍。她看的類型一向涉獵甚廣，雖然相較下還是稍鍾愛文學一點，但各種偏工具書的專業書刊或雜誌，她同樣仍會不時汲取相關知識，最近則開始閱讀某些有哲學蘊涵的勵志類寓言和略帶厚重學韻味的暢銷書。

鎖定了目標後，她墊起腳尖伸出手試著將放置在書櫃上方的某本書，從左右的同伴中拉出。

豈料，一個重心不穩，她的身體竟往後仰倒，所幸某人恰巧經過趕緊從後攙扶，用胸口作緩衝墊，順利接住了她。

「妳還好吧？」

律鳶花調整好歪掉的鏡框，看向伸出援手的人驚詫道：「DJ先生，你怎麼會在這裡？」

辜沉笑著道：「爲了救妳，所以趕來了啊！」

「謝謝你。」道謝後，她又一臉認眞回應了辜沉的答案。「不過很可惜那是不可能的。」

「其實我是來這裡借CD的啦。」

泉都大學圖書館內的影音多媒體區，收藏了許多由外人捐贈的絕版CD價值不菲。只是偏愛靜謐的律鳶花，幾乎很少涉足那塊區域。

「難道這裡收藏的CD，會比電台裡的還要多嗎？」

「不，只是這裡有些絕版CD，連電台都沒有呢！可算是座隱藏的寶庫啊。所以我特地辦了張借書證，以後我或許會常在這裡遇見了妳喔。」

「似乎有種陰魂不散的感覺呢！」

「別這麼說嘛！我們可是默契十足的名偵探和助手啊。」

角鴞廣播電台的DJ辛沉，曾經在某椿事件中，和有「負極偵探」綽號的泉都大學文學系助理教授律鳶花，一同協力調查出眞相，將謎題破解，兩人因而相逢結下情誼。

「那麼DJ先生，可以幫我一個忙嗎？」

「當然，使命必達。」

律鳶花指著書櫃頂層：「請幫我將右邊算來第十二本書拿下來好嗎？」

「是這本嗎？」辛沉在確認後，用不靈巧的左手輕輕一伸不費吹灰之力，將書取下遞給了律鳶花。

「謝謝你。」律鳶花神情一肅。「可以請你再幫我第二個忙嗎？」

「妳儘管說。」

「你的右手可以放開我的肩頭了嗎？我想我目前很安全了。」

「喔，抱歉。」辛沉趕緊鬆開右手。

原來從剛才的攙扶開始，辛沉的右手就緊捏著律鳶花的肩頭不放，好似將她摟在懷裡一樣。男人若是能合乎情理將一個閉月羞花的女人擁入懷中，往往是不會輕易將手鬆開；女人若是懂得在此時提出要求，男人往往也不會拒絕。

律鳶花是個獨立的女人，可既然虧已吃了，自然要適時佔點便宜回來。

那辜沉呢？他是否明瞭這個道理？其實並不重要，因爲男人只有在鬆開手後，才會去思考付出的值不值得。

「那麼就不打擾你了，容我告退。」律鳶花轉身離開消失書櫃轉彎處。

辜沉雖想留下她，可惜卻無任何藉口可用：「唉，早知道就不要那麼乾脆將書拿給她了。」

無論值不值得，付出的都如覆水難收。

坐在館內書桌上看書的律鳶花正徜徉在浩瀚墨海中，仿若一尾放逐於滄浪中的魚，在暗礁中挖掘著奇趣，於浮藻裡褪下了哀矜，偷取閒時，自得其樂。

倏然，一條身影座落於同桌對面的位置上，訪客不速，卻非陌生。

她囁嚅道：「花花老師，妳能幫我看看這是什麼意思嗎？」

律鳶花自書本上昂首，凝望著前方的圖書館工讀生杜盈臻，她則將紙條壓在桌面上推了過來。

「好的，讓我看看……」

「哇，這是什麼啊？」辜沉突然一屁股擠在律鳶花的隔壁椅子上，還順手將桌上的紙條給搶了，導致伸手欲接的律鳶花撲了個空，只能噘著嘴有些失望地將手慢慢縮回。

「嗚嗚，紙條……」律鳶花此刻的表情皺得像顆包子，卻很可愛。

杜盈臻驚訝問：「這位是？」

宰沉輕咳兩聲自我介紹：「我是角鴞電台的DJ宰沉，假如偵探小姐是福爾摩斯的話，我大概就是華生了。」

律鳶花譏誚道：「我倒比較想讓你因麻醉針過量而長眠。」

「我又不是沉睡的小五郎，我可是將功勞都留給了妳。」

「因爲解開謎團的人，本來就不是你啊。」

「哈哈，別計較這種小事。」宰沉試圖矇混帶過。

杜盈臻催促道：「那麼可以開始幫我解謎了嗎？」

「那有什麼困難的？」宰沉仔細查閱紙條上的留字。「只有兩個字啊。受、青……」

律鳶花將頭一偏，窺看著紙條上的字確實只留有這樣的線索。

宰沉提問：「這紙條是誰給妳的呢？」

「這個嘛……」杜盈臻顯得有些欲言又止，似乎不願將這段關係公諸於眾。

宰沉察覺了她的顧忌：「不能講嗎？」

杜盈臻激動道：「即使不知道紙條是誰給我的，也不影響解讀吧？」

宰沉皺眉：「話是沒錯啦！但若知道是誰，自然會有更多線索可供參考。」

見宰沉陷入膠著，杜盈臻轉換對象向律鳶花發問：「花花老師，妳看出來這是什麼意思了嗎？」

律鳶花只輕輕莞爾一笑。「我認爲現在還不是解開這謎題的時候。」

「難道解謎還要看時辰不成？」宰沉發出疑問。

而這同樣是杜盈臻的疑竇：「妳是不是還不能確定？沒關係，可以先講出來聽聽看啊！」

律鳶花卻將話鋒別開：「我想先問妳幾個問題。」

杜盈臻頓時畏縮了：「我、我盡量回答。」

僅僅一句話就讓攻守立場霎時對調，不僅順利從對方咄咄逼人的情勢中脫身，還掌握了主導權。旁觀者清的辜沉，不禁有些欽佩律鳶花的話術思維，但她究竟還打算從杜盈臻嘴裡套出些什麼呢？

「給妳這張紙條的人是泉都大學的學生嗎？」

「從筆跡來看，寫這張紙條的人應該是個男生？」

「你們是透過什麼方式來傳遞紙條的？」

一連三個提問，並沒有什麼奇怪的，都是很合理的問題。但前兩個問題其實和辜沉一開始所問的對方身分相差無幾，只是改了個方式，限縮了範圍，不直接而迂迴地試探著。

杜盈臻掙扎片刻後道：「他會將紙條夾在還書裡給我，我只是單方面接受著他給我的訊息。」

「是嗎？」律鳶花略爲思索後露出微笑。「是這樣啊！我知道了，我會盡快給妳答案的。」

「那花花老師就麻煩妳了。」

「對了，這紙條就先留在我這裡吧。」

「我明白了，請妳多費心了。」

在短暫的請託後，杜盈臻又回到工作崗位，只剩下律鳶花和辜沉望著紙條各自發呆。

辜沉開口道：「偵探小姐妳問的問題，她還是避重就輕地跳過了啊！根本不知道這紙條是誰給的？只回答了無關對方身分的第三個問題，連名字都不知道，要從還書著手也不太可能啊。」

律鳶花卻回以微笑：「不，其實第三個問題和前兩個問題一樣，都是爲了鎖定對方身分而提問的。而且相較下前兩個問題，本就是我安排的棄子，我真正希望她答覆的正是第三個問題。」

「咦，是這樣嗎？」辜沉有些不敢置信。

「是的，其實前兩個問題我幾乎可以確認了。換句話說，對方的身分早就縮小到『泉都大學的男學生』這個範圍裡了。」

「這麼說她回答了第三個問題後，範圍又縮小成『在圖書館借過書的泉都大學男學生』！」

「沒錯。」

「但妳是如何確定對方是泉都大學的男學生呢？或許看字跡的輕重大小能夠分辨出是男生寫的，但不能代表一定是泉都大學的學生吧？可能是校外人士也說不定啊？」

「因爲紙張。」

「紙張？」

「你仔細看，這紙張的顏色是否偏灰，而非潔白？」

「這是再生紙？」

「沒錯，而泉都大學在這學期開始前曾發給全校學生一本行事曆，正是用再生紙印製的。」

「但紙也有可能是外面買的啊！或者寫的人是校內的員工、教師不是嗎？」

「當然。但這是機率的問題，一般人不會刻意去買再生紙來用，而員工、教師固然能夠索取，可畢竟不在一開始發送的範圍內。」

有件事讓辜沉覺得怪。「爲什麼行事曆只發給學生，卻不給教師呢？」

律鳶花淡然一笑：「很簡單，因爲每學期書商都會送給教師行事曆，一個書商至少就有一本，所以教師並不缺行事曆，深知此點的校方自然就將教師排除在外了。」

幸沉點頭稱是：「原來是這樣啊。可是即使知道這些，還是很難鎖定對象吧？而且萬一她不是回答第三個問題的話，又該怎麼辦呢？」

一個狡黠的笑，攀爬上律鳶花的嘴角：「不會的，因爲我在問題上設下了陷阱！」

「是什麼陷阱？我怎麼看不出來？」

「既然這是她交托我的任務，對於我的問題她自然不能全部三緘其口。而前兩個問題都明確指出了對方的某項特徵，所以她會本能避重就輕，選擇和對方特徵無關的第三個問題來回答。」

「希望妳能解開謎題，卻又不希望妳知道對方的身分。」

「正是這種極其微妙的心情，讓她落入了陷阱。」

「即使如此線索還是太少了吧？」

「無妨，就讓我們以僅有的線索來推理看看吧！」律鳶花離席，將椅子歸位。「不過得先離開這裡才行。」

幸沉瞥向在櫃檯忙碌的杜盈臻：「爲了不讓她發覺？」

律鳶花回答：「不，是因爲在圖書館應該要保持安靜。」

幸沉和律鳶花兩人並未走得太遠，而是在圖書館外的一處樹蔭下駐足，石椅圍繞著樹幹陳設，如斷斷續續的線條，畫了個灰圓圈。圓蓋下滿布垂落的氣根，恰似變白中的青絲，慣看了秋月和春風。

她隨性坐下，將推理的機會讓給了幸沉。

用手指抵著下顎，辜沉來回踱步徘徊，開始了推理：「一般而言，會用紙條傳遞，不外是警告、挑戰、談情、騷擾這幾個方向。但既然用了語焉不詳的暗號，是警告的可能性不高，要挑戰的話，應該會鎖定某些解謎專家才是！例如丹布朗筆下的羅柏蘭登……」

「盈臻，她並不擅長解謎。」律鳶花以肯定的語調回答。

「這麼說來，是情書或騷擾信的可能性很大！從她剛才的神情來觀察，並無害怕驚慌，反倒有一絲焦急感，所以騷擾信的可能也能排除。」

「沒錯，這紙條是個情書。」

「若是封情書，爲何要故弄玄虛？」

「只有兩個原因。」

「妳別說，讓我想想。」辜沉低著頭往復來回。「要嘛是要浪漫搞驚喜，可是若她解不開無疑會弄巧成拙，風險太大。」

「是的，若是要搞驚喜，在盈臻解不開的情況下，應該還能得到新線索或提示，可是卻沒有。所以她才會求助於我。」

辜沉倏然靈機一動：「我懂了！因爲怕太直接會傷害了她，於是用了暗號。這紙條可能是封訣別書或分手信。」

律鳶花微微笑：「合理的推測。」

辜沉雀躍道：「這樣即使還沒解開字謎，但也了解紙條要傳達的意思了啊！」

律鳶花卻不以爲然：「話雖如此，但這殘缺的推理，可不符合偵探的美學喔！何況用了什麼樣的措辭來表達，以及背後眞正蘊藏的涵義，更加重要不是嗎？」

「什麼嘛，從剛才開始一副好像妳已經知道暗號的意思似的？」

「DJ先生你說對了！從我第一眼看到紙條，就已解開了字謎所要傳遞的意涵。」

「咦？眞的嗎？」幸沉大感詫異。「那妳爲什麼不直接告訴她？」

「因爲推理還沒完成。我說過了，光是解開字謎只是個殘缺的推理，對方是誰？爲何要和盈臻一刀兩斷？在不了解來龍去脈的情形下，我不願輕言答案。」

「這種事，不用妳管吧？讓她自己去煩惱和探索不就好了？」

「不只是爲了她。」律鳶花眼眸一亮。「也爲了滿足我身爲偵探的好奇心，我會釐清整件事的眞相的！」

瞧見了律鳶花那如星璀璨發亮的眼睛，幸沉似乎懂了所謂的偵探是要靠謎團活下去的生物。爲了不讓她成爲被好奇心殺死了的貓，幸沉決定守護在律鳶花的身邊，直至破解了所有謎團。

幸沉含情脈脈看著律鳶花道：「偵探小姐，我不會讓妳變成貓的。」

律鳶花卻回答：「或許像貓的人並不是我，貓在壽命將盡時，會獨自躲起來掩護虛弱的自我，不爲人所知，好似憑空消失了一樣。」

「妳是說對方可能有生命危險，所以才寫下這紙條嗎？」

「不，只是或有隱情。」律鳶花站起身來。「好了，我等一下還有課就先告辭了。」

「那我們就暫且分開調查。」

「好的。」

「對了，偵探小姐，那個字謎的解答到底是什麼啊？」

律鳶花笑得燦爛：「這個嘛，DJ先生，你不如去問李白吧！」

「咦？」看著律鳶花揚長而去的背影，辜沉卻是搔著頭滿腹疑惑，這字謎暗號到底和盛唐的詩仙李白有何關係？難道李白不只是個詩人劍客，還是個名偵探不成？

辜沉眞的不明白。

3

踏出了研究室，律鳶花告別了文學系的主任教授錢璽風。在上完課後，她旋即前往研究室替錢教授準備上課用的相關教材，直到窗外霞霓滿天，繪上橙紫兩色相間的漸層，工作才告一段落。

工作中，她藉由職務之便調閱了杜盈臻的課表，除了會計系的三年級必修課程外，還有一些自由選擇的通識課程。

律鳶花認爲對方能夠在不讓她察覺身分的情形下傳遞紙條，肯定對她的生活作息有相當的掌握度，只要調查杜盈臻的周遭，要逮住對方的蛛絲馬跡應不困難。

翌日一早，在杜盈臻尚未上工前，律鳶花她隨口胡謅了個藉口，讓別的認識的圖書館工讀生替她調出了杜盈臻的借書紀錄。有時侯在校園裡教師的身分，似乎跟有調查權的警察一樣好用。

「哇，偵探小姐你來得眞早！」突如其來的聲音讓律鳶花嚇了一跳，原來是辜沉。「我還以爲我來的夠早了。」

「因爲我住在教師宿舍裡，假設同時間出發，自然是距離近的我會早到。」

「住宿舍不會不方便嗎？」

「雖然學生是四人一間，但教師可是一人一間的 1LDK 喔！而且租金只有外面市價的一半。」

「喔，聽起來不錯嘛。」

工讀生將打印出的借書紀錄，遞給律鳶花。「花花老師，妳要的盈臻借書紀錄。」

「謝謝妳，小敏。」

「不客氣。」小敏顯得有些擔憂。「希望妳能順利找到夾在書裡的駕照。」

「這件事要對盈臻保密喔！我不希望盈臻爲此自責。」

「我知道了。放心，我嘴很緊的。」

律鳶花拿著一紙紀錄，轉身將辜沉一同帶離櫃檯。

辜沉則不解發問：「夾在書裡的駕照是怎麼一回事啊？」

原來律鳶花向小敏宣稱曾自杜盈臻手裡借了一本書，當時手邊沒有書籤於是用駕照當作書籤，由於借書期限將至，杜盈臻向她討取，慌亂中就將還夾著駕照的書還給了杜盈臻。

但後來還書歸檔的杜盈臻似乎沒發覺裡頭夾了張駕照，而她察覺後不好意思再麻煩杜盈臻，於是請小敏幫忙，調出杜盈臻曾借過的書籍，因爲她只隱約記得書皮的顏色卻忘了書名。

「這是欺騙吧？」辜沉低聲吐槽。

「被拆穿了，才能叫做謊言。」

「那現在呢？」

「只是未經證實的話語。」

宰沉伸出食指搔搔鼻頭：「不是我自誇，從沒人能騙過我喔。」

律鳶花附和道：「我相信你從未上當過！」

「真的？」宰沉有些欣喜若狂。「因爲我看起來很聰明？」

她語氣冷淡：「不，因爲你連讓人欺騙的價值都沒有。」

「嗚！」宰沉捂著胸口。「偵探小姐，妳的負能量又開始發射了嗎？」

「別廢話了，開工啦！」

律鳶花照著書單抽出一本書，丟給了宰沉。

隨後宰沉跟著律鳶花在書櫃間繞來轉去，手上的書則如疊羅漢般層層堆高，甚至越過了頭頂上。

「一共有幾本書啊？」

「我請小敏印出了最近的一百本書。」

「咦？她看了一百本書以上。」對於這驚人的數字，宰沉幾乎不敢置信。

律鳶花則從容回答：「若是不喜歡看書，也不會來當圖書館的工讀生吧？」

宰沉屈服道：「這樣講，也是啦。」

「好啦！那就繼續了！」

「哇！」律鳶花墊著腳尖又將一本書疊上去，宰沉發出驚呼開始搖搖晃晃，可惜的是堆積如山的書本阻礙了兩人的視線，否則若能瞧見彼此的表情，情況肯定會更有趣。

歷經辛苦的尋書過程，兩人終於將一百本書找齊堆在桌上，如峰巒疊嶂，蔚爲壯觀。

甫卸下重擔的辛沉，喘著氣問：「不過找杜盈臻她曾看過的書，有何意義啊？」

律鳶花回答：「假如你喜歡一個人，你會不會對她的喜好感興趣呢？例如想知道她喜歡什麼運動？愛吃哪些東西？對什麼事物著迷不已？」

「或者是喜歡看什麼樣的書？」

「沒錯，尤其是那本書會夾著紙條遞到你面前時，你會不會爲了想更了解她，而去讀她讀過的書？即使不知道她究竟有沒有看過那一本書？或者只是單純當作傳紙條的載具。但你也不願放棄任何能夠了解她的可能性？」

「我懂了，假設傳遞紙條的人和借書人是同一個。杜盈臻很可能在他之後又馬上借了這本書，所以只要鎖定書本背後的借書卡，在卡上歸納出杜盈臻的前一個名字，就能鎖定對方是誰！」

律鳶花嘴角輕揚：「答對了。當然寫紙條的人和借書人不一定是同一個，但這條線索値得一追。」

辛沉好奇地問：「偵探小姐，莫非妳對自己的推理沒有自信？」

律鳶花倏然神情一肅：「先有很多錯誤的推理，才會有正確的推理誕生！一個偵探若是太有自信，若是害怕犯錯，終將和眞相擦身而過，並淪爲名譽聲望的奴隸甚至自甘被蒙蔽。」

一席慷慨激昂的發言，震懾了辛沉，婉轉語氣卻是餘勁磅礴，直道出一名偵探該恪遵的原則。

不囿於自身名望的維護，而無懼錯誤，勇於承認錯誤，大膽假設，小心求證，是偵探的準則。假如只盲目追求一擊即中的推理，即使後來查知了推理錯誤，只怕仍會爲了保全聲名，而不敢推翻，將錯就錯。

眞正的偵探，是在推理過程中犯了所有能犯錯誤的人，沒有自信，不斷斟酌，深怕雪埋了眞相，冤枉了無辜。只有這樣的人才能在每一樁謎團中，拼湊出眞正的解答。

幸沉笑了。

律鳶花卻不懂：「DJ先生，你在笑什麼？我有說錯了什麼嗎？」

「不，我只是覺得妳眞的是個名副其實的偵探呢！偵探小姐。」

「那你若打算成爲名副其實的助手，請開始整理並統計借書人的名字吧！」

「是。」幸沉用手刀敬了個禮。

兩人分工合作翻閱了一百本書背後的借書卡，將杜盈臻上一個借書人的名字用白紙加以橫列紀錄，若有重複則以正字計數法，在旁計算。

看著紙上的名字，幸沉有些詫異：「看來這條線索找對了，還眞是一目瞭然啊。」

律鳶花贊同道：「是啊，雖然前面七十本書的借書人幾乎各不相同，可是後面三十本書裡，整整有二十六本書的上一個借書人，都是同一個名字。」

「楊煜丰！」紙上橫列的名字旁，畫著五個正字和一橫。

「怎麼看都並非巧合。」

「難道他就是寫紙條的人？」

「不，證據還不足夠。但可以確定楊煜丰和寫紙條的人有所關聯！」

「最後一本書是兩個星期前借的，以杜盈臻借書的頻率來看，似乎停頓的太久了些。」

「這代表送上寫著『受、青二字』的紙條後，她再也沒收到紙條和還書了。或許這是一個很好的提示。」

「提示？怎麼說？」

「我不認爲寫紙條的人一開始就是以楊煜丰的名義來借書，很有可能起初是夾在隨便一個人的還書中，後來才固定由楊煜丰這個名字來借書還書。」

「這樣看來，這個名字的第一次出現跟最後一次出現，恰巧代表兩人關係的三階段變化？」

「是的，可能是盈臻提出某些要求，讓寫紙條的人改變了方式。」

辜沉蹙眉道：「這麼說，八成是杜盈臻要求會面，而寫紙條的人退卻了，所以送上以暗號字謎撰寫的訣別信，結束了這段關係？」

律鳶花頷首回答：「機率很大。」

「只要找到這個叫楊煜丰的人加以詢問，眞相就能水落石出了吧？」

「是這樣，沒錯。」

「好。」辜沉拍胸脯保證。「接下來就讓我將這個叫楊煜丰的人找出來！」

律鳶花沒多說什麼，只是覺得有件事不對勁，爲什麼這個寫紙條的人要逃避呢？假如寫紙條的人是楊煜丰，知道了名字再借助圖書館的系統，杜盈臻應能輕而易舉找到楊煜丰才是。

假如寫紙條的人不是楊煜丰，那個人和楊煜丰又是何關係？爲什麼不用自己的名字來借還書？是逢場作戲還是自慚形穢？

無論如何，找出楊煜丰無疑是通往解答的捷徑。

4

和杜盈臻在往圖書館和宿舍的岔路分開後，顧潔與林佩瑾相伴而行，卻被一個頸間掛著耳機的男人在宿舍前攔截下來，對方表明了身分是來自角鴞廣播電台的DJ辜沅，正在調查一件異聞。

異聞館，是辜沅的廣播節目「角鴞夜衝中」裡的一個單元，專門介紹泉都內流傳的獨特人文風情或都市傳說。當然，此刻節目取材只是辜沅用來套話的一個藉口罷了。

顧潔問：「是什麼異聞？」

林佩瑾猜測道：「難道是泉都大學裡的三椿靈異傳聞？」

辜沅搖搖頭：「不，鬼故事我採訪過了。這次要採訪的是關於一張夾在書裡未署名的紙條！」

顧潔有些驚訝：「紙條？」

林佩瑾不禁吐槽：「又不是小學生，這年頭幾乎人手一機怎麼還會有人用紙條？這麼復古喔？」

辜沅微笑：「很有趣吧！其實是我的一名聽眾講的，她在泉都大學圖書館的還書櫃檯外撿到一張紙條，不知是誰掉落的？而且詭異的是上頭寫的是道字謎！」

林佩瑾問：「是從要還的書裡掉落的嗎？」

辜沅回答：「據她轉述當時櫃檯上只有一本書。」

實際上根本沒有這位聽眾，純粹是辜沅虛構出來套話用的，而當時櫃檯上到底有幾本還書，辜沅更是一概不知。

顧潔問：「書皮是什麼顏色的呢？」

「書皮嗎？」辜沉略一思索，憶起在圖書館歸納杜盈臻借書卡的最後一本書。「是白色的。」

林佩瑾靈光一閃：「白書皮？不就跟那個很帥的學長，要盈臻還的書一樣嘛！」

顧潔：「但白書皮的書很常見吧？」

辜沉不惜加碼釋放出更多訊息：「據她講，發現紙條時，大概是在兩個星期前的週四……」

林佩瑾在腦海裡算了一下：「同一天耶！說不定眞的是盈臻要還的那本書。」

眼看寫紙條的人和借書者是同一個人的可能性呼之欲出，辜沉趕緊追問：「妳們知道那個學長的系所姓名嗎？是不是叫做楊煜丰呢？」

林佩瑾回答：「不知道耶。」

辜沉語氣間難掩失落：「是嗎……」

林佩瑾問：「那麼那張紙條……」

顧潔搶話道：「是楊煜丰給盈臻的！」

辜沉回答：「我想應該是這樣沒錯。」

林佩瑾問：「眞的嗎？那紙條上究竟寫了什麼，能夠透露嗎？」

辜沉反射性回答：「上頭寫著……」

卻遭顧潔打斷：「等一下，你並不是隨機採訪我們的吧？你是不是早就鎖定了盈臻，知道我們是她的摯友所以來探我們的口風？」

被看穿的辜沉仍試著辯解，打算矇混過關：「爲什麼妳會這麼想呢？」

顧潔回答：「你大概看過白皮書背後的借書卡和紙條，所以懷疑楊煜丰和盈臻可能就是傳遞紙條的兩方，又怕直接詢問盈臻她不願承認，於是找上我們旁敲側擊。是這樣，對吧？」

慘遭揭破的辜沅一時語塞：「那個……」

「哼！我們走……」顧潔拉著林佩瑾的手往宿舍走去。

「我不是壞人，眞的！」辜沅也搞不懂，最後爲何只擠出了這些話。

但林佩瑾卻有個疑問沒說出口，爲何顧潔會認爲紙條一定是楊煜丰給杜盈臻的呢？莫非這是她希望的發展？捫心自問，她似乎也這麼希望，因爲兩人的外型非常登對。

目送著顧潔和林佩瑾進了宿舍，辜沅一個轉身伸手進暗袋關掉錄音筆。

至少藉著這條線索，確認了楊煜丰和杜盈臻曾經見面過，並非完全素未謀面。

但這遭遇讓辜沅不禁概嘆，自個兒向律鳶花學的話術，現學現賣的首戰，似乎就出師不利啊！可是接下來搜尋楊煜丰的下落時，只怕還是得編織幾個藉口才行，原來瞎編鬼扯也是門學問，而且很深奧。

獨自展開調查的律鳶花返回研究室時，桌面上多了張黃色的便利貼，還有一支纏捲著耳機線的錄音筆壓在上頭。原來是辜沅留下的！因爲要回去準備晚上的廣播節目內容，只好不告而別，只將今日調查的成果以錄音檔奉上。

沒辦法，誰叫律鳶花是個拒用手機者，要找到她可不是件容易的事，只能留下紙條傳遞了。

便利貼上，只簡單寫著要回去工作，希望她聽完錄音繼續加油，還用筆繪上了一個逗趣的塗鴉。於是律鳶花坐在椅上，將耳機戴好，開始播放錄音筆裡的內容。

「根據我明查暗訪的結果，楊煜丰是研究所一年級的學生，但在兩個星期前已辦理了休學手續，指導教授表示他打算專心準備公職考試，於是決定暫時休學……」

所以離開校園是楊煜丰將這段感情擅自劃下句點的主因嗎？爲了全神貫注準備公職考試而封鎖掉所有和外人交流的管道，這種破釜沈舟的方式，時有所聞並不稀奇。

但爲何要用暗號字謎的形式來訣別？若眞打算舉慧劍斬情絲，何不開門見山更能讓對方死心？

「接下來，是我和杜盈臻的兩個死黨顧潔、林佩瑾的對話……」

律鳶花仔細聆聽著錄音中的每一段對話，手上則轉著筆，偶爾在白紙上寫下某些關鍵字詞作整理分析。錄音檔的後面，辜沉還講了些如何圍堵楊煜丰的計策，以及對於眞相的全盤推測。

聲音止歇後，律鳶花她將耳機拉下，擱了筆，拿出那張夾在書裡給杜盈臻的紙條端詳，同時對照著白紙上寫下的疑點，奈何卻是毫無收獲。

正當她倍感苦悶時視線一偏，瞧見了辜沉留給她的那張便利貼上頭的醜塗鴉，令她不由得發笑。

「等等，莫非……？」律鳶花突然茅塞頓開。「原來還有這個可能性，只要能確認兩人有關係，這個假設足以成立。可是證據呢？對了，剛才的錄音……」

她再度將耳機塞入，重新播放。

同時穿上披在椅背的外套，帶著紙條和便利貼去找那個能夠幫助她釋疑的人。

「眞的是這樣嗎？」律鳶花有些驚疑地問。

坐在她對面的是美術系的教授蘇寅成，同桌煮茶的還有文學系主任教授錢璽風。事實上，律鳶花本打算請同系的主任教授錢璽風代爲引見，卻正巧撞見兩人一同在系辦喫茶聊天。

「沒錯，我不會看錯的。我可是教了三十年的美術，難道還看不出兩者的差異嗎？」

「謝謝你，蘇教授。」

她向兩位教授行禮後，倉皇地轉身離去。

蘇寅成一臉疑惑道：「你家的小助理教授，怎麼慌慌張張的啊？」

錢璽風卻只澹然一笑：「這個嘛……別小瞧她喔！她可是個很厲害的偵探啊！」

夜，正值十一點整。

「角鴞夜衝中」的廣告空檔，辜沉手機螢幕上的號碼顯示來自室內電話，寫著偵探小姐四個字。一接通，另一頭旋即傳來了熟悉的聲音：「我看見了，通電後的曙光。」

解謎有時也如同抽絲剝繭一般，當謎團絲盡，就能瞧見銜著解答的蝴蝶婆娑飛舞迎光而出了！

廣告將盡，辜沉趕忙再以歌曲銜接，換取和律鳶花通話的時間。「果然寫紙條的就是那個人吧？」

「是的。」律鳶花緊握著話筒。「這樣一來，所有的發展都能得到合理的解釋了。不過還缺乏一錘定音的證據。但你設下的圈套，或許能讓那個人上鉤也說不定？」

「咦？妳知道我設下的圈套？」

雖然辜沉在錄音檔的後面，有提及要如何圍堵好逼其現形，但具體計畫並未告知。因而對律鳶花她竟能洞悉圈套所在，仍不免感到有些詫異。

律鳶花由衷稱讚：「嗯，真是不著痕跡的設套法，我料那個人明早一定會採取行動，以彌補預料外的失敗。到時候自然能人贓並獲了，可以省下很多搜羅旁證的麻煩。」

「那明早我們就在那裡會合?」

「好的，就在那個人一定會去的那裡埋伏。」

結束通話，辜沉滿懷激動。

在解開謎團後，在兇手面前，將推理鉅細靡遺道出是辜沉夢寐以求的場景！

明早，或許將美夢成眞。

5

晨曦，於疏雲間灑下，照在人煙漸濃的小巷道裡。

依據楊煜丰的前室友所提供的消息，這條路上的補習班以公職考試爲主要營業項目，當時楊煜丰曾趁著研究所的課堂空閒，獨自來此四處試聽課程，或許會選擇在某一間補習班落腳上課。

爲了怕楊煜丰從眼前逃脫掉，於是乎辜沉設下了一個圈套。

那就是佯裝成發送免費公職教材的推銷員，再請楊煜丰塡問卷留下地址資料，雖然得自掏腰包購買一些公職書籍，但這招卻有很大機率能夠在兵不血刃的情況下，掌握楊煜丰的住處。

因爲雖然從前室友口中得知楊煜丰的基本資料，但很可惜前室友們卻不知道後來楊煜丰搬到哪裡去，似乎是趁著宿舍沒人在時，偷偷搬離的，連手機都換了，彷彿是要離群索居一般。

辜沉深呼口氣站在巷口，默默等待楊煜丰經過。

但約好要一起埋伏的律鳶花她人呢？似乎也還不見蹤影，莫非是他來得太早了些？

七點十五，泉都大學圖書館剛開不久。

那個人戴著帽子壓低帽簷躡手躡腳地在櫃檯附近遊走，似在等待著什麼時機？陸陸續續有些人前來還書，將書籍隨意置放在櫃檯上便離開了。趁著早上的工讀生離開櫃檯的一瞬間空檔，那個人靠近還書櫃檯將一張紙條夾入其中一本書的背面，放在借書卡上。然後扭頭就走！

豈料，才剛踏出圖書館，旋即有人追了出來並出聲喊住了那個人。

「同學，請留步。」出聲的人，就是律鳶花。

那個人掙扎後回頭一望，瞧見了律鳶花手裡拿著本書，正是方才夾入紙條的那本。帽簷下的表情霎時刷白，顯得十分驚惶，緊握的雙手裡沁出了焦慮的汗，濕透了掌心。

巷口處，楊煜丰終於出現了。

辜沉精神一振，趕緊上前推銷，楊煜丰不疑有他拿了免費教材，將問卷上提問和資料填滿，交還給辜沉。確認住址後，辜沉卸下偽裝的神態，一副驕矜自滿的模樣，攔住了楊煜丰的去路。

「還有事嗎？」楊煜丰不解問道。

辜沉厲聲道：「你就是寫紙條送給杜盈臻的人對吧？我都調查清楚了！」

「你是誰？」楊煜丰神情戒備。

「我是杜盈臻委託解開最後一張紙條上暗號的人之一。」

「哦?」楊煜丰試探道:「那最後一張紙條上寫了什麼?」

「兩個字。分別是受、青,對吧?」

「你果然看過那張紙條,那你解開了這個暗號了嗎?」

「當、當然。」辜沉有些心虛地回答。

雖然對於如何解開字謎暗號,律鳶花給了李白這個提示,但辜沉即使翻遍了李白詩集還是搞不懂那個暗號,究竟跟詩仙李白有何關係?但根據早前推論的結果,依然能知曉有訣別的涵義在。

「你打算結束這段關係是吧?是因爲要準備公職考試嗎?所以才……」

「很可惜,你弄錯了。」

「咦?」

「寫紙條的人並不是我,我只是個信差。」

圖書館外,律鳶花開始剖析整個推理過程。「你一定覺得很奇怪吧?爲什麼我會知道你會來這裡?這是因爲DJ先生向你設下了圈套!」

「圈套?」

「是的。爲了向你們套取楊煜丰和杜盈臻的相關線索,DJ先生佯稱紙條並未送到杜盈臻手裡,而是失落了。因此你擔心杜盈臻不知道你打算結束這段關係,而傻傻等候紙條,於是你今日才會再度前來,送上這張和最後一張的紙條,一模一樣的紙條!」

律鳶花打開書本最後一頁,取出紙條,再和杜盈臻交給她的紙條一同拿出,果然上頭都寫著受、青兩個字。

「我、我只是替人送紙條罷了。妳看我的樣子，有可能是寫紙條和盈臻暗通款曲的人嗎？」

「不，正因爲如此。我才能確定寫紙條的人是你！」律鳶花伸出食指指向眼前人。「顧潔同學！」

偷偷將紙條夾入書本裡的人，竟然是杜盈臻的死黨之一，顧潔！

顧潔激動予以反駁：「別開玩笑了，我可是……」

「女生，是嗎？」律鳶花卻很平靜。

「沒錯，那個字跡怎麼看都是男生寫的吧！」顧潔大聲嚷嚷。

「乍看之下是這樣沒錯，連我都被妳騙了。可是……」律鳶花拿出幸沉留給她的便利貼。「看了DJ先生留給我的便利貼後，我才開始懷疑會不會寫這張紙條的人其實是女的呢？」

顧潔定睛一看：「有什麼問題嗎？是男生的字跡沒錯啊。」

律鳶花微微笑：「關鍵不在字跡，而是字下的塗鴉。很明顯的DJ先生的字跡和塗鴉都很粗獷，但給盈臻的紙條上，字跡和肖像畫的筆觸差異卻很大，肖像畫明顯細膩許多。於是我猜測畫肖像畫的人是不是個女的呢？」

「那只是妳的胡思亂想！」

「所以我找上了美術系的教授替我驗證，他可是這方面的權威，很快便斷定這肖像畫是出自女生的手筆。而我雖然被妳僞裝的字跡騙倒，但本系的主任教授，卻同樣一眼看出紙條上的筆跡是刻意模仿男生的！」

顧潔仍否認到底：「反正跟我沒關係！」

「妳不覺得奇怪為何我會知道妳的名字嗎？」律鳶花驀然拋出這個問題，動搖了顧潔。

「因為我是盈臻的朋友？」

「不，我認識盈臻是在圖書館，而妳幾乎很少前往圖書館對吧？」

顧潔突然領悟過來：「是那個DJ的採訪？」

「答對了，其實那段採訪的對話，全被DJ先生錄下來了。我反覆聽了幾次，發覺妳的反應非常奇怪，似乎早就知道楊煜丰的來歷和紙條的事了。」

故作鎮定的顧潔回憶那段訪談過程，卻搞不懂到底哪裡的應對出了差錯？

律鳶花解釋道：「在發覺紙條存在時，妳直接就認定是楊煜丰遞給盈臻的紙條對吧？」

顧潔蹙著眉回答：「這有什麼問題？很合理啊！」

「是的，但還有另一個可能！就是上　個借書人將紙條給楊煜丰，而楊煜丰沒發現，才把還夾著紙條的書本交給盈臻。我覺得同行的林佩瑾同學是有察覺到這一點的喔！」

「我、我只是因為曾在教室外看過楊煜丰將書塞給盈臻，才會這樣聯想，至於別的可能我就不能沒有察覺到嗎？我比較笨，不行嗎？」

「不，妳是聰明反被聰明誤。妳問了書皮的顏色來確認是否是那一本妳夾入紙條的書，又順勢逼問出紙條掉落的時間點，做了雙重確認，而且問題都很合情合理。但在林佩瑾同學詢問DJ先生紙條上頭寫了什麼時，妳卻打斷了，這點卻有違常理。一般人都會有好奇的心態想知道紙條上的內容，何況對象還是重視的人。」

「不是每個人都熱衷八卦。」

「或許吧！但其實妳害怕林佩瑾同學會解出暗號，知道了某人結束了和杜盈臻的關係。妳不願意讓盈臻慘遭拋棄的事，被別的人知道，即使是妳和盈臻的死黨。」

「佩瑾又不是什麼偵探，怎麼可能輕易解出暗號？我為什麼要防她？這推理太牽強了吧！」

「妳說到重點了，爲什麼妳會認爲林佩瑾同學能解出暗號呢？其實這就跟妳以爲盈臻能解出暗號的緣故一樣。」律鳶花拿出杜盈臻的課表。「我查過了，盈臻和妳，還有林佩瑾同學，選了同一門通識課程『中國文學概論』。我從授課講師手裡拿到了這學期的上課內容，其中『對聯』是前幾週的重點項目，在對聯中有所謂的『拆字聯』用法。妳從那裡得到靈感，寫下這封訣別書，一來是妳不願直接傷害盈臻，二來是妳希望她能察覺到跟她傳遞紙條的人，可能是妳。」

「那楊煜丰爲何突然人間蒸發了呢？」顧潔近乎歇斯底里的反駁著。

律鳶花淡然道：「因爲事實正好相反了。不是因爲遞出紙條後，楊煜丰才消失，而是妳知道楊煜丰即將消失，所以才會請他來幫忙傳遞紙條。」

顧潔瞪大了雙眼瞧著律鳶花，喉嚨裡卻再也擠不出一句反駁的話語。

律鳶花接著道：「我想一開始妳是隨機夾在書裡給盈臻紙條的，畢竟紙上有盈臻的Q版肖像畫，即使歸檔的是別的工讀生，自然也會將紙條轉交給盈臻。何況主要負責還書歸檔的人是盈臻。但時日一久，她受不了這種單向的溝通模式，於是透過某些管道讓妳察覺了她的不滿。於是接下來楊煜丰出現了，成爲妳的替身。可是這個轉變讓妳知道，總有一天她會要求見面的，可是妳卻很畏懼，因爲妳不知道盈臻能否接受和同性談戀愛這件事？若是到時候，妳選擇了逃避，就不能留下任何蛛絲馬跡，於是妳需要一個隨時能從身邊消失的人作爲替身。妳得知了楊煜丰打算考公職，正在猶豫是否該休學，於是向楊煜丰提出了這個無理的要求。基於某些理由，或許是交情，或許是交易，楊煜丰答應了妳。而這一天，究竟來了，知道楊煜丰並非本尊的盈臻要求和妳見面，妳不敢，所以留下了訣別的紙條，楊煜丰也功成身退地默默消失了。我有說錯什麼嗎？」

顧潔終於身軀一鬆卸下了武裝：「妳怎麼會懷疑到我頭上的？」

律鳶花回答：「能夠一直隱瞞身分不讓盈臻發覺，我料是對她的生活作息瞭若指掌的人，所以是她身邊的人機率很大，即使不是，她身邊的人中必有同謀存在。」

「爲什麼會知道紙條的事？那個DJ的說詞是假的，那眞正的原因是什麼？」

「這對妳而言，不知是幸或不幸的失算？」律鳶花稍加停頓才往下說。「盈臻解不開妳的暗號，所以請我來代替她解開，因爲我是個偵探。」

顧潔驚詫道：「偵探？莫非妳就是文學系的那個……」

「妳好，我是文學系的助理教授律鳶花，這自我介紹似乎有些晚了。」律鳶花不禁莞爾一笑。

「那麼妳是何時解開暗號的？」

「打從一開始看到那個暗號，我就解開了。」

「什麼？」

「別忘了，我可是文學系的。」

「爲什麼不直接告訴盈臻答案就好，而要大費周章將我的身分找出？」

律鳶花神情一斂：「因爲我不知道妳是以何種心情將暗號寫下的？假如貿然告訴盈臻紙條表面上的答

案，我不認為這會是個負責任的行為！身為偵探或許只要能解開謎團就夠了，但我不只是一個偵探，還是泉都大學的教師，而盈臻是我的學生。」

顧潔囁嚅問道：「那麼妳打算要怎麼做呢？將一切都告訴盈臻嗎？」

「妳害怕嗎？」

「妳懂什麼？即使是這個觀念開放的時代，但同性的愛仍會遭人白眼的！而且……」

「而且如果給妳白眼的人是盈臻的話，妳會更加傷心是嗎？妳之所以用這種迂迴的方式示愛，正是因為妳不知道盈臻能否接受這種愛？」

「我不能開誠布公，妳知道我有多痛苦嗎？」

律鳶花譏誚道：「所以妳選擇隱瞞了眞正的性向，將痛苦藏在心裡，然後敷衍地笑嗎？」

顧潔激動道：「每當有人提及對同性戀的反感時，我除了微笑帶過還能怎麼辦呢？」

「為什麼一定要笑呢？」

「因為只要笑，就不會被當成異類，只有嘲笑自己才能將傷藏住。」

「妳不覺得就是因為妳總是笑，所以別人才會覺得怎麼傷害同性戀，怎麼傷害妳，都無所謂嗎？眞正歧視妳的人，是妳自己，活在別人的眼中有何意義？」

「閉嘴，妳根本不懂！」

「是的，這麼愚蠢的思考模式，我完全不懂呢！擅自將支持妳的人和反對妳的人，全打成一丘之貉躲在象牙塔裡自哀自憐，其實妳的痛苦不是別人給的，而是妳自己選擇的！不是嗎？」

「我、我……」

顧潔啜泣地說不出話，她總自以爲所有人都會以異樣的眼光打量她，卻從未問過那些人心裡眞正的看法，就擅自替所有人做了回答，擅自痛苦著。

「中午用餐時間，我約了盈臻要替她解開紙條上的暗號。妳若有要當面對她說些什麼，就尾隨著她來吧！可別指望我會體貼地替妳解套喔。」

律鳶花輕輕一個頷首，轉身離去。

顧潔叫住她：「妳就不能安慰我嗎？」

律鳶花冷淡回答：「抱歉，我就是這麼個只充滿著負能量的人。」

步履再開，圖書館外只留下癱坐在地的顧潔。

若正能量只會麻痺傷痕，那麼她寧願選擇會讓人疼痛的負能量，因爲她曉得只有在痛徹心扉後，才能眞正打開了心扉。

走至半路的律鳶花倏然停下腳步：「對了，DJ先生爲什麼沒來呢？」

6

泉都大學文學院一隅的枯魚複合式咖啡廳內，律鳶花和辜沉盤據著角落的一桌，正在聊天並等候著杜盈臻的造訪。桌上的一壺百合花草茶香韻正馥郁，同樣在等候著懂得賞味的人！

「結果眞正的寫紙條的人，竟然是顧潔？」辜沉驚訝的合不攏嘴。

律鳶花同感訝異：「我還以爲DJ先生你是推知了這點，所以才在訪談中設下圈套來驗證的。原來是誤打誤撞的啊？難怪我都推理完了，你還沒來。」

「直到接到妳從研究室打給我的電話，我才知道妳說的那裡是圖書館，而不是補習班的巷口。」

「那麼楊煜丰怎麼說呢？」

「接到電話後，我將妳的推理轉述，楊煜丰就爽快地坦承一切了。而楊煜丰會答應顧潔的無理要求，是因爲他曾追求過顧潔被打槍，但當顧潔提出這要求時，還是決定幫她這個忙。」

「還眞是個心酸的工具人呢！」

「連妳都這麼覺得嗎？」稍加感嘆後，辜沉話鋒一轉。「對了，我還是解不開那個字謎的涵義？李白詩集都快被我翻爛了，暗號到底跟李白有何關係啊？」

律鳶花扶了下鏡框道：「據傳當年湖南岳陽樓的木壁上被一名遊人寫上『一、虫、二』三個字，而附近居民卻苦思不解，於是趁著李白來遊歷時請教，李白則看出這是一副對聯……」

辜沉搔著頭問：「對聯？上聯一，下聯二，橫批是虫？這什麼東西啊？」

「請用一點想像力！在岳陽樓可覽洞庭湖於眼底，故而李白解出的對聯是『水天一色，風月無邊』八個字。」

「我懂了。『一』是指水跟天看來一樣，『虫、二』則是風、月二字去了邊框！」

「答對了！」律鳶花點頭微笑。「『受、青』這兩個字是用了同樣的原理，同樣少了某個字形。DJ先生，你看出來了嗎？」

「是『心』兩個字都缺了心！」

「正解，受、青二字代表的涵義，即是『無心愛情』。」

辜沉呼了口氣：「還眞是愛賣弄啊，幹嘛不直接講清楚就好了？」

律鳶花則理直氣壯回答：「這種模糊不清的曖昧，正是愛情的韻味啊！」

「假如偵探小姐妳喜歡的話，我也可以寫這種字謎給妳喔！」

「還是算了吧！」

「爲什麼？」

律鳶花聳聳肩：「你出的暗號，根本不能算是謎題。」

「別這樣嘛，人都有第一次，讓我試試，我有靈感了……」

倏然，門口懸掛的風鈴聲作響，杜盈臻獨自一人推開了門。

「盈臻，在這裡！」律鳶花出聲叫喚。

「誒？」眼看杜盈臻來了，辜沉只好作罷。「來得也太湊巧了吧？」

杜盈臻在律鳶花對面入座：「花花老師，妳解開了紙條上的暗號了嗎？」

「是的。」

「到底是什麼意思？」杜盈臻焦急地問。

風鈴聲再度響徹了枯魚，又有一個人來了，杜盈臻感覺背後好似站了一個人，驀然回首，一個再熟悉不過的身影，映入了她的眼簾中。

律鳶花燦爛一笑：「那麼，我要開始解謎了。」

誰是偷瓜賊？

1

勇妹昂首凝望著眼前兩層樓高的斜瓦屋，此屋落成不久，丹楹刻桷，碧瓦飛甍，無論在設計和用材上皆可謂別出心裁。本是打算用作民宿供旅客入住，但主人臨時有變故未能如願，如今暫且租給一名外來的年輕人，爲期半年。

而年僅八歲的勇妹則是這鄉下村子裡最令人頭痛的鬼靈精，在幾乎沒有任何學業壓力可言的鄉下村落，她除了上學和回家外，整天都在外頭遊蕩嬉戲，從早到晚玩得不亦樂乎。

「嘿咻！」只見她費力蓋上緊靠著屋牆的垃圾子母車，然後將其當成一塊深綠色的墊腳石，俐落地爬上車蓋，掂著腳尖，手指攀在二樓小陽台外的鐵欄杆，一雙明眸殷勤地往玻璃窗內探看。

在玻璃窗的彼端，裡頭一名年輕男人綁著頭巾止站著在作畫，墨彩由畫筆尖端傾瀉而出，如瀑泉般沖激在畫布上。可惜隔得太遙遠了，她看不清楚，但仍能感受到畫家那股驚人的魄力，似乎振盪了周遭一切！

旋即，勇妹躍下車蓋，並將其恢復原狀。

然後沿繩自上衣裡拉出懸掛在她脖子上的智慧型手機，看了一眼確認日期：「只剩下三天了……我要快一點才可以……」

2

靈感，是一種稍縱即逝的東西。

若感應到它來臨時，總讓人不由自主的熱血沸騰起來，手指甚至會興奮地顫抖，恨不得將腦內所想立即付諸成形！可惜當激情驀然消退後，或許會驚覺這種感應，可能只是一時的錯覺罷了！

手中緊握的畫筆上一秒鐘還在放肆地揮灑，此刻竟陷入泥沼般動彈不得，畫布上的絢爛還差了幾筆勾勒來作結，但下一次的落筆卻硬生生懸空了，垂落了，無力再畫了。

「可惡，這樣不行，還是不對……」熊在庭屈了膝往後倒躺，全身背部緊貼在木紋地磚上，筋疲力盡的汗水濕透了全身。眼皮輕輕闔上，手則緩緩鬆開了，畫筆滾了幾圈落地，只剩逐漸清晰的呼吸聲響，不知是喘氣還是嘆氣，細數著滿室默然。

以畫壇新秀之姿連拔兩個國際新人油畫獎的風光還歷歷在目，但接下來的一兩年內他卻恍如擱淺在低潮般，甚至連一幅像樣的畫作都拿不出來。本該是前程錦繡，豈料如今境況卻似破布敗絮，縱有針黹，無從織就。

要是能畫得出來，就算參賽落選，還能怪評審有眼無珠，可是畫不出來就只能怪自己了。

爲什麼自己會落到這種地步呢？

「別鬧了，那不是你該走的道路，給我回到正軌吧！」一個再熟悉不過的聲音，如地獄的顫音，倏然浮現在熊在庭的腦海裡，驚醒了緊閉的眼，渾身熱汗卻獨在額上添了幾滴微冷。

爲了尋找靈感，也爲了突破，他獨排眾議來到這連坐公車都不知道要轉幾次才能抵達的鄉下村落，賽事剩餘的獎金加上打工的薪資，並不能支撐太久，半年大概是極限了！然而自從他在這村子裡落腳，已過了三個多月了，時間迫在眉睫，不管是下一次的米勒盃國際大賽或者銀行存簿高唱空城計的日子。

「呿，我到底在幹嘛啊？」

只見熊在庭猛然起身將畫布連同畫框自畫架上取下，然後焦躁地走到窗戶前。

打開窗，丟下畫，關上窗。

三個動作，流暢得只能用一氣呵成來形容，而這也正是這段日子以來他最常做的例行公事之一。往下丟的畫會不偏不倚掉入垃圾子母車裡，每隔幾天會有村外的資源回收公司來將垃圾清運走。

關上窗後的熊在庭重新提振精神，拿出新的畫框用釘槍繃上畫布，放在畫架上。

畫架旁的矮桌上，則放了顏料、調色盤、畫筆、畫刀、釘槍等繪畫用工具，還有一盒即溶咖啡、一個馬克杯和一堆散落的疊疊樂積木。

他並沒有立即投入作畫，反倒將散落的積木堆疊好，在矮桌上構築了一座長方體的小小高樓。這既不是偷懶，也不是玩樂，而是熊在庭用來沉澱心緒聚精會神的專屬儀式。

大部分的創作者都會培養一個獨特的習慣來思索靈感，譬如抽菸、喝酒、用耳機聽音樂、騎車四處兜風等，因人而異。雖然玩疊疊樂是有一些與眾不同，但箇中意涵卻別無二致。

正當熊在庭伸出食指準備推出第一塊積木時，門鈴聲驟然響起了！

「該不會又是那個麻煩的小鬼吧？」不安的預感輕蹙了眉山，但他還是起身前往應門。「來了。」

門一打開，元氣滿滿的吆喝聲霎時震耳欲聾襲來。

「嘟哈哈，大叔，我又來找你玩了！」勇妹笑顏逐開且精神抖擻，手裡還拿著個紙袋。

「誰是大叔啊？我才24歲好嗎！雖然妳確實比我小很多啦，但是啊……」

熊在庭的牢騷還沒發完，勇妹一溜煙就閃過他身邊，從玄關往裡面跑了進去，還不忘調侃兩句。「囉囉唆唆、嘮嘮叨叨，就是大叔的正字標記啊！否認也是沒用的喔。」

「喂，別亂跑啊！眞是的……」無奈的熊在庭只能趕緊關上門，回頭去追勇妹。

只見勇妹視線停駐在剛換上、還是一片空白的畫布上，滿臉彷彿寫滿問號。

「畫呢？」她單刀直入地問。

熊在庭搔搔雜亂的頭髮，故作漫不經心的樣子：「上一幅畫我丟掉了，我不滿意。」

勇妹指著熊在庭，天眞道：「好浪費喔。」

「這才不是浪不浪費的問題呢！那種不入流的畫，絲毫沒有留著的必要。」對於因此有些暗暗動怒的自己，熊在庭竟感到焦慮。爲什麼要爲了這種問題生氣呢？「算了，妳還是小孩子不懂啦。」

「老師說，浪費是不好的行爲！」勇妹扠著腰，理直氣壯。

「我浪費的不是畫，而是時間，沒錯，畫那種畫根本就是在浪費時間，明明只剩下兩個月了，我到底在幹嘛啊？唉，跟妳講這些，妳也不會懂吧？」熊在庭頹喪地蹲了下來，陰影瞬間籠罩周身。自個兒竟然淪落到跟一個小學生抱怨這些有的沒的，眞是可悲至極啊。

此時，一隻小手掌輕拍熊在庭的肩頭，他猛然抬頭只見勇妹佇立眼前，露出一副我都懂的表情。

「我才不要妳安慰咧！」輕輕撥開勇妹的手，熊在庭猛然站了起來不禁往後踉蹌了幾步。「反正……這跟妳在學校老師教的那種浪費不一樣啦，畫得不好的東西，丟掉不算浪費。」

「可是你明明畫得很好啊！」

勇妹突如其來的贊同，令熊在庭愣了半晌。「以小孩子的標準來講或許是吧？畢竟妳只會塗鴉而已嘛，可是離能拿獎的程度，現在的我根本還望塵莫及。」

「村長明明說過你拿過兩個大獎的！不要以爲我是小孩就好騙。」

「米勒盃並不是新人獎，跟先前的比賽等級完全不同，會有很多畫壇上的前輩和高手參加。」

「不要害怕，你畫得很好啊！」

「誰在害怕啊？我好得很。」熊在庭用嘶吼鎮壓嘴角的顫抖。

「那你趕快畫啊。」勇妹指向畫布。「畫給我看，證明大叔你不是膽小鬼，沒有在怕。」

「爲什麼我這個大人要證明給妳這個小鬼看啊？」

勇妹舉高了紙袋，並左右搖晃似在挑逗引誘：「我可是帶了獎勵品喔，想要的話就快一點畫。」

「我才不要呢！反正小鬼也送不起什麼值錢的東西。」熊在庭盤起胳膊，別過頭去。

「啊，我知道了。原來大叔你畫不出來啊。」勇妹露出輕蔑的笑。「你現在的言行跟大頭他每次考砸了，都不敢給我看考卷的態度一模一樣呢！好啦，我知道你沒自信了，這紙袋裡的東西我看就當作安慰獎給你吧！可憐的大叔。對了我記得上次國文課教過一個成語，很適合形容你喔，好像叫做江、郎、才、盡，可憐的江郎才盡的大叔。」

勇妹將紙袋放在矮桌上，然後朝著熊在庭掩嘴偷笑，但嘲謔的笑意卻絲毫遮掩不住。

被那戲謔的童言童語一激，熊在庭登時火冒三丈再也無法悶不吭聲，暴跳如雷喝道：「妳這小鬼，別拿我跟你認識的大頭小鬼相提並論。妳想看，就看個夠吧！就讓妳見識見識大人的能耐！」

熊在庭轉身拿起矮桌上的畫刀，塗擠顏料在畫布再用刀刮拓，這是和畫筆截然不同的繪畫方法，但此刻似乎這種粗獷的作畫法，反倒能將熊在庭的滿腔熱血全都釋放出來，一舉揮灑成畫。

「哦喔，看到了嗎？小鬼！刮刀作畫這招，可不是妳這種小鬼可以……」

猛一回頭，要查看勇妹神情的熊在庭，卻看到勇妹竟然一個人玩起了矮桌上堆好的疊疊樂？

頓時熊在庭再度理智斷線，雙手握拳從身後輕輕抵住勇妹頭顱兩側的太陽穴，面如槁木死灰地質問道：「妳不是說要看我作畫嗎？小鬼，說好的看我作畫呢？說好的看我作畫呢？……」

但見熊在庭如背後靈般緊貼在後，並不斷重複著最後一句話，一直跳針著。

勇妹則開懷大笑：「哈……積木都疊好了，不玩太可惜了嘛！」

「搞什麼啊？我不畫了啦！」熊在庭鬆開手一屁股跌坐在地。「我到底在認眞什麼啊？」

「等一下再畫。先來玩疊疊樂吧！」

「我才不要，妳這小鬼別想將我耍得團團轉的。」

勇妹再度掩嘴竊笑：「你怕輸，對吧？大叔……」

「可惡！要是我贏了，我要妳馬上滾出這裡！」熊在庭猶如死灰復燃般，重新提振了精神，用一根手指迅速撥出一塊積木。

「哦哦！」勇妹驚訝地叫喊著。「我才不會輸呢！看我的，嘟哈哈。」勇妹也撥出一塊積木。

「給我滾出去。」

「嘟哈哈。」

就這樣兩人一來一往，一邊叫囂一邊撥出積木，互不相讓。

而最終疊疊樂頹圮倒落的那驚險一瞬間，則藉由畫刀刮拓的技法，活靈活現地躍然於畫布上了。

3

微風一如嬉鬧的精靈輕點在秧苗新插的翠綠上，婆娑嘔吟，鼓掖而笑，飛舞在被埂徑切割成阡陌縱橫的田野，用晨曦灑落獨棲於鄉間的逍遙，山景如映，將一半的閒愁掩入了湖中倒影裡。

律鳶花窺探著公車窗外的景緻變換，不由得有種洗滌塵囂豁然開朗的感覺湧上心頭，卻又不禁嘘嘆故園迢遞，車轍整整皺了一圈年輪，才總算又繞回了這處桃源。

放眼望去，砌瓦作帽的紅磚矮屋錯落如疏星散布，或在水田簇擁間，或在樹蔭遮蓋下。

光陰流逝的晷度偏移幾許，距離被如畫般的風景抽離，再回神，蹄聲已歇，是誰轡繩輕勒卻停了兩處的馬蹄？

「後門下車喔！」司機一如既往提醒著。

她拉著滾輪式行李箱下了車，關上門的公車旋即往下一處據點揚塵而去。

凝望著和記憶中不同，全新翻修的這座小小候車亭，智慧型的站牌正顯示著每一班車會進站的時間點，亮麗的燈箱廣告則作爲椅靠，連遮雨的屋簷都設計得頗具巧思和美感。

和這鄉下村落淳樸的氛圍竟絲毫不衝突，反倒如神來一筆，徹底詮釋了新舊、今昔的兼容並蓄。

「啊，好刺眼！」律鳶花本能伸出手阻擋著不知哪來的炫目光芒。

勉強暫時讓眼睛適應了強光後，但見不遠處一台古早味的舊腳踏車朝著她踩來，旁邊還跟著兩個用跑的小孩左右拱衛著，雖跑得慢卻始終緊跟著。這畫面乍然一看簡直像極了閻羅王出巡，身邊還帶著兩個夜叉小鬼似的。

腳踏車笨拙地停在律鳶花跟前，煞車因陳舊而顯得遲鈍。「妳總算來了啊。」光芒消散後，律鳶花放下遮擋的手臂，映入眼簾的身影是一個頂著大光頭，且睽違已久的臉孔。

「村長，你來得還真快，我才剛下車。」

「嘿嘿，我可是一早就來守株待兔了喔。」村長雙手扠腰露出驕傲的微笑。「而且等得太無聊還吃了兩份早餐喔！」

「兩份早餐！」兩個小孩有樣學樣的扠著腰，還重覆著村長的話，同時比出二的手勢。

從兩個孩子嘴唇上輕泛的油光推論，料想享用了兩份早餐的人，可不只村長一個。

村長姓游，年屆耳順，打律鳶花有記憶以來就已經在擔任春風村村長一職了，至今依然。爲人古道熱腸，笑口常開，最大的特徵即是那顆光溜溜的大光頭，往往人還未到，光芒已捷足先登！平時總愛像一尾好動的游魚般，騎著腳踏車巡守村內各處，並和村民們東拉西扯地閒聊，村內的大小事都能如數家珍。

兩個小孩，律鳶花只記得綽號，一個叫大頭，一個叫阿明。去年來時，還和村裡這些小鬼們相處過一陣子，買過她根本不懂的玩具，放過她根本不愛的煙火，不知道這些小鬼們是否還記得她？

「花大姐，村長阿公又有問題要考妳囉！」大頭一臉迫不及待的模樣。

看來，還記得。

律鳶花視線隨著大頭的指尖望去，瞧見腳踏車後置物架上，兩個上下堆疊並用繩索固定住的紙箱。莫非那機關是藏在紙箱裡了？

知悉律鳶花自小冰雪聰明、巧捷萬端，每回相見村長總愛出題來考考她，只可惜她滿腹的珠璣和經綸，卻是取之不盡、用之不竭，兩人戰績至今，她竟還未嘗一敗。

但這回村長可是有備而來，只見他依序取下兩個紙箱，放在候車亭的長椅上。搬運過程中，村長小心翼翼，不讓律鳶花能察覺兩個紙箱的差異，甚至還乾脆讓她轉過身去，完全不給她看。

「好了，可以轉回來啦！」村長喊道。

律鳶花轉回身體，兩個紙箱並排在長椅上，外觀上絲毫看不出有何不同。

「所以問題到底是……？」律鳶花追問。

「喂，別忘了口訣啊！」村長鼓動四肢像暴躁的猴子般抗議。「小時候的妳可是很愛唸的。」

「我知道了。」

只見村長和大頭、阿明異口同聲，且同時伸出右手食指上下搖晃著說：「考考妳！」

「儘管考。」律鳶花附和著回答。

「聽清楚啦！」村長朗聲接著說。「這兩個箱子，一個是空的，一個裡面有要給妳的見面禮，大頭和阿明都知道哪個裡面有禮物哪個是空的，妳只能問他們其中一人一個問題，來找出哪個紙箱裡頭放的是禮物。但是在我的指令下，他們對於妳的問題可能會說實話，也可能會說謊話。假如我的指令是說實話，兩人都會說實話，指令是說謊話，兩人都會說謊話。而剛才趁妳轉過身去時，我已經偷偷下了指令，那麼現在就請妳猜猜，哪個紙箱裡放的才是禮物？」

慧黠如律鳶花很快就領略到這題目，乃是著名的誠實國和說謊國邏輯題的一種變形。

最初版本的問題是這樣的，當你走到一處岔路口，一邊通往誠實國，一邊通往說謊國。誠實國的人只說實話，說謊國的人只說謊話。而你打算要前往誠實國，但卻苦惱於不知道究竟哪一邊才是通往誠實國的正確道路。

恰巧這時有一個人從其中一邊走了過來，你無從得知他是誠實國還是說謊國的人，假設你只能說一句話來問路，那麼你該如何開口？

以一般的邏輯來開始分析，第一個直覺想到的是假如直接問「哪條路通往誠實國」會如何？

假設對方來自誠實國，答案會指向誠實國的方向。

假設對方來自說謊國，因爲說的是謊話，所以答案會指向說謊國。

只有僅僅一半的機率能選中正確道路，和瞎猜的機率幾乎是一樣的。

第二個會想到是假如反過來問呢？「哪條路通往說謊國」？

很可惜的，結果仍然是一樣的機率。

那麼到底該怎麼問才好呢？這道題目的謎底是「請帶我到你的國家去」！

假設對方來自誠實國，自然會帶你到誠實國。

假設對方來自說謊國，因爲說的是謊話，所以還是會帶你到誠實國。

但如今村長提出的問題顯然在層次上有所變化，律鳶花將差異點在腦內稍稍歸納了一下，粗略可概分爲相同和相異兩個部份，再由此來探索關於如何解題的蛛絲馬跡。

相同處：

1. 可以將有放禮物的箱子想成誠實國，空箱子則想成說謊國，名詞有異，但本質上並無不同。
2. 對方同樣可能說實話或說謊話。
3. 一樣只能問一個問題。

相異處：

1.由一個人，變成了兩個人。

2.兩人同氣連枝，會同樣說實話或說謊話。

想當然爾，原始題型的答案並不適用於此，原因很簡單用替換法一想就知道矛盾點出在哪裡了。將「請帶我到你的國家去」換成「請帶我到你守護的箱子前」，恐怕大頭和阿明只會面面相覷，不知該如何反應？一來他們並沒有固定由誰守護著哪一個箱子，二來他們本身和箱子間並無關聯，在原始題型中，被詢問的人為「國民」且隸屬於兩國之一，而在這個變化題型中，被詢問的人卻跟紙箱八竿子打不著關係，只是單純知道禮物放在哪個箱子罷了！

而這也正是第3個相異處。

斜睨著雪頭微偏而陷入思緒中的律鳶花，村長春風滿面，彷彿這春風村的風都吹到他臉上來了。

「話先說在前頭，妳可別想投機取巧，藉由觀察大頭跟阿明的視線落點來推測哪個箱子裡有東西？我老早就提點過他們在妳問問題前不要死盯著紙箱，想繞過問題這招可是行不通的！」

只見大頭和阿明果然背對著紙箱，別說是死盯了，連偶爾回頭望個一眼都不敢，深怕會露了餡。

律鳶花宣示道：「放心，我不會用規格外的方式來推理，這樣就太無趣了。」

「妳以為我會相信？」村長一臉不以為然。「告訴妳男人的承諾是在放屁，女人的承諾……」

「女人的承諾又如何？」

村長刻意停頓了一下：「是放屁放到有 DoReMi 咧。」

「這是你臨時瞎掰的歪理？」

「這是我活了整整一甲子六十年的人生智慧！」村長的光頭似乎在錯覺下，短暫綻放了祥光。

律鳶花指了指大頭和阿明：「在小孩子面前說這些不太好吧？」

村長晃晃手表示無傷大雅：「鄉下地方才沒你們大城市那麼假道學，何況現在的小孩子可是人小鬼大啊！別小看他們，用手機搜尋一些阿薩布魯有的沒的可厲害了。」

「喔，已經有手機啦？」律鳶花依稀記得去年來時，這群孩子還未受到3C產品的荼毒。豈料，僅僅一年光陰荏苒，這科技的潮流也排山倒海般席捲了鄉下的孩子們。

阿明拿出手機展示：「花大姐，妳還是一樣不用手機嗎？」大頭也隨後拿了手機出來亮相。

「嗯。」看著兩個孩子的手機，律鳶花赫然有種被排擠的邊緣感，猛烈襲身。

「好了，別想趁機轉移話題！」村長再度將重點聚焦在謎題上。「是想偷偷拉長思考的時間嗎？」

「不，打從一開始就沒有限時啊。」律鳶花吐槽道。

「不管啦，再給妳十分鐘的時間，要是猜不出來，就算妳輸了！」

阿明打抱不平道：「村長好卑鄙喔，臨時加了條件。」

大頭也幫腔道：「大人可以這麼無恥嗎？」

村長卻理直氣壯回答：「小孩子不懂啦！所謂的大人就是卑鄙無恥的化身啊。」

大頭接著道：「那村長一定是大人中的大人。」

阿明則嗟嘆著：「眞不想成爲大人。」

慘遭大頭和阿明那鄙夷目光灼身的村長，決定使出殺手鐧一舉扭轉風向。「要是這次猜謎我贏了的話，我就送你們兩個一人一個卡通公仔手機吊飾，怎麼樣啊？」

只見時間彷彿徐緩了下來，大頭和阿明慢慢轉頭對望了一眼後，旋即二話不說重新投靠了村長。

「抱歉了，花大姐。」

「我有一個手機吊飾想要很久了，所以……」

「支持村長！」

「村長萬歲！」

兩個孩子，頓時眼裡冒出了渴望勝利的火焰，熊熊燃燒著。

哈哈哈……村長不禁暗忖，所謂的小孩就是見風轉舵的海賊啊！只要給點甜頭，就能立刻讓他們倒戈相向了。當然這番話只能藏在心裡吶喊，否則要是被聽見隨時都會弄巧成拙的。

村長看了看時間只剩下不到五分鐘了，儼然勝券在握。

「好，時間快到了，大頭、阿明，我們來唱歌倒數吧！」喜不自勝的村長竟哼唱起了閩南語金曲，身體還像做晨間體操一樣律動了起來。「嘿嘿，今仔日風眞透，阿花的臉臭臭……」

「臉臭臭。」大頭和阿明在一旁合音，嬉鬧之情溢於言表。

「常常講我啥咪都抹曉。」

「都抹曉。」

「我聽說妳嘛無蓋敖。」

「無蓋敖。」

將調侃置若罔聞的律鳶花絲毫不爲所動，把握著僅剩的時間，只一門心思全神貫注在破解謎題的推理上。倏忽，一抹燦爛笑靨如流星般稍縱即逝，卻在轉瞬間崩裂了謎題所構築的高聳城牆。

律鳶花喃喃低語：「我看見了，通電後的曙光！」

本能察覺到律鳶花周遭氛圍驟然變化，村長和大頭、阿明霎時鴉雀無聲，如遭凍結。

「妳……有答案了嗎？」村長聲音竟有一絲顫抖。

律鳶花怡然自得道：「不，我要問問題了。」

「來，放馬過來！」村長盤起雙臂，重整了旗鼓。「我會讓妳哭著回去找媽媽，不對，是奶奶。」

此番律鳶花不惜舟車勞頓，就是趁著假期來造訪在春風村生活的爺爺奶奶。

「那麼……」律鳶花走向阿明用手掌壓著雙腳膝蓋，以半蹲的姿勢拉近了兩人的距離。「阿明，我要問你問題囉！慢慢想，想清楚了再回答我。」

「好。」阿明毫無膽怯。

「我要問你的問題是『如果我問大頭，禮物放在哪一個箱子裡，那麼他會指向哪一個？』你聽懂我的意思嗎？」

「假設是問大頭，而不是我？」

「沒錯。」

「然後我來回答妳大頭會說什麼？」

「對，用你該用的答案。」

只見阿明低頭陷入了長考中嘴裡唸唸有詞，似乎正在按部就班釐清著該如何回答？一旁的大頭則同樣思索著這個問題的答案，他抬頭望著湛藍的天空，可惜雲朵沒有形塑出答案，反倒像是一團團棉花糖，讓大頭不由得吞嚥了幾口唾液。

而村長一張臉雖逐漸變得鐵青，卻仍不服輸：「妳看妳問那麼奇怪的問題，小孩子答不出來的啦！身爲一個大人，不要爲難小孩子好嗎？」

「既然如此就讓我來引導他們吧！反正我的一個問題已經問完了，不是嗎？順便藉由引導的過程中來解釋我的推理。」

阿明點頭如搗蒜：「我眞的想不出來該怎麼回答，讓花大姐幫忙不算犯規吧？」

大頭也附議道：「對啊，一下問阿明，一下問我，這問題好難懂喔！我們的年齡只能應付保護級的問題啦，輔導級以上的應該要大人陪同解釋。」

「村長，你覺得呢？」

「哼，隨便妳啦。」

於是律鳶花旋即依照步驟提問，一步步從頭開始推演出這個問題的答案究竟是什麼？

「大頭，如果我問你禮物在哪一個箱子，你會指向哪一個？」

大頭想了一下，很快指向右邊的紙箱。「那個。」

「好，阿明你知道了大頭會指向右邊的紙箱，所以你要告訴我的回答是哪一個？」

阿明不假思索，卻指向了左邊的紙箱。「那個。」

律鳶花莞爾一笑，走向了長椅坐下，將阿明所指的左邊紙箱放在了大腿上。「看來要給我的禮物就在藏這個箱子裡了！而且村長給你們的指示是要說『謊話』對吧？」

聞言，大頭和阿明同時發出驚呼：「咦，花大姐，妳怎麼會知道的？」

「靠推理，就能知道了喔。」律鳶花輕描淡寫作下結語，同時打開了紙箱。

4

蟲鳴聲輕輕彌散在空中被偶然邂逅的微風剪裁，剪了一頭青絲飄逸，裁成一團圓融和氣，游移在五線道的小徑，此起彼落引商刻羽，和成一曲天籟。

律鳶花漫步在鄉間田園細細聆聽著，草木枝枒拂去城市來的塵囂，低矮的樓房則疏曠了眼界和心靈。雲光嵐彩，柔桑垂柳，讓人有種「即此羨閒逸，悵然吟式微」的感觸打心底深處油然而生。

而除了拖著一開始就帶來的行李箱外，她手裡還提著袋沉甸甸的戰利品。是一顆西瓜，從紙箱中贏來的西瓜。

她穿越過熟悉的溪流上的小木橋，一座古樸典雅由紅磚堆砌而成的三合院映入了眼簾，門口處一個小孩子正蹲在牆邊，用鏟子不知道在挖掘著什麼東西？

察覺到律鳶花緩緩靠近，小孩轉過頭來，臉上和身體還沾著些泥巴：「喔，是花大姐啊！聽村長說妳今天會回來，我是不是第一個遇到妳的人啊？」

律鳶花認得這個小孩，她是勇妹。「不是喔，村長和大頭、阿明從我一下車就來堵我了。來這裡的路上，還和一些偶遇的村民打過招呼了。」

「是喔。」勇妹嘟著嘴，似乎有些失望。「沒關係，那我可以當第一個請妳吃魚的人！慶祝妳回來春風村。」

勇妹旋即重拾笑容且舉起了鏟子，另一手捉出鏟子上鬆軟土壤裡扭動著的蚯蚓。

那活蹦亂跳的蚯蚓們，無疑正是最佳的魚餌。

面無表情的律鳶花則將裝著西瓜的袋子，提放在勇妹眼前提議道：「不如，我們先吃西瓜吧！」

於是兩人一同走進了三合院裡。

坐在搖椅上閉目養神曬太陽的律爺爺和在廚房裡準備午餐的律奶奶，一聽到勇妹的吆喝聲立即出來迎接每年定期回鄉探親的孫女律鳶花。簡短的寒暄後，律鳶花到臥室將行李放好，臥室的擺設和一年前來時幾乎一模一樣，且打掃得一塵不染。

律爺爺名叫律雪堂，小學教師退休，平時的嗜好是到公園裡找人下下象棋。律奶奶名叫韓晴，熱衷於園藝，時常種菜送給左鄰右舍，人緣極佳。兩人歲數皆年逾鳩杖，卻未至八十。

稍作整理後，律鳶花即返回客廳內和爺爺奶奶以及勇妹一起享用著剛切好的西瓜。

「對了，鳶花妳怎麼會想到要買西瓜當伴手禮？還真不像妳的風格啊！」

「關於這個嘛……」

面對爺爺的疑問，律鳶花如實將和村長、大頭、小明三人的機智問答過程細說從頭，其餘三人則一邊吃著西瓜，一邊聽得津津有味，彷彿連西瓜都因這樁趣事的調料而變得更加香甜綿密。

勇妹瞪著狐疑的大眼睛，冒出滿頭問號：「聽完了我還是不懂，花大姐妳是怎麼知道西瓜放在哪一個箱子裡的？而且怎麼知道村長下的指示是說謊話呢？要是先問大頭的話，是不是就不能知道答案了呢？」

律奶奶指點道：「不管先問阿明，還是大頭，都不影響答案喔！」

律爺爺則略帶自滿接著說：「小鬼就是小鬼，再聰明，腦袋還是轉不過來，比不上大人。枉妳平常自誇是天才頭腦，這下『拐馬腳』，這關過不去了喔。」

拐馬腳，爲象棋術語。在棋盤上馬走日，但若正前方一棋位處有其他棋子擋住則馬不能走，這種情況即稱作拐馬腳。律雪堂習慣在生活上以象棋用語來描寫某些情境，此處則是以拐馬腳來譬喻勇妹遭逢阻礙，無法順利理解該問題的邏輯推論。

律奶奶露出慈祥的笑容：「鳶花，妳就好好地替勇妹解釋一下吧！」

接獲指示的律鳶花，只得將才剛和大頭與阿明解釋過的來龍去脈，再度搬演一次給勇妹聽。「其實我的問句『如果我問大頭，禮物放在哪一個箱子裡，那麼他會指向哪一個？』是個『正正得正，負負得正』的概念。假設村長讓他們說實話，則大頭會指向藏有禮物的箱子，而阿明也同樣會指向藏有禮物的箱子。」

律爺爺搶了話道：「這裡應該不難理解吧？畢竟是說實話，所以指出的箱子一定是藏有禮物的，不管轉換幾次，不管問哪一個人都一樣。」

「這一半我懂啦！」勇妹揮舞著啃到見白的西瓜皮，捍衛著自尊。「我不懂的是另一半！」

待勇妹消停後，律鳶花接著推理：「而當村長讓他們說謊話時，大頭會指向空箱子。阿明知道大頭會指向空箱子，但因爲他也必須說謊，所以他會指向藏有禮物的箱子。所以無論村長下了哪種指令，阿明都會指向藏有禮物的箱子！」

律爺爺更進一步地說明：「還有本來鳶花是無法得知村長下的指令是什麼，但由於後來兩人將選擇箱子的轉換過程展示了出來，才能一眼看穿。簡單講，要是兩人指向同一個箱子，指令就是『說實話』，相反要是兩人指向不同的箱子，指令就是『說謊話』。勇妹！這樣，妳懂了嗎？」

勇妹驀然躺倒在沙發上，一手拿著新的西瓜切片往嘴塞，一手在因T恤半翻而裸露出的肚皮上抓著癢，眼神中透露了些許迷濛：「我好像聽懂了，又好像聽不懂……」

「我盡力了。」律鳶花輕嘆著。「沒辦法再解釋得更簡單了。」

此時，律爺爺則開懷笑道：「哈哈哈……怎麼樣，當老師眞的很不容易吧！尤其是教小孩子，跟妳授課的那些大學生們可是完全不同程度的喔！」

勇妹忽然一個鯉魚打挺，翻起身來問道：「大頭跟阿明，也跟我一樣聽不懂吧？」

「是的。」律鳶花憶起不久前解釋完後，兩人仍是一臉懵懂，最後村長還是帶著兩人去買手機吊飾打算當作慰勞品，離去時嘴裡還叨唸著什麼雖敗猶榮、大人欺負小孩之類的碎念聲。

「那就好啦！只要不輸給他們兩個笨蛋就行了。」然後勇妹撲通一聲又倒入沙發的懷抱中。

「果然程度完全不同，但我指的並非是對知識的理解力，而是競爭心態。我任教的泉都大學雖然是評比名列前茅的大學，但學生對於名次或成績卻顯得很淡泊，對輸贏毫不在乎，似乎只要能畢業就行了。」律鳶花不禁有感而發。

「不同的階段，總有不同的哀愁與煩惱嘛。」律爺爺以覷透了世情的口吻說著。話鋒一轉，「不過啊！小孩子和大人不同，可是很難以捉摸的呦。當妳以爲他們很聰明時，他們偏偏要笨給妳看，當妳覺得他們根本不會懂時，他們卻又什麼都懂了。」

「聽起來還眞麻煩。」

「哈哈哈……正因爲有這種麻煩，才能釀造出耐人尋味的樂趣啊！」

收拾好堆滿西瓜皮的餐盤後，律鳶花回房自行李箱中取出爲了這次回家所精心打造的眞正伴手禮，是一組窯燒的陶瓷對杯，質地極佳，杯身內外只謄留著純潔的白，不沾點墨分毫，但卻唯獨有一處似滴落了一個如太陽般放射狀的小黑點，且只有其中一杯如此，另一杯則是全白的。

「抱歉，因爲我在做這杯子時，考慮著到底要不要在素胚上畫圖案，不小心滴落了一點上色用的食用釉卻沒注意到。」律鳶花不打自招。「集體燒製完成後，想說這樣也好分別兩個杯子的不同，就保留了。」

原來這組陶瓷對杯，是律鳶花前往盛產陶瓷品的某個鄉鎮旅行時，特意參與了相關的體驗課程，親自動手製作的成品。

律奶奶微笑道：「妳有這個心意就好，爺爺奶奶都很開心喔。」

律爺爺則故意揶揄著：「好險妳後來放棄了畫畫上色，想起妳小時候的美術成績那可眞是慘不忍睹啊！花朵畫得像隻烏龜，月亮畫得像隻蟾蜍，連勇妹兩歲時都畫得比妳好多了。」

「嘟哈哈，我現在已經八歲了喔！」勇妹補充說明。

不消律鳶花辯駁，律奶奶一個手刀迅雷不及掩耳劈在律爺爺頭上。「鳶花，別聽妳爺爺胡說。月亮本來就有蟾宮的別稱，還有種毒蛇就叫龜殼花，所以容易混淆不是很正常嘛。跟作畫的人無關，是看畫的人水準不足。」

律鳶花一個附議並趁機奉承：「還是奶奶明鑑。」

「哎呀，你們嬤孫倆來一個『雙炮軍』就對了？聯合起來針對我一個。」

瞧見律爺爺故作氣憤地抱怨，撇過頭去卻還不時回首偷瞄，最後三人竟不禁相視一笑。

而所謂雙炮軍，在象棋中則是指用兩個炮一前一後來「將軍」對方；將軍，即是指攻擊了對方的紅帥或黑將。且炮的攻擊方式屬於跳打，在欲攻擊的對象間，必須間隔一個棋子，雙炮即是以後炮爲攻擊主力，前炮作爲間隔用棋。若對方驅使棋子擋在紅帥或黑將前，雖化解了後炮威脅，但前炮卻瞬間變成攻擊主力，擋著的棋子反倒變成了間隔，換句話說仍是無法阻止將軍。故這一招雙炮軍，在象棋爭勝中，可謂是一招出名的殺著！

律奶奶突然靈機一動道：「對了，前幾個月村裡搬來了一個年輕畫家，不如請他替我們彩繪這組陶瓷對杯如何？」

「你是說小熊老師？」律爺爺挑著眉毛道。

「沒錯，而且勇妹不是跟他很熟嗎？」律奶奶望向勇妹。「可以請勇妹幫忙從中牽線。」

勇妹拍胸脯表示：「可以喔，我最近每天都會去大叔家玩！」

「鳶花，那就麻煩妳跑一趟怎麼樣？」

「那倒是無妨……」律鳶花慨然領諾。「預算和想要的圖騰花樣呢？」

律爺爺卻搖搖手道：「才剛回來，不用急在一時。反正妳這次要待上一個星期的，明天再去拜訪小熊老師也可以。他又不會突然就失蹤了。」

「好吧，既然妳爺爺都這麼說了。」律奶奶顯得有些失望。

律爺爺則話鋒一轉，又興致盎然地聊起了近日村裡發生的怪事和軼聞：「鳶花，妳不是有個什麼偵探的稱號嗎？最近田裡的農作物時常遭竊，還有春樹小學也傳出半夜沒人時電燈會開開關關的，或許妳可以試著挑戰看看，幫村民們釐清這些異常事件背後隱藏的肇因？」

「只是田鼠肆虐和小偷光顧吧？」律奶奶合理臆測道。

律鳶花慎重其事回答：「依這兩樁事件來作初步的推斷，一來要看農作物損失狀態來判斷，假如是田鼠或小動物所為應該會留下食物殘骸，但若是一整個完整消失，則人為的機率很大。二來小偷打開電燈行竊並不合常理，一般來說會以手電筒作為犯案工具，才不至於太引人注目。如此說來，確實有值得玩味的地方呢！」

律爺爺擊掌叫好：「說得好，不愧是偵探！」

「真受不了你們爺孫倆，很多事情不知真相反而比較好吧？」律奶奶不贊同追查真相，似乎怕招惹上不必要的麻煩。這時廚房忽然傳出了響聲，律奶奶趕緊起了身。「烤箱裡的鬆餅烤好了，我去拿來，爺爺來幫忙拿飲料。」

「我來幫忙。」律鳶花急忙要起身。

卻被律奶奶婉拒了。「不用了，妳陪勇妹聊聊。爺爺，還不快來！」

「來啦！就愛使喚我。」律爺爺也起身尾隨著律奶奶進入廚房。

原來打一開始，律奶奶就考慮到律鳶花風塵僕僕跋涉而來，可能會肚子餓，於是早準備了鬆餅，並趁著剛才切西瓜的時候，將鬆餅放入了烤箱烘烤，以解轆轆飢腸。

「那個……」勇妹突然挨近了律鳶花，像在咬耳朵似的小聲詢問。「花大姐，妳是偵探？」

律鳶花猜想勇妹大概把她歸類成動漫上常出現的那種偵探，略帶無奈道：「只是個別人亂給的綽號罷了，我能做的事應該跟妳想的不太一樣。」

「要是發現了什麼要跟我講喔！我可是每年都會去電影院看柯南的人，一定能幫得上忙的。」

果然還是被誤會了，律鳶花不由得苦笑。

在勇妹的要求下，律鳶花還被迫打勾勾作下了承諾。

然後，熱騰騰的鬆餅上了桌，還有沛冰涼涼的冬瓜茶緊跟在後。各式醬料放在竹籃裡，勇妹選擇了一罐手工果醬，用抹刀鋪滿在鬆餅上然後大快朵頤，滿臉洋溢著幸福。

律鳶花如法炮製，吃了一口果醬鬆餅後臉上卻乍然色變。

好甜！

5

「請進。」熊在庭將半開的門徹底敞開。

表明了來意後，熊在庭不疑有他迎接了律鳶花和勇妹入內詳談，勇妹一如既往門還半開便從空隙鑽了進去，一副似要展開祕境冒險的雀躍表露無遺，熊在庭卻只覺得這隻小潑猴又要大鬧天宮了。

「勇妹，不要亂蹦亂跳的！」熊在庭出聲喝斥。

律鳶花則有些尷尬，賠禮道：「不好意思，勇妹她這麼胡鬧。」

「妳又不是她的監護人不用道歉啦。」熊在庭聳了聳肩。「何況是我也該習慣了。」

「聽爺爺奶奶說，勇妹的爸爸是新聞記者所以常常忙到三更半夜才回家，媽媽則在國外出差，所以鄰居和村民們都會幫忙照顧勇妹。」

「我看這小鬼野性十足，根本不需要人照顧吧？要是我跟她比賽孤島求生的話，活著回來的人一定是她。」

「或許吧？」律鳶花看著四處亂逛的勇妹，卻什麼都看不穿。

拉了椅子各自入座後，熊在庭接過律鳶花遞給他的陶瓷對杯小心翼翼地端詳著，面對這個突如其來的委託，似乎沒有半點敷衍了事的意思，慎重琢磨著該如何下筆繪製才好。

「有指定要什麼圖樣嗎？」熊在庭問。

「沒有，爺爺奶奶的意思是讓小熊老師你自由發揮就好。」律鳶花回答。

「可以直接叫我名字！我全名叫熊在庭。」

「我知道，我聽奶奶提過，不過既然村裡的人都習慣叫你小熊老師，我便從善如流。」

「好吧……」熊在庭無奈應允。「我跟村裡人說過不用叫我老師，我只不過是拿了幾個新人獎罷了，在畫壇根本還無足輕重，也沒有教過任何學生的資歷。」

「或許是你的畫功得到了村裡人的認同……」律鳶花將目光投射在畫布上的作品，雖只勾勒出淺淡雛形，卻別有一點蘊眞流轉力透紙背，令人冀望著畫完時會是何等旖旎風貌？

熊在庭卻低垂著頭，自語道：「在外行人眼裡可能夠好了，但是這樣根本還不行……」

「對了，那我該怎麼稱呼妳？總不能叫妳律爺爺的孫女吧？」熊在庭猛然抬頭問道。

「我叫律鳶花，鳶尾花的鳶花，雖然你似乎還小了我一些，但叫名字就好，不用太拘束。」

「鳶花，眞是個特別的名字。」

此時，餘光瞥見勇妹坐在一顆西瓜上，並雙手托腮凝望著畫布的熊在庭，出言制止。「勇妹，別把阿財伯送我的西瓜坐壞了！去坐小板凳啦。」

「喔，大叔就是囉唆。」勇妹露出一副輕蔑的表情回望。「只剩一張嘴，沒三小路用。」

情緒如蒸氣般噴發的熊在庭，再度讓憤怒主宰了大腦，旋即衝上前去一個袈裟壓制，將勇妹困在地上動彈不得，當然只是做做樣子，力道上並不至於傷了勇妹。

熊在庭質問道：「妳說誰沒路用啊？」

勇妹用手掌拍擊著地板：「臭大叔，我、我認輸了啊……」

「訴諸暴力，可不是件好事喔！」律鳶花的語氣冷若寒霜，眼神卻更加冰凍。「小熊老師。」

感受到律鳶花隱藏在冰冷下的威嚴，又猛一回神領略了自己以大欺小的錯誤示範，熊在庭趕緊解除了袈裟壓制，並正襟危坐低垂著頭懺悔道：「抱歉，是我失態了。」

「身為大人，不應該和小孩子一般計較，你還是向勇妹……」正當律鳶花打算要勸解這場紛爭時，只見脫了困的勇妹竟跳上了矮桌，這一幕讓律鳶花霎時驚訝地說不出話來。

勇妹猶如逃出五指山封印的齊天大聖，卻無緊箍咒制衡，頓時如潑猴撒野一發不可收拾。

「嘟哈哈，笨蛋大叔，看我的厲害！」勇妹竟將桌上的疊疊樂積木、果醬、吐司條、刮鬍刀、手錶等雜物全丟向了熊在庭，一次次的撞擊將他的憤怒累積，並一舉衝破了怒氣條，使理智再次拋諸腦後！

熊在庭發出怒吼：「妳這小鬼，我饒不了妳！就讓妳跟孫悟空那隻猴子一樣，嚐嚐緊箍咒的厲害，就用我的雙手來代替金箍，掐爆妳的猴頭猴腦！」

「那我要變身超級賽亞人囉……啊啊啊……」勇妹一邊大喊著集氣的喊聲，一邊到處逃竄。

「傻瓜，雖然都叫孫悟空，卻是兩個不同的人啦！」熊在庭不忘吐槽。

瞧著熊在庭和勇妹兩人完全失控的鬧劇，律鳶花倏然憶起臨行前爺爺奶奶那不懷好意的笑容，原來是這麼一回事啊！這種瘋狂打鬧的「熟識」程度，徹底超越了她所能理解的「玩」的範圍。

幸虧，她很快找到了室內電話，依照出發前奶奶的忠告，有事的話可以打給派出所的員警請求幫忙。沒想到只說了「這裡是小熊老師的家……」這幾個字，警察馬上就知道發生了什麼事，並表示會立即趕來，看來果然是慣犯無誤。

果不其然，兩人一瞧見警察來訪立刻收斂了放浪形骸的姿態，熊在庭甚至還抱膝坐在地上和勇妹勾肩搭背，扮演著關係親暱的忘年之交，只可惜拙劣演技和僵硬笑容絲毫掩蓋不住往昔斑斑前跡。

最後還是被警察請去派出所喝茶了。

身為唯一的目擊者，律鳶花只得隨行好還原整個爭吵的實際過程。做完筆錄後，兩人挨了警察一頓不帶髒字的曉以大義，力圖息事寧人的兩人不敢回嘴，只能低著頭乖乖聽訓。

「我有事要先走了，拜拜囉。」一走出派出所，勇妹就颯爽地揮手道別，然後頭也不回跑走了。

熊在庭搔搔頭：「這小鬼，裝什麼忙啊？」

律鳶花則早就注意到勇妹一直在查看時間，所以不感意外。反而好奇熊在庭和勇妹究竟是如何演變成這種堪稱詭譎的關係：「你和勇妹時常打打鬧鬧嗎？」

「是她愛招惹我，雖然我確實太容易被挑釁了……」熊在庭自我反省著。「不過對手畢竟還是小孩子，我再失控，還是會有所分寸的。但真的對妳很失禮，讓妳看笑話了，我啊一定被妳列入黑名單了吧？」

「你不會想克制這種衝動嗎？」

「這該怎麼說呢？」熊在庭用手指摳著臉頰，思索了一下。「跟勇妹吵鬧過後，往往有種將壓力釋放的感覺，似乎比較不會往負面去胡思亂想了，所以可能我潛意識中並不太排斥這件事。」

傾聽了熊在庭的自白後，律鳶花遙望著勇妹已如豆蔻般渺小的背影，暗自低語：「原來啊……」

「對了，陶瓷杯子的繪製有限定日期嗎？」

「我想應該不急，但有個截止日反倒比較方便小熊老師你作業吧？不如就在我離開春風村前，那麼還有六天的時間這樣足夠嗎？」

「六天的話，我想是綽綽有餘了。」

「那關於價碼方面……」

「老實說我不差那點錢，但不收費的話太破壞行情了，對整個業界來講並不好，我看不如就這個價格……鳶花，妳覺得怎麼樣？會太貴嗎？」

律鳶花搖搖頭：「雖然我不懂行情，但這個價格我是能夠接受的。」

「那就說定了，我會盡快趕工的。」

「麻煩你了，小熊老師。」律鳶花頷首。

當日半夜，蠟封著陰霾的天際烏雲密佈，倏忽間一陣轟隆聲響打碎了沉悶，飄落微微細雨如絲，渾似煙籠一抹，濕卻田畦百畝。鄉下地方雖慣於早睡，但唯恐雨勢漸大殃及農作，被雨聲吵醒的廖萬財在床上幾經掙扎後，還是放不下心，換上了雨衣斗笠拿著手電筒，便淋著雨走往屋外不遠處自家耕種的西瓜田巡視一番。

依稀瞧見田裡有團黑影搖晃，趕緊快步上前：「是誰在那裡？」手電筒一照追跡而去，但黑影的本體卻逃逸入隔壁的甘蔗田裡隱沒了身軀，徒留下泥濘土壤上還清晰可見的腳印，始終毫無線索的農田失竊案，至此終於留下可供破案的一點端倪。

然而，後續所引發的一連串蝴蝶效應卻是令人始料未及！

雨很快停了，雨衣卻仍還穿著。廖萬財本來還猶豫著是否該報案，躊躇間恰巧碰上了剛從村裡唯一一間24小時不打烊的便利商店，購買宵夜返回的熊在庭，他立即用手機向派出所員警報了案，同時通知了村長。

不一會兒，西瓜田旁就聚集一干為了看熱鬧不惜從被窩裡爬出來的村民，當然全都是被村長敲鑼打鼓的宣傳所招來的。律爺爺赫然也在人群中，但並未看見律鳶花和律奶奶的身影。

員警向廖萬財詢問著案發經過：「阿財伯，你有看清楚兇手的模樣嗎？」

「沒有，下著雨附近路燈光線又不夠亮，只隱約看見有團黑影在田裡抖動，靠近用手電筒照時，就跑掉了，來不及看清。」廖萬財回答。

「還記得發生的時間嗎？」

「這個嘛……我只記得沒多久，小熊老師就剛好路過了，大概不到五分鐘……」

熊在庭插嘴補充：「我一來了解發生什麼事後，立刻就報警了，所以實際案發時間，應該比報案時間早個十分鐘左右，故我推測約莫是11點15分的時候。」

「我明白了。」員警拍攝完現場照片並簡略問過口供後，準備鳴金收兵了。「線索雖然不多，但明天開始還是會立刻展開調查，不過別抱太大的希望就是了。」

廖萬財點頭表示理解：「畢竟才被偷了幾顆西瓜，這種小事確實也不好浪費警方資源。」

怕被誤會吃案的員警急忙解釋：「不，我們還是會認真調查的，請放心！何況這並非單一事件，我們自當竭盡全力揪出兇手，不會讓農作物連續失竊案的真相，就此石沉大海。」

「我也來調查吧！」這時熊在庭竟自告奮勇，要追出竊案元凶。「我也吃了阿財伯送的西瓜，理當知恩圖報，就讓我來找出兇手。」

阿財伯對於這意外宣言，有些驚慌失措：「這樣不好吧？要是耽誤了小熊老師的作畫……」

「不！我決定了，會暫時封筆，直到抓到兇手為止！」只見熊在庭握緊了拳頭，作出了宣告。

旁觀的村長開心表揚道：「好喔！小熊老師，年輕人就該這麼熱血才對！」

然後眼角餘光似乎發現了人群中的律爺爺，倏然村長靈光一閃，立刻朝他打了招呼。「對了，雪堂兄，鳶花不是個業餘偵探嗎？不如請她來幫忙找出兇手怎麼樣？」

這提議恰與律爺爺先前的打算不謀而合，只可惜他也不好替律鳶花答應下來，只得回覆道：「我會轉告鳶花，但幫不幫忙，可不是我說了算。」

「偵、偵探嗎？」熊在庭露出了驚詫的神情。「鳶花，原來還是個偵探嗎？」

村長解釋道：「本職是大學的助理教授，偵探只是業餘嗜好啦，不過聽說在大城市裡可是小有名氣喔！小熊老師，你也一起拜託雪堂兄，有了鳶花她幫忙，破案肯定會如有神助的。」

「那、那就麻煩你幫忙美言幾句了，律爺爺。」熊在庭不惜鞠了一躬來請求。

「這個嘛……」律爺爺搔著下顎，似乎覺得事情發展變得很有趣。「小熊老師，或許你的話會比我有用喔。」

「這是什麼意思？」

「還記得你接下了繪製我們家的陶瓷對杯的案子吧？所以……」

「我、我明白了。」一席話如醍醐灌頂點醒了熊在庭。「謝謝律爺爺的指點迷津，我知道該怎麼做了！」

被晾在一旁的警察和廖萬財則是相顧無言，只能聳聳肩。

6

翌日，早上六點，律家三合院所圍繞出的禾埕上，律爺爺一如往常若無其事地躺在搖椅上曬太陽，手裡還拿著本泛黃的舊棋譜書《橘中祕》隨意翻看著。正門敞開的客廳內，律奶奶則坐在透雕荷花的太師椅上觀賞著電視新聞，但比起千篇一律的新聞，「看主播播報」這件事本身，才是她眞正的樂趣所在。

而同樣看著新聞，還一邊吃著早餐燒餅油條和豆漿的律鳶花，卻覺得有些莫名其妙？因爲一起床走到客廳，熊在庭就已經來登門拜訪了，此刻她嘴裡咀嚼著的早餐正是他殷勤獻上的貢品。

「所以說……如果不幫你找出連續失竊案的兇手，你就不會替我們將陶瓷杯畫上圖樣？」律鳶花趁著嚼食的空檔發問。「那這早餐是什麼意思？先禮後兵？」

熊在庭直瞪著律鳶花，認眞地解釋道：「不，只要妳答應和我一起調查。我就會同時間執行陶瓷杯上畫的承諾，不用等到兇手落網。會暫時封筆的，僅限於我自己的畫作。而早餐則是妳若拒絕這個提議的話，會成爲我的賠禮，妳若答應的話，即成爲我的賀禮。」

「慶賀我成爲你的助手？」

「不，豈敢。聽說鳶花妳是個頗負盛譽的偵探，當然是以妳爲主，而我從旁協助了。」

「雖然我和你還不熟稔，但這種威脅人的手法應非你所想到，八成是出自於別人的慫恿吧？」

「那個，我……」

不等熊在庭挺身攬下這個幕後主使的位置，律鳶花旋即扭頭朝向客廳門外的律爺爺道：「是爺爺你的傑作，對不對？」

「總要有個人來找出兇手，是誰慫恿的並不重要。」律爺爺泰然自若回答。

「找兇手，那應該是警察的職責吧？」

「這窮鄉僻壤，警察人力可是很珍貴的，小小竊案，村民挺身而出又何妨？這就叫做警民合作！」

「我又不是村民，只是個過客。」

「可是案件已經發生了，謎題出現了，身爲偵探豈能就此袖手旁觀？」

律奶奶打趣地插嘴道：「聽說只要是名偵探出沒的地方，就會有案件發生呢！看來這都市傳說連在鄉下也應驗了啊。」

「奶奶！」律鳶花微嘟著嘴，用簡短的稱謂抗議著。

律奶奶捧著臉笑說：「抱歉、抱歉，看到你們爺孫倆你一句我一句的，奶奶我也忍不住想湊一腳了嘛。」

「就別推辭了，我們律家的人可是不會退縮的喔！」律爺爺一錘定音道。

熊在庭試著再次詢問：「所以……妳答應幫忙了嗎？」

「唉！」律鳶花輕嘆一聲。「既然被逼上梁山，我只能說我盡力而爲就是了。」

「那眞是太好了。」熊在庭額手稱慶。

心安理得地喝了一口豆漿後，律鳶花稍微啓動了腦內的推理引擎：「小熊老師，你有昨晚西瓜田失竊時所拍攝的相關照片嗎？」

「有的，我有用手機蒐證，拍了幾十張。」熊在庭打開手機裡的圖片庫，將手機遞給律鳶花。「除了印在潮濕泥土上的鞋子足跡外，還有附近的景物道路我都拍了。」

律爺爺也從搖椅上起身，走到了律鳶花身後緊貼椅背站著彎下了腰，窺看著手機螢幕上的照片。

「鳶花，妳沒有手機，操作行嗎？」

「沒吃過豬，也看過豬走路。雖然沒手機，但整天課堂上都在看學生滑手機。」律鳶花滑劃著照片一張張瀏覽過去，感覺雖有些笨拙但還算流暢。「看，還難不倒我的。」

律奶奶挪動臀部也湊了過去坐在她旁邊，三人擠在一塊眼神卻很認眞，這景象瞧在熊在庭眼裡既有種天倫歡聚的暖流炙熱了心，但卻又有點難以一語道盡的妙趣橫生，令人不由得莞爾。

於是律鳶花開始推論，而熊在庭則在一旁應和著。

「由這足跡的大小和花紋來看，兇手應該是穿著雨鞋，而且是成年男子。」

「警察也是這麼認爲，還說這村裡幾乎每戶人家都有雨鞋，而且牌子樣式都差不多，很難從這裡鎖定目標。」

「每個鞋印之間的間隔很小，甚至某些部分還有所重疊。假設兇手是採奔跑的方式逃離，鞋印間隔應該很大，至少左右腳的鞋印不可能會產生不行重疊的情況才對。」

「難道說兇手是慢慢走開的？怎麼可能！這樣的話，按阿財伯的說法手電筒應該不難捕捉到兇手的蹤影，可是他卻完全沒看到，代表兇手的移動速度並不慢。」

「鞋印在轉進甘蔗田後，還有嗎？」律鳶花將手機還給了熊在庭。

熊在庭搖搖頭：「甘蔗田裡的鞋印太破碎了，再加上後來雨也停了，所以鞋印就斷了。」

「既然說是連續失竊案，那麼其他的受害者處還有遺留下別的線索嗎？」

「這我就不知道了。」

律爺爺插嘴道：「我倒是知道還有哪幾個受害者，妳要一一去詢問他們嗎？」

「能這樣是最好。」律鳶花用食指抵住下顎。「畢竟要驗證我的假設的話，需要更多證據。」

「咦？妳已經有歸納出某個假設了嗎？」熊在庭略感驚訝。

「還不足一提就是了。」

「偵探果然都喜歡賣弄神祕呢？」律奶奶調侃道。

律鳶花反駁道：「隨便將證據力不足的推論掛在嘴上，只是會造成無謂的恐慌和衝突罷了，同時也容易干擾到別人的思考和推理。才不是爲了賣弄神祕或者故作高深這種膚淺的理由。」

「原來是這樣啊……好像有點道理……」熊在庭低頭沉思著她這番話。

「但如果要一個一個挨家挨戶去問，可能得花上一整天喔！」律爺爺掐掐時間。

律鳶花無奈道：「也沒別的辦法了。」

「那倒不一定喔！」律奶奶故意賣關子，不把話一次說完。

律爺爺恍然大悟道：「對了，今天不就是……」

熊在庭著急追問：「律奶奶、律爺爺你們到底在說什麼啊？可以別再吊胃口了嗎？爲什麼你們一家人講話都喜歡講一半？欲言又止的感覺在欺負我這個腦容量不夠用的人。」講到一半，熊在庭竟忍不住抱怨了起來。

「哈哈，好，不逗你們了。」律奶奶終於單刀直入。「其實在幾天前我就號召村民籌辦了一場『瓶中信祈願活動』，活動時間就在今天上午十點整。沒意外的話，大多數村民都會來共襄盛舉，那些失竊案的受害者也應該都會出席，只要在活動時的空檔詢問，就可以省去路程往返的時間了。」

「啊，對了，我好像聽勇妹提過這件事。」熊在庭在記憶中翻箱倒櫃。「原來是在今天。」

「這下找人的問題就迎刃而解了！」律爺爺開心宣布。「離十點還早，小熊老師來陪我下盤棋，打發時間如何？」

「好是好，可是我連規則都還不太懂。」

「沒關係，我會教你啊。」律爺爺硬拉著熊在庭到門外的禾埕，搬好棋桌，準備廝殺一場。

律奶奶又坐回她專屬的太師椅上，欣賞著主播講述新聞的娉婷儀態，律鳶花則窺探著律奶奶的側臉頰，不知是否是錯覺，總感覺奶奶的嘴角裡，隱約藏著一絲智者偏愛使詐的狡猾？

距離早上十點整，還有十五分鐘的差距，但春風村緊鄰著海岸線一隅的沙灘上卻擠滿了人潮。

身爲主辦者，律奶奶在九點半就領軍著相關人等來布置會場了，除了律爺爺、律鳶花和熊在庭外，還有幾名鄰居都來幫忙。

三張折疊式的長桌排成L形狀，加上幾張椅子一些紙筆，和幾朵如向日葵般盛開的大陽傘插滿了周圍，簡易的活動據點就此打造落成。從紙箱中拿出的透明玻璃瓶附著軟木塞蓋，排滿桌上，蔚爲壯觀。只需支付相當於成本價的費用，即可領取玻璃瓶和紙箋，來撰寫瓶中信。

雖然說主要的活動項目是瓶中信，但仍聚集了不少別的娛樂項目同譜歡歌，諸如一些小孩子在那裡堆沙雕、挖螃蟹，年輕人則是玩起了衝浪板、沙灘排球，甚至還有水上摩托車恣意徜徉，排闥了海浪，任性放縱橫行。

「嘟哈哈！我的城堡要蓋好囉。」

勇妹拿著小鏟子雕塑著沙堆的外觀，雖然線條簡陋但勉強還能看出幾分城堡的巍峨風貌。

「可惡，我們不能輸。」大頭指揮著阿明攜手雕琢出另一座沙雕，打算跟勇妹一較高下，參考的造型應該是埃及的人面獅身像，但由於不夠精細，反倒是像隻大狗趴在那邊。

勇妹擠眉弄眼嘲弄道：「喔，你們的哈巴狗做得挺像的喔，尤其是那個皺紋！」

大頭被激怒反擊：「顧好妳自己的公園廁所啦！像人面獅身像這種『音特奶羞露』（international）的東西，妳這鄉下小屁孩不懂啦！」

阿明也助拳解釋：「而且那不是皺紋，是帽子的花紋。」

「噗，小屁孩就愛說別人是小屁孩。」勇妹掩著嘴笑，挑釁回答。

「等做好，妳就知道了！」

活動時間將至，但一向愛湊熱鬧的村長卻還不見蹤跡，正當律爺爺和律奶奶爲此感到疑惑，甚至擔心村長是否出了什麼意外時，一陣映著燦燦日陽的萬丈光芒霎時奪目而來！

「啊，好刺眼啊！」在據點處的眾人異口同聲，發出驚呼。

耀眼光芒隨著角度偏移，逐漸消退，一道騎著腳踏車的身影劃入視線內，後車架上放著一個大保冰桶，來人正是村長。

律爺爺打招呼道：「火旺啊，你帶了什麼好料的來？」

「沒什麼稀奇的，只是飲料。」熊在庭幫村長一起將保冰桶卸下，移放至長桌上。「不過像鳶花和小熊老師從城市裡來的，應該很少有機會喝到這個才對？」

村長打開保冰桶蓋，一股冰冷的氣息冒湧而出，橫躺在冰塊錯置間的是一瓶瓶碧綠色的玻璃罐。

熊在庭睜大了眼睛，還眞的不認識這是什麼玩意兒？

「這種飲料我還眞的沒見過，是鄉村限定的嗎？」

「哇！有彈珠汽水耶！」只見勇妹捨棄了沙雕工程，還滿手沙子地跑了過來。「我可以喝嗎？」

大頭和阿明也緊跟在後，趕到了據點處的長椅外駐足。「我們也要。」

「你們也太靈敏了吧？簡直像是一聞到味道，就會憑空出現的小螞蟻一樣。」熊在庭不由驚嘆。

「哈……好，給你們喝。」村長開懷大笑，將彈珠汽水拿給了勇妹三人。「大家也自行取用吧！喝完爲止，慢來可是拿不到的喔！」

在村長熱情滿溢的吆喝聲中，律奶奶同時宣布了瓶中信活動正式展開，眾人三三兩兩往據點處聚集而來，領了玻璃瓶和紙箋，分散到各處開始寫著屬於自己的瓶中信內容。

拿了玻璃瓶和紙箋，以及彈珠汽水的熊在庭在據點旁的沙灘上席地而坐。打算喝飲料解渴的他，在觀察了一下整罐彈珠汽水的構造後，卻露出一臉狐疑的神情，究竟這奇怪的飲料要怎麼打開喝？

瓶子前端轉也轉不開，沒有拉環設計，只似乎有顆玻璃珠堵住了開口。

「眞遜耶你，大叔。」熊在庭一抬頭，勇妹和大頭、阿明邊喝著彈珠汽水邊盯著他看。「既然連彈珠汽水也不會開，還說是城市人？」

大頭點頭附和：「對啊，不是說城市裡的人什麼都比較會一點嗎？」

阿明則不忍心道：「別欺負小熊老師了，城市人也會有笨蛋啊！老師，開瓶器給你。」

「我怎麼有一種你講話最溫柔，卻傷我最深的錯覺？」從阿明手裡接過開瓶器的熊在庭，還是一臉寫滿問號。「這要怎麼用啊？」

說時遲哪時快，勇妹趁熊在庭不備時，抓住了他手裡的彈珠汽水瘋狂上下搖晃，然後搶下開瓶器將封口處的彈珠壓下。「就這樣開啊！」

勇妹手一鬆開，取下開瓶器，被搖晃後的汽水旋即噴發而出，弄得熊在庭滿手都是汽水。

「快逃啊！」勇妹腳底抹油快速逃走，大頭和阿明自以爲是共犯似的跟著逃竄。

被弄得狼狽不堪的熊在庭，板著臉怒道：「勇妹，妳這傢伙！」

眼看勇妹等人已不見蹤影，熊在庭回到據點處用儲水桶裡的水清洗了一下黏膩膩的手，然後喝了口彈珠汽水覺得味道還不賴，挺清新的。正巧律鳶花瓶中信的發放工作也告一段落，兩人便一起在據點處的長桌上，撰寫著紙箋然後放入玻璃瓶中，塞入軟木塞。

「鳶花，妳寫了什麼啊？」熊在庭不抱希望地試探著。

律鳶花卻不假遮掩直接揭露了內容：「我寫了『對不起，我製造了海洋垃圾。當你看到這封瓶中信的時候，謝天謝地，它並沒有被海洋生物所誤食！謝謝你，撿起這個瓶子。』就這樣。」

「這……也太不解風情了吧？」熊在庭的藝術家性格產生了排斥。「雖然瓶中信是不太環保，但是都參加了，寫這些東西不是太無趣了嗎？」

「我倒覺得很務實啊。」

「根本是在自打嘴巴嘛？」

「沒錯，我眞想打醒我自己，可是又不想讓奶奶失望。」

此時，負責協辦這場活動的資深漁夫，偶然聽見了對話後湊了過來：「別太擔心，其實啊根據這附近的洋流走向，大部份的瓶中信會擱淺在隔壁村的另一處沙灘上，我們過兩天會去回收淨灘。妳奶奶，沒有告訴妳嗎？」

律鳶花眼裡透露出疑惑：「有這種事？」

「所以啊，只有其中非常幸運的一小部分，才能眞的漂流出去，讓遠方的人撿到。」

「幸運的人才可以啊……」浪漫靈魂被點燃的熊在庭，感到興奮不已。「眞希望我的瓶中信可以漂流出去！」

「總之就是這樣，因爲妳是主辦者律奶奶的孫女，我才破例偷偷告訴你們，別說出去了喔！要不然會影響大家玩這個活動的興致。」漁夫交代完這番話後，便又轉身去巡邏了。

「我們知道了，謝謝你。」熊在庭誠摯感謝。

一回頭瞧見了律鳶花若有所思的模樣，熊在庭詢問道：「怎麼了嗎？」

「不，沒什麼。」律鳶花似乎在玻璃瓶上做了些什麼，然後站了起來，發號施令。「該去找連續失竊案的受害者問話了，再慢的話，說不定人去完瓶中信就會離開了。」

「那瓶中信呢？」

「詢問完口供再丟，拿在手上也不失爲一個能緩衝用的話題。」

「原來如此，不愧是偵探！連這種事都考慮進去了。」

接著兩人依照律爺爺所提供的受害者資訊，輪番找上搭話，所幸律奶奶有先主動邀請相關人等來參加這個活動，因此證詞的搜集出乎意料的順遂，律鳶花和熊在庭的搭擋竟是無往不利。

律鳶花讚美道：「小熊老師，你在春風村的人緣不錯嘛！一知道你要揪出兇手，幾乎每個受害者都很熱情地侃侃而談，還有不少人出示了手機拍攝的現場照片供參考，比預料中還要順利。」

熊在庭不好意思地搔搔頭，謙虛回答：「是承蒙村裡人看得起，這幾個月幫忙畫了不少壁畫和彩繪裝飾，建立了還算不差的羈絆。」

「原來是拿人手短啊！」律鳶花想起也請託了熊在庭繪製陶瓷杯的事。「算了，我們家似乎也差不多，沒資格說別人。」

「那麼妳有發現了什麼疑點嗎？」熊在庭單刀直入。

「第一點，被竊取的農作物都是水果，無論是西瓜、芒果、鳳梨還是火龍果……」

「我也發現了，只偷水果，不偷蔬菜，莫非有什麼特殊的原因？」

「第二點，被竊取的數量都不多。這可能代表兇手無法帶走太多太重的贓物，或者是兇手壓根就不需要那麼多，所以只取走他所需要的量。」

「但只拿走那一點，轉賣也賣不了幾個錢，難道全是要自己吃的嗎？」

「第三點，也是我最匪夷所思的一點。」

「是什麼？根據證詞，應該只能歸納出上述兩點吧？」

「那就是除了最後一個西瓜田的受害者阿財伯外，沒有人看到過兇手也沒有留下任何蛛絲馬跡。」

「這只是表示兇手很謹慎難纏吧？要不是剛好下雨留下了足跡，還眞是一點頭緒都沒有。」

「所以才奇怪啊！要是兇手眞的是心思縝密的小偷，怎麼會犯下在泥濘的土壤上留下足跡，這種低級錯誤呢？」

「因爲下雨不在兇手的計畫內？」

「不，兇手穿的可是雨鞋，代表他早就猜到可能會下雨。」律鳶花星眸微轉，巧思上心頭。「假如是我的話，在雨勢尚未下大到足以淹沒足跡前，是不會貿然踏入西瓜田的。」

熊在庭搖搖手，不以爲然道：「妳想得太複雜了，純粹兇手想在下雨前就竊取西瓜，又怕雨勢突然轉大，一般鞋子難以脫身，所以換上雨鞋。豈料，雨勢不大不小，剛好形成容易讓足跡遺留在上面的泥濘狀態，又倒楣遇上了阿財伯前來查看，倉皇逃逸時才留下了足跡。」

「雖然你的推理聽起來很合理，我卻總覺得有種違和感……」

「哪有這種事，是妳多慮了。」熊在庭拿起玻璃瓶。「既然問完話了，我們也去丟瓶中信吧！」

知曉心急吃不了熱稀飯，律鳶花決定暫時不去鑽牛角尖。「我知道了。」

「且放寬心，也好，或許能看見了過去明明存在卻沒看見的東西。」律鳶花自言自語。

熊在庭脫下夾腳拖鞋，往漫著海水的淺灘小跑步過去。律鳶花也脫掉了涼鞋，任小小海浪拍打著踩在細沙上的赤腳，眼角餘光一瞥，卻瞧見了沙灘另端律奶奶似乎和勇妹不知在說些什麼？

「看我的！將我的訊息漂流到世界的另一頭吧。」熊在庭用力丟出玻璃瓶，飛了很遠。「快來啊，鳶花，換妳了。」

律鳶花凝望著手裡的瓶中信：「我就賭一下運氣又何妨，有緣自能再相見！」只見她用雙手捧著玻璃瓶，由下而上往前一個側拋，飛得雖不遠，卻仍被海浪帶走了。

無數個瓶中信，載浮載沉，順著洋流漂向了彼岸。

她稍微動了點手腳的玻璃瓶，亦隱身於此。

7

牆上的掛鐘指著8點5分，本只是單純想著要一鼓作氣將學生的作業批改完的陶樂樂，完全沒料到會拖到這麼晚，窗外的春樹小學已徹底被夜霾籠罩。依稀記得剛才開燈時，明明還有好幾處教室同樣亮著燈，如今卻只剩二年級導師辦公室這裡，獨佔光亮。

收拾好作業簿，她揹起了包包關上燈鎖了門，準備離開學校。豈料，本該空無一人的校園，某處的一樓教室忽然亮起了燈，太顯眼了，她無法不去注意。

「那裡是……烹飪教室？」陶樂樂回憶著不久前才在那裡上過課。「這麼晚了，會是誰在那裡？」

她有些猶豫，該去一探究竟，還是打道回府？

倏然，手機鈴聲響起，在此刻靜謐的校園內，顯得格外清晰，她嚇了一跳轉過身接起了手機，只是一般的推銷電話，陶樂樂不等對方展開長篇大論的洗腦，旋即掛斷了通話。

卻覺得周遭頓時暗了下來，再往烹飪教室的方向看去，燈光全都熄滅了。

「啊！」她忍不住驚叫一聲。

瞬間整個烹飪教室的燈光又亮了起來。

她想起了最近流竄在村子裡和師生間，那個關於某間教室電燈開開關關的傳說，原以爲只是以訛傳訛，沒想到是眞的，而且自己竟成了見證者！

陶樂樂雙腳一軟癱跌在地上，用盡最後的一絲勇氣，撥打了手機。

滿目凌亂的桌上散落著各樣物件，而在正中央的則是堆成高塔狀的疊疊樂積木和一對等待彩繪的陶瓷杯靜靜矗立著，熊在庭盤起雙臂表情嚴肅地凝望著它們，已是邁入第三個鐘頭了。

「唉！」他的頭驀然垂落，將一邊臉頰貼在桌面上。「我已經搞不懂這種情況，到底該稱之爲束手無策，還是束手待斃比較貼切了？」

突然間，電鈴聲響起，熊在庭大概猜到了是誰站了起來前往開門。「來了。」

「嗨，小熊老師，有沒有發生什麼事啊？」門一打開果然是村長，如他所料。自從農作物失竊案案發開始，一入夜村長便會騎著腳踏車在村子內四處巡邏，順道拜訪關心一下獨居的村民們。

熊在庭搖搖頭：「我這沒什麼異狀。請問其他地方有發現什麼線索嗎？」

「也沒有，這小偷還眞難纏啊。」忽然村長口袋裡的手機響起。「我接個電話。」

村長半轉過身接聽著，倏然驚詫地大叫道：『什麼烹飪教室鬧鬼了？陶老師，妳慢慢說不要怕，沒看到人，電燈卻開開關關的？好，別怕，我馬上趕過去。」

「是春樹小學出事了？」熊在庭著急問。

「沒錯，是陶樂樂老師她似乎撞鬼了……」

「不是鬼，而是兇手！」但見村長還未解釋完來龍去脈，熊在庭旋即跳上村長停在一旁的腳踏車，準備趕赴現場逮人。「村長車子借我，不能讓兇手跑掉！我騎得比較快，你去找人幫忙。」

話音仍在迴盪，腳踏車的輪痕彷彿如湍急的滾滾激流般，一瀉千里而去，轉眼人車身影已變得渺小。

擔憂的村長不忘叮嚀，在後面放聲叫喊著：「小熊老師，是兇手的話拖住他，別讓他跑了，是鬼的話別被祂拖住，你一定要帶著陶樂樂老師跑掉啊……」

從斜瓦屋到春樹小學的距離並不太遠，再加上這條路熊在庭還算熟悉，畢竟勇妹常頤指氣使要他幫忙送零食或課本到班上，所以即使黑夜裡只有稀落路燈打下的一團團不相接的光源照明，也絲毫耽誤不了一點車程。

本該是這樣的，但熊在庭的心湖深處卻暗浮著詭異漣漪，好似有什麼潛伏著，是在害怕無法制服兇手嗎？還是擔心眞的是一樁靈異事件？

不，都不是。他還說不上來是爲什麼，但車速卻因此在有意無意間放慢了一些又一些。

終究還是趕到了春樹小學的校園，越過半開的柵欄鐵門，校園內和方才從遠處瞧見的同樣是一片漆黑，用手機的燈光四處探索，發現了緊握著手機癱坐在地上的陶樂樂，身體還微微顫抖著。

「是樂樂老師嗎？」因為陶樂樂正是勇妹的班導師，所以對熊在庭來講並不算陌生。「別怕，我是熊在庭。」

陶樂樂往刺眼的燈光處看去發覺是熟悉的面孔，頓時安心了下來。

「是小熊老師啊……我、我快嚇死了……」

熊在庭靠近了陶樂樂將她攙扶起來。「有看見或聽見兇手逃逸時離開的動靜嗎？」

陶樂樂搖搖頭：「我只知道沒有人從大門出去。」

然而這個回答，並未令熊在庭感到振奮，由於近年來為了能讓各校園降低藩籬感，並增加附近居民的使用率和親切度，所以圍牆都改採矮牆設計，幾乎一腳就能輕易跨越。

換句話說，兇手能毫無阻礙地從學校的任何一個方向脫逃，假設他已經潛逃了的話。

「妳覺得兇手發現妳了嗎？」

「我、我有叫了一聲，然後暗著的燈就亮了！」她頷首承認。「應該被發現了。」

「是喔。」熊在庭將手指抵著嘴唇，低頭沉思。然後又抬起頭問：「是烹飪教室吧？是哪一間？我去看看情況。」

陶樂樂指向烹飪教室：「那一間。」

熊在庭點了點頭表示明白，然後往烹飪教室前行，仍心存畏懼的陶樂樂忽然拉住他的手臂。「我、我跟你一起去。」

「不會感到害怕嗎？」

「一個人留在這裡，感覺更可怕。」

「村長很快就會帶援軍趕來了，妳可以在柵欄鐵門等，哪裡外面有一盞路燈，不會太暗。」

「我還是跟你一起吧！至少有個照應。」

「我知道了，那就抓緊我。」

為使陶樂樂可以徹底安心，熊在庭刻意展露了燦爛微笑來回應著。

兩人不疾不徐信步來到了烹飪教室外，門窗緊閉，熊在庭伸手轉動門把竟是紋風不動，莫非整間烹飪教室是在密閉的情況下，產生了電燈開開關關的異狀？

「門鎖著嗎？」陶樂樂聲音有些惶恐地問。

「可能是某扇窗戶沒關，也可能兇手持有鑰匙或具備開鎖技能。」熊在庭試圖穩定軍心回答。

忽然，外頭有強光掃入了校園驅散一小部分黑暗，是援兵來了！

不得其門而入的兩人，於是折返回校門口，只見一台小貨車停在柵欄鐵門處，車頭燈熾烈的光芒則照亮了前方。在副駕駛座的村長，剛下了車，旋即一抹倩影也自車上翩然落下。

「妳怎麼也來了？」瞧著律鳶花驀然現身，熊在庭不由得一驚。「我還以為村長會向警方求援。」

律鳶花回答：「你騎車走後，村長確實馬上就通知警方了，恰巧同時我乘坐著茂叔的小貨車經過，知悉原因後，便帶著村長先趕來了，派出所離小學較遠大概還要一點時間警察才會趕到。」

小貨車的車身側印著阿茂環保服務公司的字樣，由於春風村的垃圾車只有行駛特定路線，而且一週只有三天。所以若是嫌麻煩，或是有特殊需求，就會額外委託環保服務公司來清運廢棄垃圾。熊在庭住處外的垃圾子母車，便是如此，所以兩人雖不甚熟卻也相識。

熊在庭朝向一樣下了車的茂叔打招呼：「你好。」

「你好啊，小熊老師。」表情和善的茂叔簡單回應，他一向沉默寡言，對話態度多採被動。雖不健談，卻有問必答，是個很容易相處的人。

「那個……你們還要進去嗎？」陶樂樂鬆開了抓著熊在庭的手，有些抗拒地問。「能不能有個人陪我待在這裡等警察來就好？」

村長搔搔了眉毛，發號施令道：「這樣吧！就讓鳶花妳這個偵探去探勘一下現場，小熊老師就請你保護鳶花一起去吧！我和阿茂在這裡陪陶老師等警察。萬一兇手還在，應該也還能自保無虞。」

「我知道了。」熊在庭表示認同這樣的安排，其餘人亦無異議。

律鳶花來到了烹飪教室外輕鬆扭開了門把，走了進去並隨手摸著牆壁打開了電燈，瞧見這一幕的熊在庭難掩驚詫地叫出聲來。

「誒？怎麼會！」

「怎麼了嗎？有什麼不對嗎？」律鳶花回頭問著滿臉驚恐的熊在庭。

熊在庭嚥了一口唾液，平撫心神後回答：「剛才我和樂樂老師來查看時，門把是轉不開的！爲什麼現在妳能轉開了呢？」

「大概是你害怕到手在抖，所以轉不動吧？」

「沒這回事，我才不怕。」熊在庭揮著手，態度格外劇烈地反駁。

「我知道，只是開玩笑的。」律鳶花仍是一臉平靜。「但小熊老師你的反應這麼大，反而很啓人疑竇喔！」

「原來妳也會開玩笑啊……」熊在庭發自內心露出了驚訝的表情。

烹飪教室內，能容人藏身的空間很有限，兩人逐次打開了櫥櫃，卻都一無所獲，由此可以斷定若有兇手存在，肯定也已經畏罪潛逃了。

繞行了一圈盤查後，律鳶花略有所得：「我發覺這個不鏽鋼水槽內部還殘留著水滴，某些器具同樣有清洗過的痕跡，代表確實不久前有人使用過這間烹飪教室。」

「兇手在這裡幹什麼呢？」熊在庭提出合理的懷疑。

「當然是跟烹飪有關的事囉，只是爲什麼非要在這裡？難道兇手家沒有廚房嗎？」

「八成是這裡的設備齊全，而且又不用付電費。」

「公器私用的理由，是爲了貪小便宜，挺合理的。」律鳶花話鋒一轉。「但或許有著讓兇手不得不選擇這裡的原因……」

「那會是什麼？」

律鳶花手抵著下顎，欲言又止：「我實在不願意這麼想，但看來……」

熊在庭著急追問：「妳是不是調查了很多線索，歸納出了什麼推論？說好要一起找出兇手的，怎麼可以都只有妳一個人知道？出沒在烹飪教室的兇手和農作物連續失竊案的兇手是同一個人嗎？」

「正巧我也有問題想問你啊，小熊老師。」

「問我？」熊在庭實在不覺得自己掌握了什麼關鍵線索。「對於這事件，去問樂樂老師可能會比較清楚，我知道的都說了。」

「不，我要問的問題，只有你能回答。」

倏然，警車鈴聲響徹了春樹小學。

瀰蓋的陰霾還未消散，但雲層上卻在無聲中堆積了一顆顆星光熠熠，醞釀著光芒，等待綻放。

8

和煦的晨曦一寸寸輕柔灑落，輕撢著斜瓦屋外造訪的人影，添了一些溫暖光圈罩身，並掃走昨夜晦暗，翦水雙瞳仿若望穿了重重密鎖後的卡榫結構，而解密的鑰匙已近成形，呼之欲出。

熊在庭應門後，將律鳶花迎入，奉上了一瓶未開封的無糖茶飲，放在仍是凌亂如劫後餘生的桌上。

「可以不用賣關子了吧？妳的疑問，我昨晚已盡數解答了。」熊在庭凝視著她的雙眼。「今天，換妳替我釋疑了！」

律鳶花誠摯地頷首道謝：「首先，非常謝謝小熊老師你，昨晚對於我提出的問題，不吝給予答案，我也該履行約定，整理脈絡後向你彙報了。」

「那麼請開門見山。」

「好，你還記得我昨晚問你的問題嗎？」

「記得，妳問我『是否已經好幾個星期沒有作畫？』，我回答『不，在宣告為了專心抓兇手而封筆前，幾乎每天都有畫作產生，但不滿意，於是全丟了。』」

「還有呢？」

「然後，妳又問我『發現樂樂老師時，她的狀態如何？』，我回答『非常害怕，一個人瑟縮在黑暗的角落裡發抖著。』」

律鳶花微笑道：「你記得很清楚。」

「那當然。」熊在庭用手指壓了壓額頭旁的太陽穴。「我可是整晚輾轉難眠，都在想這件事。」

「所以你不覺得有什麼奇怪的地方嗎？」

「妳是指什麼？」熊在庭一時間茫無頭緒。

「根據昨晚陶樂樂老師向警方的供述，大致和你的證詞吻合。」

「所以沒有問題不是嗎？」

「不，問題就在這裡。」律鳶花推了推鏡架中央。「雖然說空無一人的學校確實很陰森，但單憑只是電燈開開關關而已，沒有其他恐怖的靈異現象顯示出來，會讓一個成年人嚇到完全癱跌那麼久的時間，甚至連逃跑的勇氣都蕩然無存嗎？你來到時距離她打電話給村長，應該有十五分鐘以上，即使受到驚嚇，這段時間也足夠她恢復冷靜了不是嗎？」

「或許是她特別膽小吧？」

「若是這麼膽小的人，會獨自一人留到入夜才離開嗎？」

「只是專注於改作業，所以才會不小心延誤了時間。」

「她既然開了電燈，就代表已意識到天色漸晚的事實，因此你的推論並不合邏輯。若真的有異於常人的膽怯，在覺得需要開燈時，就應該選擇將作業帶回家改了。」

『難道妳的意思是說，樂樂老師因為某些原因所以選擇留在了現場？』熊在庭激動蹙起眉山。「怎麼可能？」

律鳶花聞言卻嫣然一笑：「奇怪的不只是她，還有農作物連續失竊案的受害者們，都做出了不合常理的證詞，但假設都是基於『同樣的原因』的話，這些舉動就都說得通了。」

「到底是什麼原因？」

「在解謎繼續前，我想先帶你去一個地方。」律鳶花起身。

熊在庭急忙跟著站了起來：「要去哪裡？做什麼？」

「一個人的家裡，我們要去偷窺喔！」律鳶花竟是如此回答。「對了，我還想順便確認一件事。」

「什麼事？」

只見她從桌上拿起了某樣東西，打開後用手指淺嚐了一點。

熊在庭卻如醍醐灌頂般瞪大了眼睛，似乎已觸碰到了真相的邊緣，瞬間明瞭了什麼。

沿著逶迤曲折的小徑，在瑤草蔥鬱中偶遇了繁花幾簇，不待細觀寒暄，再往那綠濃深深行尋。縕塵盡處，一屋紅磚倚著小小丘陵落地生根，自小丘而下正巧來至屋後的窗戶外頭。

「到了，就是這裡。」律鳶花指著透明淨亮的玻璃窗。「請小熊老師你靠近並探頭往裡面看，能將一切散落的點串連起來的線，就藏在屋裡頭。」

「偵探就是愛賣弄神祕，讓我看看再說，可別只是虛張聲勢、大驚小怪！」

豈料，一靠近窗熊在庭頓時露出詫異神色，手和臉不由自主緊貼在玻璃窗上，凝望著窗內的瞳眸中滿是震驚和不解，眼前的境況究竟是怎麼一回事？

輕步至他身後的律鳶花，目光同樣望進了窗的另一頭，卻是顯得泰然自若。

「怎麼樣？是不是看清楚了呢？」她意味深遠地說。

熊在庭抓著頭道：「不，根本是更加一頭霧水了，完全被搞糊塗了，這裡是誰的家？為什麼這些東西會在這裡？」

律鳶花不回答，卻別開話鋒：「你知道嗎？明天在隔壁的大樹村，會有免費的吐司厚片大放送喔，是新開的麵包店的宣傳活動，不過啊，只提供吐司而已！」

「啊？」熊在庭皺著眉且張大了嘴巴。「所以呢？」

「所以今晚兇手一定會再度出現在烹飪教室，要趕在時限來臨前盡可能的大賺一筆！」

看著律鳶花勝券在握的表情，低垂著頭的熊在庭卻是五味雜陳。

當晚，七點半。

人去樓空，本該恬靜的春樹小學烹飪教室內，忽然響起了窸窸窣窣的聲音，在黑暗中幾抹陰影鑽動著。星光稀微，路燈寥落，只照進勉強能分辨出輪廓的亮度，教室仍是陷落於黑霾帷帳下。

「快一點，把箱子拖進來。」

「唉呦，撞到頭了，好痛喔，不能開燈嗎？」

「上次差點被抓到，等確定沒人再開比較安全。」

「不是看過沒人了嗎？」

此時，律鳶花的聲音忽焉而至：「人還在喔！只是躲起來了，而現在要換你們躲了，但是你們躲得掉嗎？」

「糟了，『熻空[1]』，東窗四花，快逃啊！」

「是東窗事發吧？」熊在庭擋住教室後門，並出言糾正。

「前門肯定也有人埋伏，這裡是一樓，快從窗戶逃跑……」

正當數條黑影攀上窗戶欲打開逃逸時，窗外倏然光芒大盛恍若太陽降臨，霎時間閃盲了眼。

「好刺眼啊！可惡，是村長。」

不堪光芒阻擾，黑影紛紛往後倒落。

同時律鳶花手指輕推電燈開關，滿室幽暗轉眼被驅逐出境，烹飪教室內頓時明亮如白晝。黑影們也在燈下露出了廬山眞面目，正是勇妹和大頭、阿明這三個愛搗蛋的小鬼，闖下了大禍。

「竟然眞的是妳啊！勇妹。」熊在庭直瞅著她，不敢置信。

勇妹盤起雙臂，偏過頭，一副慷慨赴義的模樣：「既然被逮了，我不認也不行了……」

村長走了進來。「我還眞沒料到，這電燈開開關關事件和農作物連續失竊案的眞兇，竟然會是這三個小鬼！」

阿明掙扎說：「你們有證據嗎？我們出現在這裡，頂多和電燈事件有關罷了。」

[1] 閩南語，熻空piak-khang意指事跡敗露。

「對、對啊，可別把失竊案栽贓到我們小孩子頭上，你們可是大人耶！」大頭跟著附和道。

兩人眼眶裡雖噙著淚，卻還是奮力反撲。反觀勇妹冷眼旁觀，一言不發。

律鳶花對著勇妹說：「妳呢？都不說話可不像是勇妹了喔？」

勇妹回答：「哼，快推理吧！等聽完妳的推理我再反駁，我可不會笨到被套話的。畢竟我可是看過一千多集柯南的小孩子啊。」

熊在庭不禁在心裡頭嘀咕：「勇妹在搞什麼啊？這番話簡直像是不打自招的自白……」

「那麼就先請在教室外埋伏的各位先進來，我再一一說明。」在律鳶花導引下，失竊案的受害者們、律爺爺和律奶奶、陶樂樂以及一干村民全都擠入了教室內，或坐或站著。

律鳶花視線橫掃過在場眾人，思量道：「這個嘛，該從哪裡開始說起好呢？我看不如就先從勇妹他們，之所以出現在烹飪教室的原因開始好了……」

村長半帶猜測地說：「既然偷了水果，又跑來烹飪教室，想必是要進行某樣食品加工？」

「賓果！眞不愧是村長。」律鳶花拍了一掌表示贊同，然後拿出了一張課表。「這是我向校方借來的這一學期烹飪教室的課表，裡頭寫著勇妹所就讀的二年級前一陣子的課程名稱是『手工果醬製作』。」

熊在庭恍然大悟低語說：「果醬，原來妳當初在我的畫室內用手指嚐桌上的果醬，是爲了確認是不是勇妹所做的嗎？」

「正是。」律鳶花頷首。

「爲何不直接問我就好？妳怕我隱瞞勇妹送我果醬的事實嗎？」

律鳶花眼神有些曖昧，卻不直接回答：「勇妹親手做的果醬有一個很明顯的特徵，只要一嚐就能明白，問你只是多此一舉。」

「是什麼特徵？」熊在庭的反應，卻讓律鳶花感到詫異。

陶樂樂囁嚅道：「很甜，對吧？勇妹的果醬特別甜，因爲她放了大量的砂糖。」

熊在庭感到驚訝：「咦，是這樣嗎？我還以爲果醬都是這麼甜的。」

「小熊老師，你平常沒有食用果醬的習慣吧！所以才不知道勇妹的果醬遠比市售果醬的甜度來得高上許多。」律鳶花將目光瞟向律奶奶。「而我會知道，是因爲家裡也有一罐勇妹做的果醬。」

律奶奶卻心虛地不敢和她四目相接，好似怕被戳破了什麼祕密？

律爺爺搔了搔頭回想道：「可是我記得家裡的果醬，是妳奶奶去隔壁的大樹村買回來的啊……不是勇妹送來的……難道說是向勇妹買的？不可能吧？」

「Lemonade Stand？」熊在庭推測道。

「沒錯。在國外不滿十歲的小孩子在外擺攤，賣檸檬汁或童子軍餅乾的情形並不罕見，可能勇妹從哪裡得知這件事，於是有樣學樣，賣起了剛學會製作的手工果醬。」律鳶花如是說。

「等等，不對啊，如果勇妹賣了果醬給律奶奶，爲什麼卻送給了我？按平日相處的情況來講，她應該會強迫推銷給我才對？而且勇妹賺錢的目的是爲了什麼？只是好玩嗎？」

律鳶花看著熊在庭，毫不遮掩地流露出一副「你還眞是個笨蛋」的表情：「那不是件明擺著的事情嗎？你還記得我剛才帶你從窗外去看的房間嗎？那正是勇妹的臥室。」

「去看了……我的房間……？」勇妹臉色頓時一僵。

此刻，熊在庭腦海裡重新映現了不久前緊貼著玻璃窗，望向那個房間內部時無可言表的震驚！牆壁上、地板上，掛滿了、放滿了那些曾經被他所丟棄的畫作，那些早應該掉進垃圾子母車裡被載走焚燒，消滅在這世上的拙劣的失敗品們。

然而，它們卻被搜集到了那個小小房間內，如璀璨的繁星般點綴著靜謐的空間，一幅幅畫作宛若一場場旅行，用一幕幕景色疏曠了人生初拓的深廣和心靈前所未有的遼闊。

熊在庭看著勇妹的瞳眸，彷彿瞧見了在那滿是自己畫作的房間內，勇妹瀏覽著每一幅畫時，所洋溢出的笑容是那麼甜蜜，滿是眞心誠意。

「不要害怕，你畫得很好啊！」本來認爲只是無聊安慰的這句話，驀然又在耳畔輕輕響起，旋即如一陣微風般自緊閉心扉的空隙吹入，爲荒蕪的心帶來一點春雨的滋潤。

熊在庭稍微閉了眼沉澱了一下心神，然後睜開眼歸納道：「所以鳶花，妳問我畫作的事，是因爲負責清運的環保公司很久沒有看到我丟棄的畫作，但我前一段時間卻並未停止作畫和丟棄失敗作，於是我『消失的畫作』便成爲了一個謎題！」

「要解開這個謎題不難，只要在垃圾子母車附近監視就行了。」

村長插嘴道：「但小熊老師早已說過在找到失竊案兇手前，不再作畫。」

「只可惜知道這件事的人不多，大部分的人只知道小熊老師要找出兇手而已，所謂的口耳相傳就是這麼一回事，發言不會完全被轉達，只有重點被保留，剩下的則是無關緊要的加油添醋。」

「但兇手還是有可能知道，小熊老師暫時不作畫不是嗎？」

「即便如此，兇手還是會抱著僥倖的心理去翻翻垃圾的！若忽略了人性，單靠理性的邏輯，那麼推理註定會是失敗的。這不是死板板的機智問答，而是活生生的人所做的事啊！」

律爺爺爬梳了相關陳述後，推論道：「勇妹賣果醬是爲了籌錢，卻偏偏將果醬無償送給了小熊老師沒收費，討好他的原因該是有求於他。同時又撿走了垃圾車裡被丟棄的畫作，表示勇妹蠻欣賞小熊老師的繪畫功力，這麼說來，莫非勇妹是打算請小熊老師爲她作畫嗎？」

「正是如此。」律鳶花接續著剖析。「一如我們家請小熊老師爲陶瓷杯上色　樣，村裡不乏有人拜託小熊老師一展長才施以妙手丹青，爲了不讓他做白工多半會附上謝酬，勇妹應該是看多了於是有樣學樣，打算賺錢來支付謝酬，請小熊老師爲她畫上一幅畫。」

熊在庭露出震驚的眼神，垂望著勇妹：「眞的是這樣嗎？」

未待勇妹回答，自覺無法再隱瞞一切的阿明和大頭，旋即哭喪著臉將事發經過全盤托出。

阿明害怕受責罰，眼眶噙著淚說：「擺攤賺錢的點子，是從卡通『史奴比』裡頭學來的，怕被村裡的人發現，還特地跑到隔壁村去擺攤，雖然不小心還是遇上了去大樹村買東西的律奶奶，所幸她答應我們不會說出去。」

大頭則提高音量來掩飾恐懼，似吼著說：「電燈會開開關關，不是爲了裝鬼嚇人，只是發現外頭有人就關掉，沒人就打開，有時被外面的人的叫聲嚇到會不小心又碰到開關打開，所以又急忙關上，像班導那次就是這種情形。」

「偷拿田裡的水果，是爲了節省成本，眞的很對不起。」

「撿小熊老師丟掉的畫，只是覺得畫得很好，捨不得就這樣被送到垃圾場燒掉。」

「雖然是爲了勇妹存的錢，但是主謀是我，請不要責備他們兩人，要處罰就處罰我一個吧！」阿明竟企圖攬下全部罪責。

「不要聽阿明亂講！」大頭用腳踢了阿明的屁股一下。「平常都被我欺負的阿明才沒那種膽子，來做這種壞事，一切都是我幹的！他們兩人是被我脅迫的，我才是罪魁禍首，針對我來就好。」

「是我啦！大頭那麼笨，想不出這種主意的。」

「你只是看起來聰明而已啦！上次我數學還贏你1分耶。」

「可是你其他科目都輸我30分以上啊，而且數學雖然輸你，也考了94分。」

大頭和阿明竟越吵越烈，儼然一發不可收拾。而且不是為了推卸責任，而是打算為了另外兩人犧牲自我，獨力承擔一切來自於大人們未知的責難和懲處。

陶樂樂擺出班導師的派頭，喝斥道：「你們兩個，不要再吵了。」

阿明著急辯解：「班導！總之，這些事跟勇妹無關，是我硬拖著她來的。」

大頭也附和著說：「沒錯，是我硬要幫她賺錢買畫，都是我的錯。」

「是我啦！」

「是我才對！」

兩人爭相袒護著勇妹。

卻見蟄伏多時不動的勇妹，伸出雙手將糾纏的兩人分開，從中間走過，嘴裡數落著：「兩個笨蛋，既然是我要存錢買畫，怎麼會跟我無關呢？難怪你們考不了100分！」

只見勇妹在熊在庭身前驟然止步，旋即將被T恤蓋住夾在褲頭上的儲金簿抽出，往上遞向熊在庭同時抬頭仰望，眼眶裡不由自主打轉著些微波光粼粼。

「你可以幫我畫一幅畫嗎？」勇妹鼓起了勇氣道。

在場眾人屏息圍觀著這一幕，但見熊在庭青筋浮冒，伸手打落了勇妹的儲金簿，激動道：「開什麼玩笑！妳以爲我會收這種靠偷竊賺來的錢嗎？」

勇妹強忍的淚水此時猛然潰堤，淚眼汪汪地抓著熊在庭的褲管搖晃哭喊：「嗚……爲什麼不收我的錢？爲什麼不幫我畫畫？你這個大壞蛋……」

「妳才是小壞蛋吧！」熊在庭不甘示弱地反擊。「要我幫妳作畫爲什麼不直接說就好了，要是明知妳偷竊還收妳的錢幫妳作畫，那是在害妳，妳懂嗎？」

「我不懂啦！幫我畫畫！」

阿明也衝上前去助拳：「小熊老師，幫勇妹畫畫啦。」

人頭同樣不落人後：「幫她畫一下又不會怎樣，我們會給你錢的。」

三個小鬼頭圍住熊在庭哭喊著，像在搖樹一般晃動著他的褲管，只可惜結果似乎也如蚍蜉撼樹。

「你們聽不懂我的意思嗎？我都說了，要是拿你們靠偷竊賺來的錢，是在害你們啊！」無奈的熊在庭用眼神向村長求救。

縱使身經百戰，此刻都不知該如何收拾善後的村長，則看向了律鳶花：「我說鳶花，妳看該怎麼辦才好？」

律鳶花推了下鏡框，徐徐道：「當然是繼續進行我的推理囉！」

村長詫異道：「還沒結束嗎？」

「才剛剛開始。」語畢，律鳶花請陶樂樂安撫勇妹三人，並拉開和熊在庭距離。旋即她伸出食指指向了熊在庭的鼻子。「接下來就來解開小熊老師身上所存在的謎題吧？」

熊在庭疑惑道：「我的謎題？」

「沒錯，你說你是因爲不想讓勇妹學壞才不幫她作畫的？」

「這有什麼問題嗎？」

「還眞是冠冕堂皇的理由啊！」律鳶花語帶輕挑，熊在庭因而面露不悅。「打從一開始你說『在找到農作物連續失竊案的兇手前，停止作畫』這件事本身就很奇怪，不是嗎？」

「有什麼奇怪的？我住在這裡受到村民們的照顧，所以決定知恩圖報，替他們捉到兇手，哪有什麼不對？」

「小熊老師，你是爲了作畫才來到這裡定居的吧？而且我聽爺爺說你打算報名參加的比賽截稿期限已迫在眉睫了。在這種情況下，爲了區區一點點農作物的失竊，卻要停止作畫，這怎麼看都不合乎情理吧？」

失竊案受害者之一的阿財伯幫腔道：「我想只是因爲小熊老師很熱心，鳶花妳多慮了。」

律鳶花不以爲然接著說：「假如眞像阿財伯說的，那麼小熊老師應該很急著要捉到兇手才是，但根據村長和陶樂樂老師的證詞推敲，陶樂樂老師求援當晚，小熊老師騎腳踏車自家裡趕往春樹小學，一共花了二十分鐘。而我剛才以同樣車程趕來這裡，卻只花了十五分鐘，身爲男性的小熊老師腳力應該比我更好，爲何卻花了更長的時間呢？」

律爺爺猜測道：「那是因爲小熊老師不熟悉路吧？」

「不，因爲常幫勇妹送東西的關係。」律鳶花看了勇妹一眼，尋求認同。「所以這條路小熊老師遠比我這個一年回來一次的人還要更加熟悉。」

陶樂樂秀眉輕蹙：「難道妳的意思是小熊老師，是故意放慢速度來的？爲了讓兇手……有足夠的時間可以逃跑？那我……」

「我想關於妳的安危，他是認爲只會裝神弄鬼的兇手，應該沒有挾持人質的膽量。而事實上也是如此，而且……」律鳶花凝視了陶樂樂一眼，話又嚥了回去。「總之，小熊老師其實是爲了延長抓到兇手的時間，所以才搶了村長的腳踏車自告奮勇前來，否則要是村長在第一時間趕到，很可能會遭遇上還未離開的兇手……」

村長撫摸著下顎道：「沒想到看似見義勇爲的舉動，竟隱藏著和行爲完全相反的意圖。」

不甘受辱的熊在庭厲聲反駁：「這麼做對我有什麼好處？妳的推理根本大錯特錯！拜託，別搞錯了方向，重點應該是勇妹他們身上才對。」

「急著轉移焦點，更顯得心虛呢！小熊老師。這件事對你的好處，不是很顯而易見嗎？」律鳶花稍作停頓，霎時氛圍一凝。「這樣你才能有藉口，繼續逃避作畫不是嗎？」

「妳、妳在說什麼？」熊在庭忽感眼前一白。

「你遇上了瓶頸對吧？雖然你說在宣告爲了抓兇手而封筆前，幾乎每天都有畫作，但其實在宣告前的幾天根本沒有任何產出，這一點只要比對勇妹的蒐藏和清運公司的紀錄，不難驗證。而且我拜託你的陶瓷對杯彩繪同樣也還沒動工不是嗎？在去找你時，我便確認了這件事。」

「拙劣的推理……」

「是嗎？你剛才之所以撥掉勇妹的儲金簿，不是因爲怕她學壞而拒絕，而是因爲你現在根本什麼都畫不出來，你是害怕再度面對這個無能爲力的自己，才撥掉儲金簿的。你眞正拒絕的人，其實是你自己！」

熊在庭咬著牙不由顫抖：「閉嘴，妳的推理太可笑了……」

勇妹抬頭仰望著熊在庭，這個她寄予厚望的男人，此刻看來竟像是瑟縮得和她一樣矮小。「你一定畫得出來，對吧？大叔！我相信你。」

「我……」熊在庭俯瞰著勇妹的臉，那滿懷信賴的眼神更令他難受。

「要瓦解我的推理，確實最簡單的方法就是請小熊老師你即興揮毫畫出一幅畫來，如何？既然要畫了，不如主題就讓勇妹來決定？」

律鳶花順水推舟。

「呵……」短暫緘默後，熊在庭卻是變了臉彷彿蒙上了一層陰霾，眼神輕蔑，陰笑森然。「想騙我幫勇妹作畫，妳以為我會上當嗎？我才不幫小偷作畫，犯罪者沒資格擁有我的畫作……我才不要、才不要、才不要、才不要幫小偷作畫！」

「唉呀呀，似乎刺激過大，黑化了……」律奶奶神來一筆作註。

看情況尷尬，村長趕緊打起圓場：「鳶花，妳就別太咄咄逼人了。正所謂那個、那個『給鼓勵，不給壓力』、『不要責備，叫你寶貝』、『Love & Peace』所以、所以……」

嘗試力挽狂瀾的村長，在幾番胡言亂語的掙扎後，終於也掰不下去了，再度將話語權交棒給了落至冰點的靜默。

而律鳶花竟是揚倨傲神情嗤之以鼻，用破壞性的言語擊碎了冰點：「也太難看了吧？明知身教重於言教，可是每當大人犯錯時總是死不認錯，還試圖顛倒黑白虛辭狡辯，而小孩子犯了錯卻是硬逼著她道歉，若她不願則是不惜威脅恫嚇。倘若害怕衝突，迴避著彼此真正內心，只會粉飾太平，除了埋下猜疑讓雙方漸行漸遠外，又顧全了什麼？一時的面子，短暫的和平？只有自卑到極點的人，才會畏懼承認自己的錯誤，卻熱衷於逼迫別人低頭認錯，那種俯視，並非尊嚴，而是類似剝奪的快感，傷了別人，同時用痛麻痺了自己。痛快嗎？能毀滅一個人自尊的人，只有他自己！」

熊在庭崩潰似地大吼：「揪出勇妹他們是兇手，又要我承認我因畫不出來而自我欺騙，甚至遷怒於勇妹他們，最後還指責了打算搓湯圓壓下衝突的村長，這種失控的局面妳滿意了嗎？滿足妳這個大偵探站在制高點上當好人，教訓壞人的崇高道德感了嗎？」

「你到底要逃避到什麼時候呢？一直拉人下水，轉移焦點，這樣又能算是什麼救贖呢？別忘了是你拜託我來當這個偵探的。」

「我可沒要妳窺探我的內心！要我承認錯誤嗎？」熊在庭拳頭緊握。「我最大的錯誤就是找妳當偵探，根本是作法自斃。」

「怎麼不乾脆說，你最大的錯誤是想要當個畫家呢？要是你不當的話，何來今日的難堪？」

「這話未免說得太過頭了。」律爺爺從中斡旋。「鳶花只是情緒性發言，小熊老師，你千萬不要往心裡去。」

熊在庭卻是自暴自棄，抽著臉龐狂笑回答：「哈哈哈……沒錯，為了當畫家我不惜和我爸翻臉，為了當畫家我放棄了甄試錄取醫學系的資格，失了家和，捨了高薪，到頭來我還是一事無成，我沒辦法用畫筆養活自己，還三不五時，陷入了瓶頸。一整個月下來絞盡了滴滴腦汁，窮途搜索了寸寸枯腸，但還是畫不出一幅能讓我滿意的畫。什麼時候畫畫變得這麼痛苦？什麼時候我從迫不及待變成了避之唯恐不及？我現在好想放棄，我好想不畫了，妳知道嗎？妳懂這種感覺嗎？」

「那就別畫了啊！」

「可是我不能不畫。」

「爲什麼？有人逼你畫？」

「沒有。」

「你怕被人笑你半途而廢？」

「可能是，但不只如此。」

「那到底爲了什麼？」

「因爲我想畫。」

「你不是說你不想畫？」

「我想畫，所以我不想畫，我不想畫，可是我又好想畫！妳懂嗎？妳懂我的痛苦嗎？」

「有什麼好不懂的呢？」律鳶花聳聳肩，然後環顧著周遭圍觀的眾人。「這不是每個人都會有的煩惱嗎？像爺爺煩惱著該不該放棄下棋、阿財叔煩惱著要不要繼續種田、陶樂樂老師煩惱著是不是要一直待在鄉下，大頭他們則煩惱著能不能考好考試……」

律爺爺道：「確實當棋藝停滯時，容易讓人心生放棄，可是每晚收了棋後，隔天一早我還是又將棋子拿了出來。」

阿財叔道：「看天吃飯也難過啊，豐收時價錢不好，歉收了更是血本無歸，可是要我不種了，我似乎更難過啊。」

陶樂樂道：「這裡確實不是我的戶籍所在，我也想過是否要請調回老家好照顧父母，或者去大城市過些不同的生活開拓眼界，但又捨不得這裡。」

大頭則抓了抓頭道：「可是我從來沒煩惱過考試啊，我比較煩惱每天營養午餐吃什麼？」

律鳶花看著大頭有些哭笑不得，只得說：「算我猜錯了，但你總歸也有你的煩惱。」

「你是想說我太小題大作嗎？」熊在庭凝望著律鳶花，眼神中彷彿渴望著一絲慰藉將他拉出深淵。

但她卻選擇了一腳將他踹入深淵！

「答對了，在我看來你就是個自哀自憐自以爲是的偶像劇女主角，煩惱不是理所當然的嗎？痛苦不是理所當然的嗎？喜悅本就是要經過苦難和磨練的，要是過得太自在逍遙的話，人類反而會抱怨的更多，你正是如此！正是這種人類醜惡面的寫照。」

「我自在逍遙，妳在開什麼玩笑？」

「現在能夠毫無顧忌追求夢想的你，只爲夢想煩惱的你，難道還不夠幸福嗎？」

「我……」熊在庭雖欲反擊卻一時語塞，遙想過去在學時期仍須掛心課業，剛畢業了還得四處打工張羅生活費，那時每天能有四、五個小時作畫，就覺得很開心很珍惜。總會想著，要是能夠心無旁鶩，專心在畫畫上那該有多好？

僥倖得到了一個新人獎，靠著獎金庇蔭下終於可遂此願，即使短暫。但爲何只過了幾個月，竟演變成這般境地？是太急功近利了嗎？畫不出畫的癥結是筆還才盡，亦或是忘卻了初衷？

「我畫不出來，畫不出得獎的畫作，沒有錢的話，就不能再只一門心思作畫了……」

「怎麼你覺得你現在像一門心思只在作畫的樣子嗎？靠畫畫賺錢維生這件事，若是你能控制的，你又何必爲此擔心？這件事，若是你不能控制的，你擔心又有什麼用？」

「原來……不懂的人是我……」

「你不懂的事可不只這一件！」律鳶花別開話鋒。「也該進入推理的尾聲了……」

熊在庭驚詫道：「還沒結束嗎？」

村長幫腔：「就是說啊，還眞是漫長啊。」

「放心，這是最後了。」

「是關於勇妹要我作畫的眞正目的嗎？」

「不，是要揪出共犯！」

「還有共犯？」熊在庭望向勇妹、大頭和阿明，三人卻也面面相覷，一臉懞懂似乎並不曉得竟然還有共犯？

「首先，阿財叔你們這些失竊案的受害者，其實有些人看到兇手的身影了對吧？可能沒有看到臉，不知道究竟是誰，但大人和小孩的身影卻很好分辨，勇妹下雨天前的那些案件，他們並非沒有留下線索，而是被你們給湮滅證據了。而且阿財叔要是沒剛好遇上小熊老師來的話，你也有可能選擇毀掉腳印，裝作沒事發生對吧？」

熊在庭回想那晚的情景，悵然若失：「所以阿財叔你那時的表情是在猶豫是否要追究嗎？」

阿財叔不好意思地說：「畢竟他們只是小孩子嘛，而且損失也不大。」

「而雨鞋腳印之所會如此接近，也是因爲小孩子穿著大人尺碼的雨鞋，跑起來不方便的緣故。」

「原來是這樣啊。」

律鳶花旋即將目光移向了陶樂樂身上。「再來，陶樂樂老師其實妳並非嚇得無法動彈，而是察覺到了是春樹小學的學生，為了怕他們來不及脫身，才刻意留在那裡的。簡單講，妳是為了牽制前來支援的人，所以待在原地。陪同進入，則是想說萬一被發現可以拉住支援者，替他們製造逃脫的空檔吧？」

熊在庭疑問道：「可是既是如此，她何必打手機通知村長？」

陶樂樂放鬆了肩頭回答：「因為我是在打完手機求援，站起來要離開的時候，才發覺應該是學生們的，我怕直接去叫學生們離開，反而會嚇到他們，只好出此下策。」

村長盤著雙臂道：「是聲音露了餡嗎？」

陶樂樂回答：「是的，後來幾次開開關關，都發出一些聲音，在靜謐的夜裡聽得很清楚，是我很熟悉的聲音，童稚的聲音。」

大頭推諉道：「阿明就叫你不要亂吼亂叫，被發現了啦！」

阿明反駁道：「大頭你後來撞到椅子的慘叫，也很大聲啊。」

「最後，奶奶……」律鳶花將矛頭指向了韓晴。「瓶中信的活動，其實是妳為了應援勇妹才特地舉辦的吧？」

身為枕邊人的律雪堂亦略感意外：「咦，是這樣嗎？瓶中信……啊，難道是為了……」

律鳶花點點頭，接續著發言：「沒錯，為了製作果醬，除了主原料的水果之外，還需要容器！在隔壁村買了勇妹所販售的果醬的奶奶，自作主張打算替她解決這個難題，於是才勞師動眾舉辦了一場漂流瓶中信的活動，真正的目的是替勇妹搜羅免費的瓶子來使用。」

陶樂樂疑惑道：「可是瓶子不是都隨潮浪漂流出去了嗎？勇妹是不可能遊到外海搜集瓶子的吧？」

熊在庭恍然大悟說：「對了，負責協辦活動的漁夫小林哥說過，大部分的瓶了都會擱淺在另一處的海灘上，所以根本不用游出外海，只要到那個海灘上撿拾就可以了。」

律鳶花接著解釋：「是的，而且奶奶也在活動上找了個機會，將海灘所在和會有大量瓶子的事告訴了勇妹對吧？我可是都瞧見你們兩個偷偷地講話囉，否認也沒用的……」

她走向孩子們放在小推車上的紙箱，從中挑選出了幾個空的玻璃瓶，將底部輪流示眾：「在得知瓶子會擱淺在另處海灘上時，我便將剩下尚未發放的空瓶，盡可能做下了記號，這正是鐵證如山。」

瞧見了瓶底淺淺的三角刻痕，韓晴莞爾一笑：「原來都被妳看穿了啊，眞不愧是我的孫女呢！」

村長歪著頭，露出了一個頭兩個大的複雜表情：「這件事的背後也太多暗幕和貓膩了吧？搞成這樣我都不知道該如何收拾善後才好了？」

律鳶花打了一個響指，總結道：「一言以蔽之，幾乎村裡大多數人都在有意無意間，成爲了勇妹的『共犯』！如果眞的要說誰是犯人的話，在場的所有人都可以算是喔！」旋即，她視線往人群中一瞥。

「要釐清罪責可不容易喔，你說呢？親愛的警察大哥李組長。」

負責承辦農作物失竊案的員警，雖不動如山，卻在人群避讓下現身並成爲了焦點。

李組長脫下警帽，搔了搔頭：「這番長篇大論，將案件始末娓娓道來，卻又巧妙將所有人的利害關係都綑綁在一起。鳶花啊，妳滔滔不絕講了這麼多，甚至不惜拉了全村人下水，企圖營造一體同罪的假象，就是想幫勇妹脫罪對吧？」

勇妹一臉懵懂，用手指戳著臉頰：「花大姐，是在幫我喔？」

阿明盤起胳膊推敲說：「可是此時花大姐的角色是偵探對吧？哪有偵探在幫犯人的？」

大頭頂則彷彿冒了煙：「不要問我，我從花大姐講到一半的時候，就放棄了思考……我現在只想知道警察局會提供宵夜嗎？」

熊在庭有些不敢置信，望向律鳶花的側臉：「原來是這樣啊，全都是爲了拯救勇妹……」

「我、我會好好教育勇妹、阿明和大頭的！」陶樂樂老師忽然挺身而出，向李組長鞠躬拜託。「請給他們一次機會，不要讓他們進警察局甚至被函送法辦。」

韓晴也壓著律雪堂的頭，一起低頭請求：「我們兩個老人家，也請李組長你高抬貴手法外開恩。」

「哎呦。」突然被突襲的律雪堂，再驚呼後同樣發出懇求。「是、是、是，就如拙荊所說的，請小李，不，李組長你這次就睜一隻眼閉一隻眼吧！」

農作物失竊案的受害者們，也隨之紛紛低頭跟進，希望李組長能夠不計前愆，網開一面。

「這個嘛……」面對眾人的求情壓力，李組長一時間面有難色，欲語還休。「竊盜罪，屬於非告訴乃論，依規定是要送檢察官的，唉……」

「勇妹、大頭、阿明，你們三個小屁孩還不趕快低頭認錯！」

在村長慷慨激昂的吆喝聲中，勇妹三人乖乖低垂了頭並開口道歉：「我做錯了，對不起。」

趁著群情齊心一同，村長趕緊打起了圓場，要藉這勢頭一舉平息事端。「既然孩子們都道歉了，就別浪費司法資源了，我會再另行處罰他們的，這件事就到此落幕了好吧？」

「我知道了。」在眾人輪番告饒下，李組長的態度終於如冰消雪融般軟化。「這次就讓你們自行管教，我會將之銷案的！還有雖說『微罪不舉』，受害者們也無意再追究罪責，但再有下次，即使是孩子也要依法辦理。」

「放心，不會有下次的。」村長拍胸捕保證，然後轉向在場眾人。「折騰了這麼久，大家也累了，若沒別的事，那就此散了吧！」

此時，律鳶花卻走向了熊在庭單刀直入地說：「如何？小熊老師你還是不願意替勇妹作畫嗎？還是你不是不願意，而是眞的畫不出來？」

尖銳的問題，再度將現場氛圍凝至了冰點，頓時眾人皆鴉雀無聲，屏息以待著最後的答案。

而熊在庭竟然笑了，笑裡既有苦澀也有釋懷：「呵，還眞是得理不饒人啊！要我畫，我就畫吧。我來到這裡不就是爲了要好好畫畫嗎？現在的我，感覺能畫出臻於完美的不朽傑作呢！」

聞言，陶樂樂捉著勇妹的雙手歡欣鼓舞：「太好了，勇妹。」

「對啊，班導。可是……」勇妹突然嘴一撇。「我才不要畫什麼『蒸魚』呢！」

大頭附和道：「就是說啊，畫蒸魚，還不如畫烤雞！勇妹媽媽，看到一定會很開心的。」

阿明則解釋說：「這個『臻於』，不是那個『蒸魚』啦！」

孩子們天眞無邪的戲言，讓氛圍重回了歡笑聲中。

律雪堂問道：「那小熊老師你要回去畫室畫嗎？」

熊在庭堅定地回答：「不，就在此時，就在此地畫。」

韓晴發號施令說：「那大家趕快動起來，替小熊老師張羅顏料跟畫布畫筆……」

熊在庭卻婉拒了好意：「不用了，這裡不就有現成的顏料和畫布畫筆了嗎！」

這番話一出，連聰慧過人的律鳶花都不禁呆住了，不懂熊在庭葫蘆裡到底在賣什麼藥？只見熊在庭拿起了勇妹搜刮來的水果中的一顆西瓜，高舉在眾人眼前。

「用果醬來做顏料吧！這些水果就是最天然的色彩，拜託各位幫忙了。」眾人瞠目結舌，尙且未自驚疑中醒轉來，熊在庭又拿出了烹飪教室櫃子裡的一個白瓷盤。「而畫布就是這個盤子。畫筆嘛……我想這烹飪教室裡的用具，都能成爲畫筆！」

「能用這些東西來作畫，我還是頭一次聽說。有意思，眞是太有意思了！」回過神來的村長，鼓譟著指揮眾人。「大家一起來幫忙，先從製作果醬開始……」

「好！」在場眾人無不興奮回應。

勇妹撿起了儲金簿遞給了熊在庭：「給你。」

熊在庭搖搖頭：「我說過，我不要。」

「爲什麼？嫌我的簿子髒？」

「我就喜歡妳欠著我。」熊在庭摸著勇妹的頭。「喂，勇妹，來比賽吧！妳畫一幅我畫一幅，將兩幅果醬畫一起送給你媽媽怎麼樣？看妳媽媽說誰畫的好。」

勇妹撥開熊在庭的手：「大叔，是你欠著我啦！」

「爲什麼是我欠著妳？」

「別忘了你早就吃了我的果醬，那就是訂金。」

「咦，那不是妳無條件送我的嗎？」

勇妹劇烈晃動著身體抗議：「我哪有說無條件送你，不管啦，反正是你欠我。要比賽就來，我要讓你輸到哭著回家找媽媽。」

「哼，有本事就來啊！妳這狂妄又無禮的小鬼。」

兩人拿起了調羹和筷子沾著剛製作好的果醬和櫥櫃裡的巧克力醬，在潔白如畫布的瓷盤上，勾勒出了甜滋滋的線條。以拌嘴做佐料，化干擾爲韻味，於餐具觸端處收納著如虹霓般多變的絢爛醬彩，盡情揮灑，放肆落筆！

在一旁觀望著勇妹和熊在庭兩人的對話和互動，竟有種難以言喻的微妙縈繞在律鳶花心頭。而勇妹也尋隙向律鳶花，比了個手勢致意。兩人間，竟似有種默契！

如釋重負的村長前來和律鳶花搭話：「鳶花，還記得我問妳的謎題嗎？」

「猜西瓜放在哪個盒子裡的那個？」

「沒錯，我就知道妳一定行，不管是眞話還是謊言，妳都一定能找到西瓜在哪裡。這次的西瓜滋味如何啊？」

律鳶花竟嫣然一笑：「我可是吃怕了。」

手忙腳亂，卻又笑聲四溢，如斯的一頁情景，抽換了料理教室因靈異故事而堆積的戰慄。

在眾村民們齊心協力下，勇妹和熊在庭終於各自完成了一盤果醬畫，兩人臉上和身上同樣到處沾滿了各種果醬肆虐攀爬的痕跡，似在見證這禮物是在多麼歡欣的氛圍中所誕生的。

她的果醬畫中，有他的畫龍點睛！他的果醬畫裡，有她的畫蛇添足？

與其說是各自完成了一幅畫，或者該說是一起完成了兩幅畫，會更加貼切也說不定！雖然兩幅畫差距如天壤之別，但其蘊含的用心卻是如出一轍。

兩幅畫在放入冷凍庫後，急速凍結成形。

然後，將以低溫配送的方式，將畫作的風貌原封不動郵寄向那天涯彼端的遙遠等候。

一幅線條粗劣，卻畫出了深植於心目中世上最美麗的女人。

一幅筆觸靈動，描畫了一個滿懷笑容的小孩張開著雙手要討一個眞心的擁抱。

9

「話說回來，假如勇妹眞的被函送法辦會留下前科嗎？」村長喝了口茶後，隨口一問。

律雪堂則輕揚嘴角回答：「不會的，通常未成年的兒童偷竊案，檢察官都不會起訴，即使移送了少年法庭，多半會裁定不付審理。因爲依據刑法第18條第1項『未滿14歲之行爲人，不罰』。」

「這樣說來，鳶花的機關算盡豈不是在白費功夫？」

「也不能這麼說，若是爲了給勇妹一個警惕，小李還是有可能將她移送檢察官的。」村長頷首表示認同，律雪堂話鋒一轉。「對了，這件竊盜案可有告知勇妹父親？」

村長搔搔鼻翼，意味深長道：「好不容易有了這件把柄，就好像一個『緊箍兒』可以套住這隻小潑猴，頤指氣使，叫她往東就往東，往西就往西，讓她不能作怪。當然不能輕易地說啊！」

律雪堂往茶壺裡倒了些熱水，蓋上壺蓋：「那最後你們給了她什麼樣的懲罰？勇妹，人在哪裡？可有乖乖的反省過錯？」

「放心，這懲罰比取西經簡單多了。」村長像個調皮的孩子，放聲一笑。「而且還有個傻唐僧負責監督……」

瓜瓞綿綿的西瓜田，沐浴在耀眼到些許灼熱的太陽光下。一個頂著斗笠的嬌小身影，手持鐮刀俐落地往鱗比節次垂落在土壤上的西瓜砍去，刀芒閃，瓜蒂斷，似要將滿園風華盡皆收割入籃。

然後勇妹精神抖擻地用手推著斷蒂的西瓜，任田裡滾動著往前走。「嘟哈哈，嘟哈哈……」眼角一瞥，卻瞧著熊在庭席地而坐並拿下頭上斗笠搧風，竟然喘著氣休息起來了！

勇妹手扠腰，嘟著嘴說：「喂，大叔別偷懶啊！」

「被罰到田裡幫忙採收的可是妳，我只是順手幫個忙，讓我休息一下又不會怎樣。」

「眞是『奥少年[2]』耶！」

正當熊在庭企圖再回嘴辯駁時，一陣呼嘯聲劃破朗朗乾坤自兩人頭頂飛縱而掠去，如翱翔於虛空的鷹隼，卻是不動的雙翼，機械的身軀。

「哇，是飛機！」勇妹興奮大叫。

兩人追逐著機頭航行的方向，站上了農田旁的堤牆並肩而立遙遙眺望著。

熊在庭盤著雙臂，不禁有感而發：「不知道是不是載送著我們果醬畫的那一架飛機？」

「媽咪，要收到我的禮物喔！」勇妹朝著逐漸縮小的機身嘶喊。

「她一定會收到的。」

「嗯。」

---

2 閩南語，奥少年，指不堪一擊的年輕人。

洋溢著滿滿暖心的氛圍，倏忽間被身後一個冷冷的語調給徹底瓦解：

「清醒一點，才剛寄送出去20分鐘，你們的低溫包裹別說上飛機了，根本還在冷凍貨車的車箱裡躺著好嗎？」

兩人回頭一望，出聲者果然是預料中的那個人無誤。

「是花大姐！」勇妹跑向了律鳶花。「妳怎麼會來這裡？」

「來拿我先前拜託小熊老師作畫的瓷杯，因為他很早就要來田裡幫妳做農事了，所以約在這裡。」熊在庭搔搔頭：「原來貨車才剛來載走畫作不久啊？」

律鳶花頷首：「我路上遇到了負責寄送事宜的村長，是聽他親口說的。」

「哈……還真是太自我沉醉了啊。」熊在庭帶著些苦笑自嘲。

然後走向放在農田一隅陰涼處的背包，從中取出了律鳶花委託作畫的瓷杯，仍用紙盒妥善保存著。

收下紙盒，律鳶花口頭道謝：「辛苦你了，小熊老師。」

「等採收告一段落，阿財伯說會給我們幾顆西瓜當作慰勞。到時再去妳家開個西瓜趴如何？」熊在庭眨著眼、比著讚，興致高昂地詢問。

勇妹高舉雙手附和說：「好喔！我要去花大姐家玩。」

律鳶花則是彰顯出一貫的冷靜回答：「我會轉告爺爺奶奶的。那就先告辭了……」

她揮手向兩人道別後，旋即將裝有瓷杯的紙盒放在腳踏車的前籃裡，然後踏著踏板，迎著輕輕吹拂的徐徐微風，驅車往田間小路的彼端，漫行而去。

「嘟哈哈，要來趕進度囉！」勇妹吆喝著，打算一鼓作氣將西瓜採收完畢。「大叔，快來幫忙。」

用巴掌激勵了臉頰，熊在庭提振起元氣：「好，爲了西瓜趴，上吧！」

「喔喔喔～」

車輪輾過鄉間翠綠的芬芳，浮竄的暗香將她的思緒拉回了那一個時刻——

於三合院門口巧遇了在挖蚯蚓的勇妹，律鳶花邀請她一同進屋內吃西瓜，然後當兩人要同行前往斜瓦屋時，勇妹卻在此刻提出了請求。

「花大姐，妳可以幫我一個忙嗎？」

靈敏的律鳶花，似已嗅到了一絲詭譎的氣氛。「這不是臨時起意吧？」

「拜託啦，不是什麼壞事。」勇妹眼眶裡滿溢了眞摯的渴望。

「好吧，妳說說看。」

「我想送一幅畫給我媽媽當生日禮物，請妳幫我。」

「妳想要我怎麼幫？」

「我打算請一位大叔幫我作畫，但他似乎陷入了瓶頸，一直在逃避，請妳幫我讓他恢復作畫的動力，只要能辦到，我什麼都可以配合。」

「爲什麼會想要找剛回來的我幫忙呢？找村長不就好了嗎？」

「村長失敗了啊。」勇妹嘟著嘴，露出失望的表情。但轉瞬間又燃起一線希望！「但我想妳一定有辦法的，對吧？只要解開大叔『之所以逃避的謎團』，就能讓他重新振作了，解謎不正是妳所擅長的嗎？妳可是個『偵探』啊！」

「我倒覺得，此刻我像是被妳挖掘出來捏在手裡的蚯蚓……」律鳶花摸摸勇妹的頭。「我答應妳，會盡力一試，但不保證成功喔。」

勇妹開心大叫：「好，花大姐最好了，最漂亮了！」

車輪持續轉動著，如圓圈般繞回了原點，卻又不斷向前。

盈盈青絲在風中旖旎飄飛，似舒卷了山巒外的煙波浩渺，若點綴了幽叢內的繁花錦繡，小橋流水又深藏多少生意盎然，猶待尋覓？怎奈蟬聲唧唧，似要學蛙卜個豐歉。

徜徉在鄉間風光相擁中，她卻不由得低語慨嘆：「費盡唇舌，總算讓小熊老師願意替勇妹作畫了。最後的最後，我這個偵探似乎也成爲了『偷瓜賊的共犯』之一了啊……」

似自嘲的語調中，卻毫無一絲悔憾。

天際又一陣呼嘯掠過，律鳶花歇了踏板，舉目遙望。

藍空中沒有飄盪的飛羽傾落，只留下尾跡凝結成的雲堆，劃出兩道長長的潔白。

地藏成佛

1

一盞檯燈孤照在幽暗闃寂的臥室中，灑落書桌上半壁皎潔清輝，時而煩躁時而停滯的鍵盤敲擊聲，如不成調的《夜曲》仰望著菲爾德星熠般雋永，雖構築謎題之旋律仍晦澀不明，奏鳴卻未曾止歇。

「不能太過簡單，但我似乎也想不出太困難的謎題啊？」

「隱藏一些線索如何？但這樣解得開嗎？」

自言自語。

「姑且將第一名嫌疑人命名為金禕，暗示著左手裡緊握的金戒指，這誤導的障眼法明顯到拙劣，應該不至於上當吧？」

「左手裡攥著的碎銀？啊，有了，將第二名嫌疑人命名為希爾弗，諧音恰好是silver（銀）。」

盤算著，自言自語。

「再丟顆煙霧彈後，第三名嫌疑人該是兇手了。」

「金戒指、碎銀光靠這樣的『死前訊息』聯想得到是她嗎？雖然受害者其實只是重傷昏迷啦……」

「沒關係，我屬意的名偵探絕對能解開這謎題！嚴格來講，只要具備國中程度的知識就夠了，當然還需要一些跳躍性思考，但希爾弗一角也給足了提示。」

「解題該有的線索，全到齊了！」

一個人盤算著，自言自語。

雖然在破解謎題方面一向束手無策，但若立場對換佔據於設計出題的位置上，相信是染翰操觚信手拈來，可輕鬆擘劃出種種難題，令人百思不得其解，苦惱其中。

豈料知，實際操作後，他無疑栽了跟斗翻了小船，在苦惱的陰溝裡瑟瑟發抖。走網路搜索，航書海翻閱，不恥下問，請益了亞森羅蘋和怪人二十面相等前輩名士，但最後腦中依舊一片空白。

「要寫封怪盜基德的預告信，原來這麼難啊……」

他不禁深深感嘆。

轉眼鐘鳴漏盡，天幕將要翻個魚肚白。

在燃燒了整整一夜的鎢絲，燻了兩眼黑圈後，謎題雛形總算勉爲其難熬至出窯，未知澤朵何如？

渾濁雙眼緊盯著螢幕，他撐持精神反覆端詳著謎題的最終版本：

「某研究室中，化學教授羅森塔爾腦袋遭受重擊而昏迷不醒，除了左手裡緊握的金戒指和右手裡攥著的碎銀外，再無其餘線索。根據監視器畫面來看，當日僅有三名訪客出入，分別是學生金禕、廠商業務代表希爾弗、同爲教授的妻子何佳琪，假設那一名襲擊者在三人中，試問誰是兇手？」

除了這一則用來測試「偵探」推理力的短謎題外，自然還得附上誠摯謙恭的邀請函和報酬。

「……此番冒昧私訊，實則有一事相求。

……故望借重您的長才助我一解迷津……茲事體大，事關我家族盛衰，請容我僭越設下一個測試，以驗證您是否是我要找的那個人？

……詳細來龍去脈，皆儲藏在壓縮檔中，只要解開謎題，密碼自可領會。

……屆時，我將恭候閣下大駕光臨，若能順利解謎，自當奉上厚酬。」

於是乎，邀請函、謎題和壓縮檔皆在以 Pygmalion Chien 爲名的臉書帳號下，私訊寄出。

「希望你眞的可解開我眞正的『謎題』！」語畢，他蓋上筆電在夜盡後睡去。

2

眺望蔥蒨滿頭，覆蓋山巒，觸目所及只一抹荞榛蔓草，塗畫了山水，盎然中欣欣向榮。

一輛休旅車乘著早晨微光開路，沿途上百卉爭妍，風語寥戾，雲煙變滅於晻靄間將山景演繹。隨著山路攀升，薄霧漸濃，雖略感涼冷，然入眼景緻亦愈加美不勝收。

錢璽風操控著方向盤一路徐行，其妻馮綏美則坐在右側副駕駛座。

後座上一名靡顏膩理冰膚雪眸的年輕正妹，標緻臉上掛著副明潔眼鏡冷然倚看窗外，似乎將風之軌跡、葉之紋理，都予以望穿盡窺脈絡。她是和錢璽風同在泉都大學任教的助理教授，是個後輩。

她是律鳶花。

因爲擁有異於常人的觀察力和推理邏輯，在業餘圈中擄獲了個響亮綽號，「負極偵探」。

爲什麼錢璽風亟需一個偵探來助陣？只因有道未知謎題他非破解不可，然而這又是爲了什麼？

「那麼，恕我直言……」端坐的律鳶花，視線自窗外移向了前座。「教授，你邀請我前來這白雲山上的理由，可否如實告知了呢？和『謎題』相關的一切……」

神情稍顯慌張的錢璽風，在深呼吸了一口後，囁嚅道：「好，首先我要感謝妳在未知事件全盤面貌時，且於公事繁忙的大四學生論文發表會前一週，還慨然允諾相助，讓我猶如在海上捉到了一根浮木，容我再次致謝。」

馮綏美附和著：「一定是因爲鳶花很珍惜和你的同事情誼，對吧？」

「不，綏美姐。」律鳶花毫不遲疑否決。「我只想解謎罷了！可以的話請省略這些寒暄客套，請開門見山，不要三紙無驢。」

「驢？哈哈……不好意思，我聽不太懂，還是你們聊就好……」

遭律鳶花直來直往的話鋒，驚嚇到的馮綏美略顯尷尬，勉強擠出微笑，暫時抽身退出話題中。

她不禁想若是問到底那個驢子在哪裡？肯定會被嘲笑吧？

錢璽風空出右手輕拍馮綏美捲縮在大腿上的手掌，予以慰藉後，直言道：「不妨讓我從錢家遷徙至這山腰上的『地藏小鎮』開始說起……」

地藏小鎮，正確名稱爲「出岫小鎮」，後因隨處布滿地藏石像，才得此別稱。

其父錢霑因從事房地產業發跡，積攢了財富後，偶然聽聞某小鎮有諸多地藏石像，特地前來尋幽探訪一番，並邂逅了雕刻石像的工匠，深感其壯志，決意金援，贊助他完刻一百零八尊地藏像。

此後以其人脈斡旋各地主和政府機構間，在小鎮各處合法安置地藏石像，且舉家移居至此落腳，還建築了一棟佔地廣袤金碧輝煌的宅邸入住，取名「排雲山莊」。

半年前，錢霑因病仙逝撒手人寰，當時依遺囑將名下財產妥善分給膝下子孫，眾人皆無異議。

但在一週前，三名子女再次接獲律師知會，錢霑還留有另一份遺囑以謎題形式撰寫，在生前聲稱唯有解開謎題者，才可以獲取這筆財寶的繼承權。

假如沒有把握獨自破解此謎，可暗中請值得信任之智者參與助拳，但不准公諸於眾懸賞解答。財寶亦不可瓜分給幫助解謎者，須額外另付薪酬。

「我明白了，請想想還有什麼遺漏的事嗎？」律鳶花謹慎提醒。「即使是私密事由，若教授覺得和解謎相關也請告知，我會保密到底絕不洩漏半分。」

錢璽風雯時微微蹙眉，掙扎了一下後，欲言又止：「那個……」

「該講的都講了，都講了，對吧？璽風。」漞綏美雙手緊緊握著錢璽風先前伸出的右手，安慰和被安慰者主客易位，同樣一份情摯卻未更易仍待在原位。

頓時錢璽風噤若寒蟬，不再接續言語，是一種祖護、一種責難，亦或是一種逃避？此刻律鳶花還看不透，然無論故事結尾是悲是喜，偵探都不會害怕於揭露真相，只因恐懼於面對人性者，註定永世和謎題的解答絕緣。

「既然如此，我會全力以赴解開謎題的。」

「麻煩妳了，鳶花。」錢璽風誠懇回答。

休旅車持續向上，往那處座落於霧靄繚繞中的小鎮前行，車內重歸鴉雀無聲，林蔭樹影放肆搖曳在窗上，添了幾許欲蓋彌彰的隱藏，律鳶花望出窗探看上頭不遠小鎮。

白露未晞，雲幕重重深鎖。

且再行一陣，霧才漸漸散開，錯落的屋簷映入眼簾，路旁地藏石像似招呼著不辭千里而來的旅人。到處架設著寫滿標語和繪製有Q版可愛地圖的招牌柱，經過了一個以二層木屋造型構築的遊客中心和停有幾輛小型遊覽車的一片大停車場後，車輪駛入了狹窄山街，往小鎮高處而去。

原來這地藏小鎮早成了一處觀光景點。

幾經蜿蜒，最後抵達了目的地排雲山莊。

在攝影機掃描了車牌後，兩樘壯觀的鐵藝大門自動開啓，再驅車行至宅邸主門和前方人魚雕塑噴泉間的石板路上停駐。門口處，藉由攝影機掌握了訊息的家僕們，則已整肅好裝容，列隊相迎。

「歡迎大少爺、大少奶奶回來！」帶頭的管家聶寧恭敬行禮問候。「我等恭候多時了。」

錢璽風凝望著眼前戴著名牌眼鏡容顏俊俏的管家，似乎有種恍如隔世的感觸湧上心頭，不禁莞爾一笑：「久違了，寧。」

馮綏美讚許道：「哎，你就是聶寧吧？在講到山莊舊事時，常聽外子提起你，果然是一表人才。」

聶寧輕輕頷首回禮：「大少奶奶讚謬了。」

錢璽風接著話家常：「EMBA 讀得如何了？這件事我是聽詠晴說的，畢竟我們三兄妹只剩她還經常回來老家這裡探望。」

「承蒙大少爺關心，我想順利畢業應該沒問題，最近打工生活也令我有些回憶起大學日子了，所幸過了十幾年，我的技術並未生疏，仍是頗受顧客好評。」

「回來就好，看到你姑姑也很開心吧？」

「我相信主人更期待看到少爺和小姐，三人齊聚一堂的景象。」

自半年前錢霑逝世後，依遺囑其妹錢雰爲錢氏建設集團最高負責人及家主；但一般經營事務則大抵交由二子錢灝昆負責，任執行長一職，並掌有該集團決策實權。

「對了，顧著敘舊，忘了跟你介紹。」錢璽風攤開手掌比向身旁略後一步位置的律鳶花。「這位是和我同在泉都大學文學系任教的助理教授，名叫律鳶花。算是……我請來的槍手吧？」

律鳶花點頭致意：「你好，接下來幾人似乎要麻煩你了。」

「哪裡鳶花小姐太客氣了，希望您能在排雲山莊感到賓至如歸，有任何要求可儘管吩咐在下。」

然後聶寧看了一眼手上的錶，卻似遲疑了一會，然眼神中不慎露出的倉皇，卻在轉瞬消失。

「離律師公布最終遺囑的十點整，尚早，諸位一路上舟車勞頓想必也累了，請隨我等往房間休息，待時間一到，我會再通知各位出席。還是……大少爺，你想先見見主人一面？」

錢璽風搖搖頭：「不了，不差這一點時間。我的專屬臥室可還健在？」

「當然，永遠如故。」

「好，那我和內人自己走就行了。你帶鳶花去她的房間吧？」錢璽風看了看兩旁列隊的女僕和男傭人。「剩下的大家暫且偷個懶開個小差吧，等等，還要招呼其他訪客不是嗎？可別太緊繃了。」

「這……我知道了。」

聶寧一個指示，眾僕人在一聲整齊「謝謝少爺」喊話後行禮辭別，各自回歸崗位待命。

目送著錢璽風夫婦離開後，聶寧將律鳶花拖著的兩輪拉桿行李箱搬運至推車上，然後一邊推著行李車一邊往前引路，同時講解著沿路上各種廳堂廚衛和設施，位置何在，律鳶花則默默跟隨在後。

典雅寬敞的電梯在三樓打開，兩人在廊道的緋紅地毯上漫步而行，兩側牆上掛著一幅幅名畫，緊貼著牆壁的案架上，諸般瓶器亦盛著一束束花團錦簇，令人目不暇給。

不久，聶寧在一間客房前驀然止步扭開了門把，簡潔中難掩高貴的布置霎時映入了兩人眼簾。

「到了，不知這間房的裝潢設計，鳶花小姐可還合意？」聶寧一手輕置丹田處，一手攤開手掌往房內比劃去。

「可媲美五星級酒店之布置，我想即使要刻意挑剔都很困難呢！」

「過獎了。」聶寧將拉桿行李箱自推車上卸下，同時話鋒別開蹊徑：「鳶花小姐真的是很勤奮呢，就算到了這世外桃源仍是熱衷工作，掛心著學生們的畢業論文，但請妳別累壞了身了，畢竟大少爺還須仰仗妳鶴立雞群的推理能力來解謎啊！」

律鳶花略感詫異，問道：「你怎麼知道，我正掛心著學生論文一事？」

聶寧將行李箱移至床旁放定，微微一笑：「當然是因爲鳶花小姐行李箱中裝滿了論文啊。」

「哦，爲什麼你會這麼認爲呢？」

「這個嘛……」

「應該不是聽教授說的吧？」

「不是。」

「那麼……是推理出來的？」

聶寧微笑不答，卻無疑回答了。

「無需顧忌，我想聽聽你的推理。」

「這……好吧，且容在下班門弄斧一番。」聶寧一陣禮貌辭令後，旋即侃侃而談。「剛才我兩度提了鳶花小姐妳的行李箱，感覺重量沉甸甸得很，可料並非只有換洗衣物一類。」

「那也未必是裝訂成冊的論文，或許只是一般書籍？」

「此番鳶花小姐妳爲解謎而來，逗留時日不長，若要解悶，只帶一兩本書該是足夠，但這絕非一兩本書的重量。」

「又或許是一些3C用品，譬如筆電、平板之類？」

「承上所述，那重量亦非筆電等所能擁有，當然如果鳶花小姐妳往行李箱裡塞了三台筆電、兩個平板和一台PS5主機加上一台X-BOX的話，那自然另當別論了。」

聶寧眼露自信，且嘴角始終上揚，如無懈可擊的堡壘，卻不讓人討厭。

他接著解釋：「而且此時恰逢是大學生製作畢業論文的時間點，身爲一名稱職助理教授的鳶花小姐妳，諒必會過目所有學生們辛辛苦苦焚膏繼晷，才好不容易完成的論文吧？」

啪啪兩聲，一臉冷靜的律鳶花輕輕鼓掌以示讚賞：「原來如此，整個推論確實很符合邏輯。那麼該我禮尚往來了……」

「哦。」聶寧微笑中似參雜了一絲算計得逞之喜。「請指教。」

「聶管家，你目前就讀於英國劍橋大學的EMBA對吧？而且你才剛回國沒幾天而已！」

聶寧閃過一抹驚訝神情，隨後鏡片忽似起霧，在一片模糊中遮掩了瞳眼。

「完全正確，眞不愧是大少爺寄予厚望的名偵探啊。」乍然精悍內斂的眼神，蒸散了霧茫。「請容我僭越，提出一些反問。」

「當然。」

「關於我出國留學一事，應該不是從大少爺口中得知的吧？」

「在今天見面前，教授並未向我提及過你這個人。」

「鳶花小姐妳也沒有請徵信社調查過我的行蹤，或者該說是錢家人的行蹤？」

「教授邀我前來解謎，只是兩天前的事，要請徵信社調查只怕時間上太趕了，何況我手頭上沒有那種閒錢可核銷這筆詭異支出。」

聶寧雙手短暫一攤，舉止仍是不失優雅。「那麼……究竟是我哪裡露了餡？容我洗耳恭聽……」

「從簡單的開始如何？」

「好。」

律鳶花指著聶寧手上鑲有碎鑽呈深海藍錶面的名錶。「方才在大廳門口時，你曾看了一眼錶面確認時間卻遲疑了一下，我想那是你發覺了時間不對，剛回國不久太匆忙導致忘了調整時差。因爲在腦中計算了一下時差，所以顯得遲疑。」

「但忘了調整時差，這失誤似乎不太合理啊？難道我搭機前後，對時差會渾然不覺嗎？」

「不，這錶明顯價值不菲，你很有可能只在特殊重要場合會配戴，平常大概只用手機或一般手錶來查看時間。且若你回國時日一久，常以這身『管家標準配備服裝』來主理山莊事務，必會發現，故可推知你才剛回山莊不久。」

律鳶花星眸微轉，斬釘截鐵追擊道：「而且還有一點可證明你至少有半年時間都待在國外！」

「是什麼？」

「據教授所言，半年前其父不幸與世長辭，喪禮上身爲媳婦的綏美姐必然出席，但她剛才卻說和你是初次見面，假若你是在本島『外地』攻讀 EMBA 卻不回來奔喪，於理不合，若是在『外國』便情有可原了。」

「原來如此。那麼鳶花小姐妳又是如何判斷我就讀的是英國劍橋大學呢？」

「由兩點徵象來研判，一來你推著推車時，手背向上我偷看了一下錶面時差約莫晚了八個小時，正好符合英國的時區。二來，你接過我行李箱時，曾禮貌性伸出手掌心，上頭長了繭，我猜應該是長期划船所造成，和教授談話中又透露了你有在打工，恰巧替遊客划船正是劍橋大學學生司空見慣的一個打工項目。」

聶寧粲然一笑：「推理過程既流暢又縝密，在下心悅誠服。」

律鳶花用食指往旁側推了一下鏡框，話鋒頓時轉利：「這樣的『測試結果』，聶管家可還滿意？我應該有入住的資格了吧？」

「鳶花小姐說笑了！這只是推理同好間基於友善交流的切磋罷了，在下豈敢妄言測試？」聶寧退出房門外，行禮如儀。「若有任何需求，可打房間內的電話至總機吩咐即可，在下就不打擾了，請好好休息。」

在聶寧從外關上房門後，自口袋裡取出純白手套戴上，然後跫音逐漸輕踏遠去直至無聲。

律鳶花將身子輕靠在房門板上，一面側耳傾聽著門外聲響，一面掃視著房內寬綽坪數。淺褐色的基調，瀰漫了整個空間在細緻中點綴著溫暖感，一應俱全的傢俱擺飾無一不屬精品，簡樸而風雅。

她不由感嘆著這裡可比自家臥室，大了不止三倍！

她又不禁想著這座山莊雖沒有恐怖的詭計殺人，卻似隱藏著不欲人知的複雜糾葛？

即將揭露的謎題會是什麼？

山雨欲來，缺席了該當滿樓的狂風，只剩律鳶花鼓嘴向上輕吐的氣息，繚亂了瀏海。

3

九點五十，排雲山莊會議室中正醞釀著一股風暴，蟄伏在詭譎中等候著掀起海覆天翻的巨浪。方桌左側位置，錢璽風夫婦和律鳶花皆已入座。

接著自門口進入的是一名懷抱著貓的中年貴婦，一襲深紅似薔薇的禮服盡顯雍容華貴，一頂雪紡髮箍禮帽盤據在頭左上，如蝴蝶歇腳將美捕捉停了格。

「詠晴，妳來了。」錢璽風主動問候，原來這貴婦模樣的人是排行第三的錢詠晴。

錢詠晴頷首：「大哥、大嫂都來了眞好，可惜二哥似乎沒辦法出席，太遺憾了。」

錢璽風擔憂問：「灝昆怎麼了嗎？還是公司的事太繁忙讓他抽不開身？」

「詳情我不清楚，但停車時我只看見了宥睿和他的幫手前來，料想二哥是讓宥睿代父出征了。」

「是這樣啊……」

爲了炒熱氣氛舒緩沉悶感，馮綏美誇讚起錢詠晴的穿著：「詠晴，妳這套禮服眞漂亮，不愧是上流名媛品味與眾不同，既端莊又典雅。」

「哪裡，看了大家穿著隨性，顯得我的盛裝出席似乎有點格格不入了。」

「沒這種事，妳這樣很美很好看。」怕弄巧成拙，馮綏美話題一轉降落在錢詠晴的貓上。「對了，妳開始養貓了嗎？牠好乖喔，叫什麼名字啊？」

正當錢詠晴欲回答時，門口處忽然驚響一個呼喊：「咦咦，偵探小姐，妳怎麼會在這裡？」

律鳶花定睛一看，回望出聲者，竟是記憶中那張熟悉的面孔映現。「DJ先生，你也來了啊？莫非你先前邀請我要解開的謎題，即是這未知的錢家遺囑之謎？」

驚聲尖叫者，正是擔任廣播電台DJ的幸沉，曾和律鳶花攜手解決了一些謎題事件。

原來在錢璽風委託律鳶花後不久，幸沉同樣來電邀約她連袂前往，破解一個聽眾請求的事件謎題，但因早答應了錢璽風的拜託，故只好婉拒這項邀約，豈料兩者竟是同一件事，同一個謎！

於是早該分道揚鑣的兩人，又因緣際會相逢於此，被謎團交纏的絲線引導至一起。

「哦，妳就是『異聞館』裡提到的那個『負極偵探』啊？」走在幸沉身後的委託人錢宥睿，一臉桀驁不遜的傲氣，倒真似個富三代該有的氣場和自信。「有意思，這場『偵探對決』，你可別輸了，讓我這個忠實聽眾失望喔，大DJ！」

異聞館，乃是幸沉主持的廣播節目「角鴞夜衛中」的一個固定單元，專門介紹奇聞軼事。

「偵……偵探對決？沒想到這麼快就要上演這推理作品中的經典戲碼了，兩個旗鼓相當各自擁有支持者的名偵探，在一個案件中彼此交鋒又合作，最後一決雌雄的精彩智鬥！」

律鳶花冷語打斷：「不，我想一開始我們的雌雄已經很明顯了……」

錢宥睿和幸沉相繼入座，坐在方桌右側，並和錢詠晴相隔了一個座位。

眼看眾人到齊，管家聶寧宣告：「請諸位稍安勿躁，主人和趙律師已準備就緒了，最終遺囑公布將馬上開始。」

萬籟俱寂，靜謐中可聞手杖輕敲聲頓地而來，響音莊嚴穩重，猶如木魚梵磬不顯一絲急躁。但見一名頭戴墨綠色漁夫帽，穿著輕鬆簡樸的年邁女子手持登山手杖，健步踏入眾人眼簾中。

錢雰環顧眾人：「我剛爬了段每日例行的山路回來，讓各位久等了。」

　　辜沉瞧著眼前這錢氏集團的最高負責人，暗忖著：「說是家主，還以爲她會穿得比隔壁盛裝打扮的阿姨還華麗，想不到卻出乎意料的簡樸啊，全身上下看來也並非名牌……」

　　「姑姑。」錢璽風夫婦和錢詠晴打招呼。

　　「姑婆。」錢宥睿頷首致意。

　　「都來了啊，很好。」錢雰掃了一遍眾人。「灝昆，沒來？」

　　錢宥睿站起解釋：「爸，最近正爲幾個開發案焦頭爛額，所以只讓我代表前來。」

　　「這樣啊，自哥哥過世後，公司的事由他一手打理，也辛苦他了。好啦，坐吧。」錢宥睿坐下。錢雰話鋒一轉。「這兩位生面孔的貴賓，看來是你們請來的幫手何不介紹來歷，讓我認識一下？」

　　錢璽風率先介紹了律鳶花：「這是我在泉都大學同系任職的助理教授，名叫律鳶花，是個在業餘推理圈小有名氣的偵探。」

　　律鳶花接著道：「我會竭盡所能來解開謎題，過程中若有得罪請各位海涵。」

　　換錢宥睿指著辜沉宣言：「這位是知名廣播DJ辜沉，曾親身探訪並解開許多都市傳說和奇聞軼事的眞相，也算戰績彪炳的業餘偵探了。」

　　辜沉顯得有些心虛，輕咳兩聲客氣道：「『當你排除了一切不可能的因素後，剩下的東西儘管多麼難以置信，也必定是眞實的！』這是夏洛克．福爾摩斯的名言。在場的各位，既是遺囑的競爭者也是同伴，讓我們一起攜手解開眞相吧！」辜沉看向對面的律鳶花並伸出友誼的手。

　　錢宥睿冷語嘴道：「我可不是找你來偷牽別人小手的，你沒有自信一個人解開謎題嗎？」

　　「咦，那個……」辜沉一時語塞。「當、當然有啊。」

同時默默將手縮回。

錢雰望向獨自一人前來的錢詠晴發問：「詠晴，妳沒有找偵探來當幫手嗎？」

「偵探或幫手嗎……？」錢詠晴將原本放在膝上的貓抱上了桌面。「陪我來的只有這隻友人寄放在我這裡的貓而已，或許牠是個深藏不露的……」

「偵探嗎？」律鳶花問。

錢詠晴搖搖頭，笑答：「能當個幫手就不錯了吧？」

而一旁的辜沉則緊盯著這隻趴在桌上的貓，呼吸急促了起來：「三毛貓……，牠的名字該不會就叫做福爾摩斯……」

「喔，不，牠叫白蘿。」錢詠晴回答。

「咦咦！」然而辜沉驚訝絲毫未減，激動莫名。「是跟偵探女王阿嘉莎・克莉絲蒂筆下的那個名偵探『白羅』同名嗎？」

「這……不好意思，我並不清楚。我對什麼偵探什麼推理，全都一竅不通。」

「是嘛，抱歉，是我失態了……仔細想想，會推理的貓根本不可能存在在現實生活，不管牠是叫福爾摩斯或白羅都一樣。」辜沉手指抵著下顎，垂首自言自語。

錢雰大刀一揮，言歸正傳：「既然沒有別的貴賓蒞臨的話，那麼……就請兩位偵探和我們一家人，一起來聽聽我這愛折騰人的哥哥，留下了什麼陰魂不散的遺言？」

在一陣寒暄後，聶寧請跟在錢雰後頭進場的律師趙鎭伍，直接切題開始宣讀錢雲的最終遺囑。

屏息時刻鴉雀無聲，如暴風雨前的寧靜，詭譎氛圍霎時凝滯了周圍，似有一股陰鬱結布。

趙鎮伍攤開那一紙遺囑，肅顏道：「承錢霑先生所託，於喪禮半年後，在其妹錢雰女士和其子女錢璽風、錢詠晴及代表二子錢灝昆的孫輩錢宥睿共同見證下，宣讀最終遺囑。內容如下：『人生日暮而途窮，我回首前愆紅塵滾滾，終塵埃落定，心如止水。唯恐怨魂不散，自縛於世，願身成地藏，煉獄同行。且望荊棘踏盡，如獲至寶，予以救贖。』

以上為遺囑全部內文。」

錢宥睿首提疑問：「只有這樣？」

趙鎮伍回答：「是的，一字不漏。據錢霑先生所述，遺囑即是謎題，請各位自行參悟。而我則會以旁觀者和見證人的身分，陪伴在各位身邊直至解開謎題或所有人皆棄權為止。」

錢璽風略思索後道：「我還以為寫法會更接近謎題形式，如今聽來似乎和一般的臨終感言差不多，真搞不懂老爸在想些什麼？」

馮綏美則蹙眉，囁嚅著疑惑：「又是怨魂不散，又是煉獄同行，聽來有些駭人……」

對面的錢詠晴手輕輕撫摸著貓順毛，淺露微笑：「我擷取到的關鍵字，倒是和大嫂妳截然不同。」

錢宥睿瞥向身旁的辜沉，昂聲詢問：「如何？你聽出什麼破解謎題的端倪了嗎？」

「這個嘛……」辜沉尚稱沉著，仔細剖析推理了一番。「單從字面上來解讀，大概是錢翁留下的這個『至寶』，可以讓人獲得某種『救贖』。讓我在意的點是『身成地藏，煉獄同行』這兩句話，到底是指什麼？莫非和錢翁埋葬的地點有關？」

聶寧以眼神請示過錢雰後，回答了辜沉的疑問：「老爺寶罈今安奉於靈骨塔中，位於最高層，該層供奉主神乃一尊白玉千手觀音，該是與地藏無關。」

「那果然是跟這座『地藏小鎮』有關囉？」韋沉迅速作下判斷。

錢璽風望向律鳶花探問：「鳶花，妳怎麼看？」

律鳶花眼神飄向了錢雰和聶寧方向，直言道：「既然是給家人的謎題，必然有著只有家人才容易聯想得到的詞彙，剛才DJ先生提到『身成地藏，煉獄同行』時，我看錢女士和聶管家表情皆有細微的變化，應該是掌握到了什麼線索吧？」

「觀察力果然敏銳！」錢雰舉起手杖指向律鳶花，專橫中半露微笑。「聶寧，帶眾人到『地獄堂』去逛逛吧，或許可以領悟些什麼！」

聶寧躬身回答：「是。」

錢璽風茅塞頓開道：「地獄堂嗎？久未祭祀，我差點忘了這個地方了，確實是同時擁有『地藏』和『煉獄』的一處地點啊。」

錢宥睿則問號跳躍在頭上登頂，疑問道：「排雲山莊，有這種設置？我還眞不知道。」

錢詠晴將貓抱起，隨口道：「素來不信鬼神的你們，自然對佛堂印象薄如春冰。但若問問住在地藏小鎮的人家，雖親眼看過的人少，但誰不知道在排雲山莊有尊漆黑的地藏王菩薩像呢？」

一席輕描淡寫的話，聽在錢璽風和錢宥睿耳裡卻似針刺，隱隱有種責備之意。畢竟除了上次的喪禮和這次的遺囑解謎外，兩人皆未曾再回這山莊一次。

「哼，我可不是半退休的律師大人，隨時可重遊故地緬懷過去。」錢宥睿還擊道。

錢璽風並未反駁只輕嘆一聲，轉向聶寧道：「寧，這就帶我們去吧！」

聶寧回答：「遵命，請諸位跟我來。」

在聶寧指引下，眾人魚貫來至山莊後方一座三樓高的獨棟建築，和錢邸主體還相隔了一片矮樹林，掩入了綠靄深處裡，外觀似廟非廟，燕尾屋脊橫空，飛簷黑瓦，白牆簡潔，自是莊嚴肅穆。

推開堂門，聶寧提醒：「此佛堂門檻很高，請務必小心。」

跨越了門檻，首先映入眼簾的正是一尊右手持錫杖，左掌托寶珠的黑色地藏王菩薩，坐於蓮座右腿盤放，左腿自然垂下，瓔珞裝嚴，錫振金鐶，納裁雲水。

「哇……」宰沉不由得發出讚嘆。「咦，這是什麼……啊？」

接踵而來，在讚嘆後的則是按捺不住的驚呼，眾人定睛一看，頓見堂內四周牆上皆繪有流焰肆虐，亡魂在遭受各式刑罰的地獄眾相，諸般苦痛栩栩如生，令人既恐懼又不忍。

且在壁畫上，還撰寫著直書的文字錯落在圖畫間，高低不一，長短有別。壁畫和留字皆在膝蓋高度以下，上面則是留白，雖佔據牆壁篇幅不多，卻無疑增添些許詭譎的恐怖感。

宰沉蹲下來看向右邊的留字，由內往外：

「　斜角油鍋
　數來七刑
　　步步苦
　之處煉獄
開啓果報　」

律鳶花則手按膝蓋略為半蹲，看向左邊的留字，一樣由內往外：

「　我將墜落
　珍寶藏諸
　　在地三途
　板之下烈火
　　左上針山　」

錢宥睿皺眉道：「我有印象了，小時候好像誤闖過這裡。嘖，眞是令人不快的回憶。」

舊地重遊的錢璽風，解釋道：「正確讀法，應該是以逆時針方向來看，『我將墜落，珍寶藏諸，在地三途，版之下烈火，左上針山，斜角油鍋，數來七刑，步步苦，之處煉獄，開啓果報。』」

馮綏美拉著錢璽風的手臂：「爲什麼要畫這些地獄壁畫呢？」

「因爲地藏王菩薩本就身處在地獄中啊！」最後踏進佛堂的錢詠晴，抱著貓如是說。「只是本來以爲沒有特殊涵意的壁文，如今看來應該是謎題的一部分了。這壁畫從佛堂初建就有，幾十年了，爸，這至寶早早就埋下了呢！」

辜沉推測道：「難道牆壁上有機關？」

錢宥睿尋思：「『珍寶藏諸，在地三途』，莫非是繪有三途河的地方？」

可惜無論錢宥睿用手指關節如何敲打，似乎都沒發現異樣？辜沉和錢宥睿兩人，一路從三途河到各式刑罰圖畫，皆摸索試探了一遍，奈何徒勞無功，什麼機關都沒觸發。

同時間，馮綏美則雙掌合十，祭拜著地藏王菩薩，默禱著：「祈求解謎能一切順利，眾人皆得償所願。」

佇立在地藏王菩薩像旁的聶寧，望著馮綏美的嘴型似乎讀懂了她的唇語，莞爾一笑。

此時，律鳶花指著掛在地藏王旁不遠處的一幅書法字，向聶寧提問：「聶管家，請問這幅字是誰寫的呢？」

裱框的書法字，並無署名。

聶寧回答：「是老爺的一名摯友所書，此人也正是雕刻了這尊黑鐵地藏王菩薩像和小鎮上一百零八尊地藏的工匠，遁世於此，不留名姓，小鎮上以『無名師』稱呼之。」

「『無名屍』？好不吉利的綽號……」尋不出壁畫機關的宰沉，忍不住插嘴。

「但他本人對這諧音倒很喜歡，常自嘲『藉藉無名，行屍走肉，好個無名屍，取得好！』」

「眞是個怪人啊。」

放棄探索壁畫的錢宥睿，站起身來凝望著書法字：「『悠悠眾鼠，虎評自雞傷人；戚戚歸兔，慟狗至此寄石。苦惱鑿盡，牛首雨晴，馬名無名，龍去休尋。』寫這什麼狗屁不通的東西啊？」

宰沉臆測道：「應該是用了某種暗號，需要轉換才能解讀吧？難道這幅書法字，也是整個謎題的一部分？啊啊，信息量太大了，記憶體有點不敷使用了。」

錢璽風看著書法字道：「我記得以前老爸常會站在這佛堂裡，呆望著這幅畫良久。那時我問過他書法字寫的是什麼意思，他指向堂外說『想知道答案，去問問外面的那些地藏吧！』」

「果然還是跟地藏有關嗎？」錢宥睿搔著頭，滿臉煩悶。「可惡，千頭萬緒，到底要從哪裡開始才是正確的解謎步驟啊？」

馮綏美問：「那這位無名師還住在小鎮上嗎？」

聶寧回答：「不，在完成一百零八尊地藏石像後，他僅留下這幅字作爲餞別，便不告而辭了。」

「書法字裡的動物倒是令人聯想到了那些『動物地藏』呢！」錢詠晴將貓放下，讓牠活動。「那十二尊地藏。」

錢宥睿咬手指關節思考道：「『獸首地藏』嗎？好，辛沉我們先去調查那些地藏，或許可以發現一些蛛絲馬跡，也說不定。」

「咦？不，大家一起行動嗎？」

還來不及反應的辛沉，被錢宥睿拉著往外直奔，只回頭哀怨地望著律鳶花一眼。

律鳶花則一臉冷静揮揮手，祝他一路順風。

少了兩個最積極破解謎題的人後，地獄堂中登時靜謐了不少。

「好了，我還有公事要處理，就不奉陪了，希望你們能早日破解謎題。」錢詠晴向貓叫喚一聲，貓便跟隨在她腳邊。「白蘿，走囉。」

馮綏美疑問：「那個……詠晴，妳不參與解謎嗎？」

「我並不想要寶物或財富，只想親眼見證爸留下的遺物究竟是什麼，這樣就夠了。」

「這樣啊……」

錢詠晴揚長而去，三毛貓尾隨在後跳爬出了門檻。錢璽風望著小妹背影，揚聲道：「若是我贏了，我會將寶物一起分享的，和這家裡的每一個人。」

她沒有回頭，也不知道是否聽見了這段話，亦或讓涼風輕輕彌散在似近又遠的距離中。

「那麼，鳶花，妳打算從哪裡開始調查呢？我們會陪妳的。」

「不用了，教授。」律鳶花果斷拒絕。「我一個人可以。難得回來一趟，你和綏美姐不如去和待在主屋的錢女士和剛才離開的錢阿姨閒話家常，雖然還沒瞧見曙光，但我現在可是電力滿滿喔！」

「這……我明白了，麻煩妳了。」

聶寧問道：「既是如此，鳶花小姐可還有吩咐？」

律鳶花表示：「我想知道那些地藏的位置，你有辦法嗎？對了，事先聲明，我沒有手機。」

「這樣啊……」聶寧略顯驚訝，但旋即一笑。「我倒是有個好東西可幫上忙。」

4

拿著一張由地藏小鎮觀光景點自治會刊印的全彩印刷旅遊導覽，律鳶花姿意穿梭在小鎮街道上，隨著時間漸近中午，到處可見零星遊客閒晃，其中不乏一些外國人，看來果然是處知名景點。

聶寧的話言猶在耳：「一百零八尊地藏的概略位置，在導覽上皆有，以群聚分布，十二尊獸首地藏亦隱藏在其中。而且目前還有搜尋動物地藏的蓋印章活動！在十二尊獸首地藏旁皆有印章桌，只要在導覽的空格上集滿十二枚蓋章，還能向遊客中心兌換紀念品喔！」

於是脫離了排雲山莊沉鬱氛圍的律鳶花，踏著享受一個人輕旅行的愉快步伐，一面品嚐各種小吃特產，一面探索著百地藏的美麗與軼聞。某些地藏旁還豎立著木牌，寫著各種鄉野傳說讓人玩味。有趕跑魔神仔的斗笠地藏。

有摸他頭可以順利考試合格的風帽地藏。
有祈求姻緣戀愛的捧心地藏。
不知是一開始便設定的主題，或是自治會為了觀光牽強附會的宣傳花樣，但無疑令地藏石像更具噱頭和可看性。
而十二尊獸首地藏，律鳶花也已經找到了其中四尊分別是鼠、虎、兔、馬並蓋了章。獸首地藏在雕刻風格上並不寫實，反倒偏向Q版風格，所以鎮上許多小孩會在附近玩耍，拍照的觀光客亦絡繹不絕。
她仔細觀察了這四尊動物地藏，發現在石像背後刻著數量不一的中空方格浮雕，而其他地藏像則無此特徵，料想應是解謎的關竅所在，但這些方格究竟代表何種意涵呢？
同時每尊動物地藏都蓋了小木亭為其遮擋風雨，亦是有異於其他地藏石像的特殊待遇。
在第五尊動物地藏，牛首地藏前，律鳶花巧遇了同樣探訪至此的錢宥睿和辜沉二人。
錢宥睿手插口袋，一臉不屑往律鳶花靠近：「哦，伯父、伯母沒跟妳同行嗎？難不成是打算分開搜集情報，來搶速度嗎？」
律鳶花回望一眼平靜道：「雖說集思廣益，但我一個人就綽綽有餘了。又何苦讓教授他們陪我來回奔波呢？何況這百地藏他們早就看膩了吧？難道你不是如此嗎？」
「哼，看著玩的心態和認真探索解謎，可不相同！」
「那你可要鉅細靡遺看仔細了，若是漏掉了什麼，可是破解不了謎團的。」
錢宥睿冷笑一聲：「哈，一人計短，兩人計長。我們可是勝券在握，妳這叫什麼『負極偵探』的虛名頭銜，今日就要被我們狠狠摘下踐踏得夠了，因為先解開謎題尋獲至寶的人會是我！」

律鳶花雙手負後，神色自若回答：「這拙劣的挑釁，我接下了。」

眼看局勢三言兩語莫名火爆了起來，宰沉急打圓場：「咦咦，阿睿老弟年輕人講話不要那麼衝，偵探小姐不是敵人啊。還有偵探小姐請不要跟阿睿一般見識，雖然我確實有些解開謎題的眉目了，但離答案水落石出還有最後一哩路要奔跑啊！」

講著講著，本該是勸架的宰沉，竟壓抑不住露出一絲得意笑容，彷彿搶得了機先。瞧著宰沉的自信神情，律鳶花表情微變，或許真正激怒她的不是錢宥睿的無禮，而是宰沉的假謙虛。

「既然二位已窺見解答端倪，那是再好不過了，到時請務必讓我聆聽你們的精妙推理！」

宰沉搔著後腦，得意忘形開懷笑道：「這怎麼好意思，放心、放心，我一定不會讓妳失望的。」

錢宥睿看了一下牛首地藏的背後，確認了些什麼，然後轉身離開。「哼！走吧，萬一被她套出話來可不好了。」

「喔，好。」宰沉欲跟上前，揮手向律鳶花辭行。「偵探小姐，等解謎結束，我們再逛一次百地藏吧！約好了喔！」

「那個我……」律鳶花婉拒還來不及出口，兩人身影一溜煙遠颺了。「一人計短，兩人計長嗎？不知誰是錦囊妙計？誰是陰謀詭計？但我似乎不得不中計了啊……」

辭別了宰沉二人後，律鳶花又恢復了孤身獨行的漫步旅程，一路探尋著地藏蹤跡徜徉在山中小鎮綺麗風光中。她忽憶起臨行前管家聶寧的叮嚀：「午膳於正午十二點開始，請務必趕回。」

低頭看了看手錶上的數字，她決定再探訪一座獸首地藏後，旋即打道回府，以免耽誤了眾人開飯時間。沿著導覽上的路線信步而行，來至一處小石橋，兩側地藏林立，一側約莫有七八尊皆四尺高，甚是壯觀，渡過了橋，古松旁木亭下一尊動物地藏棲身於此。

律鳶花挨近了小木亭一探：「啊，原來是狗首地藏啊？」

「喵～」此時忽然一聲貓叫聲自地藏石像處發出，就在驚魂未定時，隨即一隻貓自狗首地藏身後竄出，身上色彩斑斕，三種毛色相互輝映。

「咦，妳不是錢阿姨的三毛貓嗎？怎麼偷跑來這裡了？」律鳶花蹲下身子向貓招呼，三毛貓倒似還認識律鳶花，毫不怕生躡腳走入了她雙手的懷抱中，並翹首向地藏石像背後不斷叫喚。

律鳶花心領神會道：「妳是想告訴我什麼嗎？」

她抱著貓緩緩走向了狗首地藏的身後，和其他獸首地藏一樣的中空方格浮雕刻印其上，但卻和律鳶花預料的數量不符合，她伸出手撫摸著這些方格子，疑惑登時攻陷了眉山。

「只有兩個方格……？怎麼會？」

律鳶花尋思道：「難道是刻錯了？不可能，數量差距太大。磨蝕掉了？但這兩個方格並無任何磨損的痕跡，其他地藏亦然，莫非是故意的……？」

正沉思時，手錶預設的鬧鈴作響，看來是該啟程返回排雲山莊以赴午宴了。律鳶花安撫著受到鬧鈴聲驚嚇到的貓，蓋完章後，懷揣著疑問往山莊而行，相似街景卻似蒙上一層薄霧入眼模糊。

另端，排雲山莊中，本在房間內處理案件卷宗的錢詠晴，因三毛貓白蘿莫名走丟了，而開始在山莊展開搜索行動，幾名女僕則協助她於各樓層分頭探杳，儼然一場人與貓間的捉迷藏上演了。

只是無人知曉這遊戲的「目標」，卻已遊蕩至他處了。

「白蘿，出來喔！」錢詠晴彎著腰低頭探望著沿路的草叢花圃，無奈聲聲呼喚，換來頻頻落空，不知不覺間又走到了佛堂外，卻隱約聽見了有人在裡頭交談的話語，她尋至門旁偷偷傾聽著。

佛堂中地藏王菩薩像垂目而望，似在哀憐著眼前人，半生枷鎖自縛，重得讓一頭青絲褪白，那掉下的黑墜入陰影深淵中，不斷墜落，永無休止。

錢璽風呆望著巍峨的地藏像，在眾人相繼離開後，依舊留在這裡。

「你還沒看夠嗎？」去而復返的馮綏美，將一瓶水遞給了錢璽風，她怕他渴了特地回去拿。

「我只是在想『願成地藏』這句話，爸到底想傳達些什麼呢？」錢璽風接了水卻未開瓶蓋，有些渴望，縱然飲盡長河都灌溉不了半分荒蕪。

「公公，爲何要設下這個謎題呢？都是父子何不開誠布公，直來直往？」

「不只是我，灝昆、詠晴和爸的關係也很淡薄，或許是他害怕我們知道那樁祕密，所以刻意疏遠，但我們總會長大，總有一天會理解那件事的錯誤。」

「那是冷漠的癥結點？」

「那是我們錢家不可言說，禁忌的罪惡過去！」水瓶因緊握而微微變形。

馮綏美忽然從後面環抱住錢璽風的腰。「那就別說了，也別去想了好嗎？等遺囑謎題解開，一切都會雨過天晴，只要離開了這片霧，誰還管他霧散不散呢？」

「在來時的車上，我本想將這件事告知鳶花，或許會對解謎有所助益，妳卻阻止了我……」

「我害怕，我害怕她知道後，看你眼神不再那麼充滿尊敬，害怕以後在學校每一次見面都是種難堪的煎熬，會折磨了你。」

「妳的顧慮，我懂。」錢璽風抓住馮綏美壓在肚臍上的手。「鳶花啊，是個奇怪的孩子。若知道那件事後，她會有何反應？坦白講我還眞想像不出。」

「我相信鳶花她不知道這件事，一樣可以破解謎題！」

「妳和她今天才第一次見面吧？」

「即使是初次邂逅，我也肯定她能不負所望，因爲她是你眞心託付找來的偵探，我相信她，只因我相信你。」

錢璽風莞爾一笑：「好，我們就相信那個你相信我所相信的她吧！」

門口外偷聽的錢詠晴眼珠驀然一轉，某種決意在她心中播下種子悄悄萌生。

同時間，在山莊中布置最奢華最富麗堂皇的辦公室中，身爲家主的錢雰凜立在大落地窗前眺望著山莊附近的景緻，猶如洞悉了一切的天眼，將所有動靜盡收網羅，不語是非，只暗自掂量。

乍然，聶寧開門而入，無須敲門虛禮，正是管家和其侍奉主人間親近信賴的一種彰顯。

「主人，有何吩咐？」然此番，聶寧是應錢雰內線電話召喚而來。

錢雰未回首，仍望著窗外：「關於哥哥留下的謎題，你是否有所領悟了呢？」

聶寧恪遵禮節：「老爺尊意，在下豈敢妄自揣測。」

「你知道爲什麼哥哥要求舉行葬禮時，要隱瞞在國外進修的你，只事後通知，但在宣布這項謎題般的遺囑時，卻堅決要你及時趕回？」

聶寧一向微露笑靨的臉，霎時蒙上一層冷哀：「無法送老爺最後一程，是我畢生所憾。」

「我想那是因爲這個謎題的答案，和你有關。」

「主人，多慮了。這遺囑是指名要給兩位少爺和小姐，以及主人您的，與在下無關。」

錢雰驀然轉身，情緒複雜的視線射向了聶寧：「假如是這樣的話，我想將我自己繼承那遺囑所指的寶物權利轉讓給你，由你來替我解謎，獎勵也全部贈予你！」

「這……」聶寧頓時不知所措。

「依你聰明才智，推理能力我相信不會輸給那兩位偵探，必可揭露謎底。」

「我可協助主人解開謎題，身爲管家在下自當義不容辭，但繼承權轉讓卻萬萬不可。」

錢雰又避開了聶寧的眼神，轉向辦公桌，雙手放在桌上撐持著身軀：「那是我錢家虧欠你的！」

「不，老爺和主人對我恩重如山，若無自小時候起這一路上的資助撫養，我早淪落街頭。」

「哥哥一直希望你擔任集團幹部，你卻力排眾議屈身爲管家，留給你的遺產，你全數捐出，如今又不肯接受我繼承權的轉讓，連給我一個贖罪的機會都不願意嗎？聶寧！」

「這幾十年來，我沐盡恩澤，心中並無怨恨，只有感謝。」

「可是我……」錢雰勉強著轉過頭來，凝望著聶寧，眼眶中溢出羞愧又恐懼的淚珠打轉。

聶寧刻意低頭迴避，只回答：「我只是一個管家，並非偵探。主人盛情，請恕我婉拒，若我的存在令主人不適，待解謎結束，我會即刻出國繼續學業。懇請主人保重，容在下先行告退。」

以鞠躬姿態往後撤退的聶寧，逕自退出了門外。錢雰沒出言攔阻，只轉過身拭去了淚，將失態留在上一秒鐘，爾後，她依舊是那位和藹可親又莫測高深的錢氏建設集團最高負責人和家主。

將氾濫的罪惡感全鎖入心扉中，古來腰纏萬貫者誰不是肩負著業障？

她不再去想，不去想的事好似從不存在，丟棄和遺失哪個都好，忘記了，都一樣，只怕又憶起。

聶寧關上了門，垂首表情五味雜陳。

「等待這項謎題落幕的人是否比渴望解開它的人還要來得多？」

「面對這業障，除了逃避還能如何？」

一瞬而來的念頭，轉眼佔據了滿腦思緒。

縱然解開了謎題後，又有誰能來解開纏縛著這山莊的業障？

5

正午，十二點整。

山莊大廳中擺放的機械古鐘赫然敲響，浩音迴盪，將沉鬱感一掃而空。

在聶寧帶領下，女僕和廚師們忙進忙出在鋪墊著蕾絲桌巾的長餐桌上，將珍饈佳餚依序獻呈，一時香氛橫溢，盤彩繽紛，填滿了餐桌。晶瑩剔透的香檳，任綿密浮沫在玻璃杯中舞著稻穗般金黃。

眾人皆準時入席，位置則和在會議室時如出一轍。

瞧見了律鳶花抱著貓返回的錢詠晴如釋重負，自她手裡接過了那隻三毛貓，並表示誠摯地感謝。

錢詠晴難得露出微笑：「律小姐謝謝妳，我找這孩子找了好久，還擔心牠是不是迷路了。妳是在哪裡遇上牠的？」

律鳶花回答：「是在狗首地藏那裡喔！假如錢阿姨妳只在山莊裡尋覓的話，難怪會找不著。」

「我還眞沒想到牠會跑這麼遠……」錢詠晴撫摸著貓似在慰藉，且喃喃低語。「但似乎也不該感到意外，畢竟對白蘿而言百地藏可是從前的玩伴啊……」

「玩伴？」

「不，沒什麼。」錢詠晴再次致謝。「總之眞的很謝謝妳。」

此時錢雱換上盛裝出席，一襲藏藍色圓點襯衣和短裙，再打上長領結兩端自頸間垂落腰上，雍容華貴中亦顯莊重。在眾人行注目禮下，踩著沉穩步履，趾高氣昂而來，自有一種爲主者的孤傲。

䇹沉不禁暗自驚嘆：「哇，這歐巴桑的氣勢，怎麼和早上完全不一樣啊！整個霸氣側漏。」

聶寧恭敬拉開主位，請錢雱入座。

錢雱坐定後，環顧眾人：「諸位無須拘禮，可以開始用膳了，有任何需要皆可以跟女僕們直言。我們一邊吃，一邊來閒聊解謎的進度如何？不知哪位要先開始？」

眼看錢雱視線飄向了律鳶花和自己，䇹沉怕晚了推理就會被講完，於是趕緊舉手自告奮勇：「我來！」

「請暢所欲言。」

䇹沉手握拳頭靠在嘴唇上，輕咳兩聲緩解緊張：「雖然十二尊獸首地藏還來不及參訪完，但在查看這些地藏時，可以發現在獸首地藏像背後刻有浮雕式的中空方格，是其他地藏所無的特徵。」

「那些格子，有什麼含意嗎？」

「格子數量因獸首不同而有多寡之別，一開始我和阿睿也搞不懂，但後來細思才看出格子數目，湊巧和獸首間十二生肖的排行順序相符合，例如在馬首地藏背後的格子是七個，而在牛首地藏背後則是兩個。」

查知了狗首地藏身後只有兩個方格，並不符合此規律的律鳶花維持著緘默，尚不打算一語道破。想看看自信滿滿的辜沉，到底可以將這推理推向了何處？

辜沉接著道：「第二個發現，則是獸首地藏皆位於小木亭簷下。」

馮綏美歪著頭，疑惑問：「所以解謎關鍵在十二尊動物地藏上，和其餘百地藏無關是嗎？」

「沒錯。」辜沉順水推舟道。「錢翁利用了故友留下的鑲嵌著獸名的字畫，暗示了解謎鑰匙就在十二尊獸首地藏上。」

「然後呢？」

「咦，什麼意思？」

「知道了這些後，要怎麼解開謎題呢？」

「那個、那個……」黔驢技窮的辜沉拿出了手機，轉移焦點，打開了獸首地藏的分布圖。「我搜尋後，發現網路上早有人整理出十二尊獸首地藏的座標了喔，剛好都在三條路線上……」

忽然，三毛貓白蘿逃離了錢詠晴的大腿坐墊，一舉跳上了餐桌進行一個華麗走秀，撞倒了辜沉玻璃杯裡頭的香檳，全灑了出來，玻璃杯緣也被敲碎了一些。

「白蘿！」錢詠晴趕緊將貓呼喚回來，並向辜沉致歉。「對不起，是我沒有把貓顧好。」

略受驚嚇的辜沉尷尬陪笑著：「不，我沒什麼事。」

一旁的女僕趕忙上前收拾善後。「客人，我替您整理一下。」

「麻煩妳了。」宰沉身半轉，移開一點空隙，好讓女僕方便清掃。此刻卻正巧瞧見桌上香檳聚落而成的水窪，淺淺映照出周遭景物，碎裂的玻璃則令人自然聯想到鏡子一類。「映照……鏡子……，對了，是『鏡像文字』！」

靈光一閃的宰沉倏然一聲頓悟般驚呼。「我懂了！大家看，十二獸首地藏所分布的三條路線，正好是一個左右顛倒的『丈』字。且十二尊地藏像皆在小木亭遮掩下，所以再加上『木』字，便可組合成『杖』字。暗藏的寶物，必然就在地獄堂中的地藏王菩薩像手裡的錫杖上！」

錢宥睿看著手機裡獸首地藏分布圖，激動地抽著嘴角並握緊了機身，赫然站起：「幹得漂亮，我們這就馬上去瞧瞧那錫杖上，有何可收藏寶物的機關？」

「好，出發吧！」宰沉雙掌拍桌而起，同樣一臉雀躍興奮。

其餘眾人卻顯得相對冷漠，錢璽風和馮綏美互望一眼似乎還來不及搞懂發生了什麼？錢詠晴則專注安撫著仍躁動不止的三毛貓，管家聶寧臉上始終掛上一絲淺笑並無變化。

律鳶花對宰沉這推理亦無反應，只默默啜飲了一小口香檳。

此時，身為家主的錢雰以平穩的語調發言，自有一股威嚴：「兩位請坐下，我理解你們的心情，但餐桌禮儀不可偏廢，錫杖沒有長腳，待用完餐後，眾人再一同前往，可好？」

「抱、抱歉，我失態了。」宰沉匆匆道歉後，搔著後腦坐下。

「我知道了，姑婆。」錢宥睿亦強忍著確認解答的衝動，坐下用膳。

既有了明確線索，在確認前錢雰不再詢問和解謎相關的事，只以熱門時事議題和眾人攀談。然被點燃的好奇心令眾人食不知味，心不在焉。狼吞虎嚥著，只想盡快結束宴席趕赴地獄堂驗證眞相。

聶寧轉身欲離開餐廳去廚房督促最後的甜點提前上桌，卻被疑心的錢宥睿喝阻：「聶大管家，這是要去哪裡，該不會想甩下我等，趁機去一窺地藏王菩薩像上的錫杖奧祕吧？」

「哎呀，孫少爺說笑了，在下只是要請廚房上甜點罷了。」聶寧以如輕風般微笑回答，將隨詰問積聚的烏雲吹散。「若您不信可隨我一同前往如何？」

「哼，不用這麼麻煩……」錢宥睿望向後方隨侍在旁的某個女傭。「妳是……小梅？」

「是的，請問孫少爺有何吩咐？」紮著雙馬尾的年輕女傭，顯得有些慌張。

「妳代替聶管家到廚房去，告知廚師們可以上甜點了。」

「是。」女傭旋即轉身離開。

聶寧自嘲道：「看來在孫少爺心裡會去行偷竊錫杖這等鄙事的，似乎只有我而已……」

「那是因爲我看得起你！」錢宥睿切下盤裡菲力牛排一角，塞入口中，眼神卻冷峻緊盯著聶寧。

聶寧微微鞠躬行禮，笑回：「在下深感榮幸。」

不久，女僕推著盛滿五花八門甜點的餐車返回，一陣甜滋滋的風暴橫掃杯盤狼藉的桌面，滋潤了眾人差點因焦急驗證答案而快喪失功能的味蕾，甜味可鎮定心神有舒壓療效，雖不健康確具妙處。

在眾人注目下，錢雰嚥下最後一匙焦糖布丁後以餐巾輕拭嘴唇道：「那麼，可以走了。」

依舊凜立在林中的地獄堂。

依舊肅穆的氛圍。

依舊垂目盼望的地藏王菩薩。

依舊是環環相扣一振出聲的金色錫杖。

搶在眾人跟前入堂的錢宥睿率先觸摸了錫杖，並仔細端詳是否暗藏有機關按鈕。

門外的辜沉碎嘴著：「好險還在，我還以爲根據推理劇套路，錫杖會消失了才是。」

身後律鳶花冷冷吐槽：「前提是你的推理無誤。」

辜沉似無聽見，只快步上前趕往錫杖處，並偷偷在錢宥睿耳際細語：「沒有被調包吧？」

錢宥睿握著錫杖感受其重量和製作之精妙，回覆：「很重，且鍛造精良。短短時間，應該不可能生出贗品來偷天換日。」

錢璽風和馮綏美兩人接著趕至錫杖旁關切，雖心繫謎題解答，卻未失了禮數，只瞧著不動手奪杖。

「怎麼樣？可有看出什麼端倪？」錢璽風著急問。

「嘖，沒有。」摸索了好一陣的錢宥睿仍是一無所獲，最後伸手拍了下懸掛在大環下的小金環，一時錫杖鏗鏘作響。「換你們檢查看看……」

換手後探勘的錢璽風夫婦認真查驗錫杖每一寸結構，但實在摸不透機關到底藏在哪裡？

換手後旁觀的錢宥睿則盤著胳膊，厲眼緊盯著錫杖，表情隱有薄怒和不耐煩，看得身側的辜沉有些惴惴不安，莫非自豪的推理哪個環節出了差錯？

錢雰則指示身旁的聶寧道：「聶寧，你替我去探探虛實。」

「遵命。」聶寧一個回禮後，信步入內。

同時，苦尋不出關竅的錢璽風亦望向門外討救兵：「鳶花，妳觀察力比較敏銳，妳來看看！」

律鳶花雖對辜沉那胡亂拼湊，擅自濫用腦補中靈光一閃特效的草率推理嗤之以鼻，但仔細想想這尊黑鐵鑄造的地藏王菩薩像或許和謎題有關？且至今尚未認眞細查過，順勢看看亦無不可。

「好。」隨口應允後，她跨越過高聳門檻並走向了錫杖處。

眼看搜索無果，錢璽風夫婦黯然自探尋前線退下，接替者則是聶寧和律鳶花二人。

「第三輪的查驗了……」錢宥睿神情凝重緊抓臂膀的手指陷得更深，冷眼瞥向宰沉。「希望你那得益於貓的臨時推理，不會到頭來跛了一隻腳！」

宰沉苦笑，暗忖道：「是拐彎抹角在奚落我的推理，只有三腳貓的程度嗎？」

眾人凝望下，聶寧雙手合十向地藏王菩薩低首一拜，隨即一個奮躍向上，自鐵手中倏然抽出那沉重的錫杖於空中翻轉一圈後，以錫杖尾端磅礴落地，霎時震得金環鳴響。

「太誇張了，那很重耶，你這是什麼怪力啊？」旁觀的宰沉一臉不敢置信。

馮綏美同樣看傻了眼：「哇，太 man 了。」

倒是一旁的錢家相關人等似乎對聶寧的神通廣大，司空見慣了，並無絲毫驚詫流露。

「其實應該用 manly 才對喔……」律鳶花隨口糾正了一下後，欺身至矗立的錫杖前，以食指側扶著鏡框詳細查看。「果然……沒有任何機關呢……」

以簡潔迅速手法如搜身般探查過錫杖後，聶寧附和道：「確實如此。那麼……物歸原主。」

一個鷂子翻身，聶寧將錫杖不偏不倚再度插回了菩薩像手中，然後優雅降落，輕拍衣襟灰塵。

馮綏美皺眉問：「難道解謎關鍵在錫杖的推理錯了？」

「本來就是個牽強附會的偏誤推理罷了……」律鳶花接著話，毫不留情點評。「什麼十二尊獸首地藏分布在形成顛倒『丈』字的三條路徑上，一堆疑問根本都無法解答，例如獸首地藏背後的方格涵意是什麼？工匠無名師留下的字畫該如何解讀？」

幸沉負隅頑抗，辯解道：「要破解錢翁的遺囑之謎，未必要解開其他的謎團吧？那些額外的謎題等找到寶物後再設法破解也不晚啊！當務之急是解開遺囑之謎……」

「對了……」聶寧似想起了什麼而插了話。「我記得爲獸首地藏遮掩的小木亭並非是出自老爺的手筆，而是自治會那些人爲了振興觀光而擅自搭築。這麼看來，合『木』、『丈』二字，成『杖』字的可能性恐怕不大。」

「可是錢翁也知曉小木亭的存在吧？既然如此，在設計謎題時將之納入還算合情合理……」

這時候徘徊在門口處的錢詠晴開了口：「我依稀尚記，自治會此舉令爸頗有微詞，但礙於並無破壞行爲，便無深究下去。但既然爸感到厭惡的話，或許不會將小木亭列入解謎要件之一？」

「咦咦……這個，只是猜測吧。還是有可能……畢竟可能想不出更好的謎題……」幸沉困獸猶鬥。

律鳶花一陣冷語似凄風刺骨：「我看是DJ先生，你想不出更好的答案了吧？」

「嗚……那個我……」雖眼眶裡已慌出了淚珠打轉，泫然欲泣，但幸沉仍抵死不從。

「推理錯誤並不可恥，既然還沒有排除所有的可能性，那麼便不該妄下決斷。要是放棄了對眞相的執著，那麼從那一刻起，也無疑喪失了自詡爲偵探的資格了！」

望著律鳶花認眞誠摯的翦水雙瞳，幸沉終於棄械投降，不再辯解了。

「這次大概是……我錯……」

正當幸沉打算帥氣認輸時，「我錯了」三字還未出口卻被一陣拍掌聲掩蓋。

聶寧鼓掌讚賞：「鳶花小姐，眞不愧是個名偵探呢！此等實事求是的風骨，無疑令我輩折服。一番盛辭可謂如雷貫耳，而且在下姓聶有三個耳朵，受震撼的程度可是一般人的一點五倍啊！」

「你這狗腿的傢伙……」話遭打斷的辜沉瞪向聶寧，渾身低氣壓籠罩，如憤恨的野狗欲撲向名貴獵犬卻又不敢眞的造次。「汪汪！」

律鳶花既不理會一臉尷尬的辜沉，也放生了出言讚許的聶寧，只轉頭以纖細手指游移在地藏王像身上，尋找線索，驀然指腹感到細微異樣，眼眸所望隨之一滯。「咦？」

「僭越了。」察覺異狀的聶寧，同樣以手指輕觸地藏王像。轉瞬明白了律鳶花的驚訝何在。「原來如此。」

然後兩人對望一眼，各自收手。

此景雖短促，卻被錢宥睿視線所捕捉到，暗忖道：「難道機關藏在地藏王像上？」

「推理雖有誤，但無傷大雅。」錢霽以家主的高度寬容了辜沉的挫敗，並激勵眾人。「謎題仍懸，疑問未解，請諸位偵探們，繼續努力吧！敝人將在大廳中靜候佳音，相信答案必會水落石出。」

辜沉行一個深深鞠躬禮後，和其餘眾人目送著錢霽離開，聶寧則跟隨在錢霽身側一同揚長而去。對解謎全無興趣的錢詠晴抱著三毛貓白蘿，亦投身在這歸去的行列中。

見律鳶花停止了摸索地藏王像的舉動，辜沉隨口一問：「偵探小姐，妳有發現了什麼機關嗎？」

「機關……倒是沒有，但對這鐵鑄佛像確實有了些新的瞭解。」律鳶花負手，一派悠哉往門口走去。

「咦，是瞭解了什麼啊？」正想追上律鳶花的辜沉，回望了一眼錢宥睿並呼喚著。「喂，走了。」

錢宥睿卻以雙手手掌使勁觸摸著地藏王像，勢要尋出機關所在，不回首只回答：「你跟著她去，我要留下來探究出這機關奧妙，兵分兩路，機率加倍。」

「我、我知道了。」可擺脫掉焦慮煩人的錢宥睿，辜沉自是鬆了一口氣，接令可跟律鳶花同行更是額手稱慶，暗自竊喜。

佇門口處待命的錢壐風夫婦在會合時，自告奮勇向律鳶花道：「我看我們倆也留下來，若宥睿有何重大發現，我們可以告知予妳，免得妳錯漏了什麼線索。」

「好，那就有勞教授和綏美姐了。」頷首後，律鳶花踏著輕盈步履往門外而去。

背後辜沉趕緊跟上。「偵探小姐，等等我啊！」

喧鬧呼喊隨履痕漸長而逝，錢壐風回望著仔細觸摸鐵鑄地藏王像的姪子，想寒暄些什麼，卻難掩陌生疏離湧上心頭，只靜靜地、默默地顧盼著在這尷尬氛圍中該是如何難熬，但又不忍離開。

察覺了錢壐風夫婦二人視線縈繞周身，錢宥睿暗啐一聲後繼續埋首摸索地藏王像上的玄奧。

一轉眼，出了排雲山莊，律鳶花再度踏上探訪百地藏的旅程，此回多了個愛哭愛跟路的辜沉，雖減消了幾許幽恬寧靜，倒增添了數分語笑喧闐，景緻似舊，但境隨心轉，有了新人相伴，沿路街景焉能不煥然一新？

「咦咦，真的只有兩個方格，怎麼會？依照順序來推，該是十一個才對啊？」手指輕觸著狗首地藏石像，辜沉仍然不敢置信。「難道我錯解了方格子暗藏涵意？所以妳才篤定我的推理有誤？」

「沒錯。」

為了讓辜沉心悅誠服，律鳶花特地重遊舊地帶他前來一觀狗首地藏。

「那到底這些方格是代表什麼？有何用途？」

「不急，等探訪完十二尊獸首地藏，眞相自然會撥雲見日。」

她繼續循著導覽圖徐行，他緊隨身旁，如兩點芳墨隨性潑灑在山街霧景中，一任涼風推移。

薄雰裡一座座刻鑿別具匠心的獸首地藏，偶映著從雲靄間隙中灑落的晴光，各自顯得神采奕奕。一晃眼，兩人將十二尊動物地藏皆登門造訪了一遍，律鳶花亦順利蒐集了十二枚蓋章。

自遊客中心以集章單，兌換完一個精緻的手機吊飾後，律鳶花輕露微笑，將吊飾垂晃在眼前，是一尊仙人掌模樣的地藏極其趣味。「雖然我沒有手機，但這吊飾還挺可愛的嘛！」

「妳很喜歡？那我也去集章再換一個給妳？」幸沉瞧見了律鳶花笑容可掬，倒還眞想捧捧她的小臉頰，可惜他卻不敢，手伸到一半又縮回了。「除了仙人掌，一定還有別的角色？」

只得在內心吶喊：唉，好想去跟梁靜茹借點勇氣！

「不了，謝謝你，DJ先生，我有一個就夠了。」

「是嘛……？我剛看宣傳海報，還有什麼森林系列、海洋系列可以換喔，眞的不要？」

「眞的不用了……」律鳶花婉拒，於此同時卻靈機一閃似被關鍵字觸發了什麼？「森林系列、三個耳朵，原來是這麼一回事……」

幸沉皺眉一問：「怎麼？莫非是聶管家有森林系列的地藏手機吊飾？」

「不……」律鳶花回眸一笑。「是我明白了十二尊獸首地藏像背後空格的涵意了，狗首地藏背後的兩個空格並非錯漏，而是一個提示……」

驀然回首的清麗笑靨如潮拍岸捲起了浪花盛放，令觸目的幸沉不由得心神一蕩，臉頰微紅。

瞧見幸沉神情一時呆滯，律鳶花關切問：「怎麼了嗎？DJ先生？」

「咳咳……沒事，只是有點恍神了。」亭沉趕緊一手握拳靠在嘴前，假咳兩聲轉移焦點。「這麼說無名師留下的書法字帖之謎，妳已經解開了？」

「不只如此。」

「咦，該不會妳連錢翁遺囑之謎也破解了……？」

律鳶花微微翹首，雙目輕閉，回憶起地獄堂的景物彷若置身其中，描繪於四方的壁畫圍繞著她迅速旋轉了幾圈，將隱藏的線索和關竅全都釐清，倏然睜眼，天際晴光傾灑而下。

律鳶花輕訴：「我看見了，通電後的曙光！」

6

排雲山莊中，再度舊事重演展開了一場協尋貓咪大作戰，費了一番周折，聶寧總算在地獄堂捕捉到了三毛貓白蘿的身影。只見去而復返的牠，用爪子劃抓著堂內地板並低吼著，似乎想深掘出些什麼機密？

「白蘿大人，妳可真會跑啊……拜託一下，可別再折煞我這小小鏟屎官了……」聶寧抱貓入懷，同時靈光一閃，對三毛貓的舉動似乎有所領悟。

此時恰巧打道回府的律鳶花和亭沉二人，亦撞見了這一幕。

律鳶花主動向前伸手撫摸三毛貓的頭頸處，意有所指道：「好厲害喔，白蘿！妳真的是個不折不扣的名偵探呢！」

「難道說……」崒沉視線往下，直盯著腳下地板卻望不穿更猜不透，最後只能一手搔著頭，發著牢騷。「還是……搞不懂。」

聶寧以一貫微笑附和：「看來鳶花小姐不負眾望，在短短時間內便破解了謎團，且讓我召集眾人來聆聽名偵探的精闢推理……」

此時，聶寧話語霎時中斷，瞧見外頭天色漸昏後，看了一眼手錶確認時間。

擁有某方面莫名其妙推理敏銳感的崒沉，忽感心頭浮上一股既視感，眉山頓時一陣板塊變動皺了起來，忍不住直言道：「喂喂，你該不會要說出那句經典台詞吧？」

「用膳時刻將至……」聶寧莞爾一笑，行禮。「那麼就請鳶花小姐您晚餐之後，再推理吧！[1]」

「果然！」崒沉激動大叫。

傍晚六點餘霞成綺，賓客匯聚，盛宴再開，廳中正是一片金燈燦爛。

諸般名菜如松露波爾多紅酒燉牛肉、普羅旺斯魚湯、焗烤勃根地田螺、蟹黃燴魚翅、水晶肴肉、伊勢龍蝦釜火三重奏、西西里炸飯糰、符離集燒雞等盤據餐桌上，無不等待著饕客大快朵頤。

歷經了午餐時疑似解開謎題的空歡喜一場後，此番眾人沉穩許多雖仍是心繫答案，但較能好好品嚐美食滋味。在地獄堂搜索無果，後又移師宅邸各處探查，依舊一無所獲的錢宥睿顯得最爲煩躁，不斷往嘴裡猛塞食物吞嚥，以暴飲暴食的姿態宣洩著不滿和不安。

---

1 源自日本知名推理小說《推理要在晚餐後》。

錢詠晴則一貫袖手旁觀的樣子，只是對三毛貓白蘿的數次失蹤案，造成大家困擾，感到些許歉疚。而錢璽風和馮綏美二人則強忍著好奇心，不去提前探問律鳶花的口風，在入座用餐前，只草草問了句話。「答案，會讓人哭泣嗎？」

面對馮綏美不著邊際的一句疑問，律鳶花只回答：「不好意思，綏美姐，我雖解開了謎題。但所謂『至寶』的眞面目，我亦毫無所悉，且無從臆測。」

「是嘛……」馮綏美表情略顯擔憂，後轉微笑。「抱歉，我又問了奇怪的問題。」

「不會。只是啊，我覺得害怕眼淚的人，才是最深陷在哀愁中無法自拔的……」律鳶花凝眸望向了馮綏美的雙眼。「妳不這麼認爲嗎？綏美姐。」

落地窗外，黃昏轉趨幽藍，天幕換披上一色深邃冷調，似在爲將臨的推理塗抹出幾分晦暗，以待黎明鑿穿。

眼看眾人用膳畢，家主錢雱再度號令：「那麼律偵探，妳打算在哪裡發表推理？」

「請大家隨我，再往地獄一遭。」

「好，飽餐一頓後，再往地獄一遭何妨？至少是當不成餓死鬼了。」

「那麼由我帶路，請各位嘉賓隨我來。」在聶寧領行下，眾人重踏日時覆轍足跡，往林掩深處的佛堂而去，但夜幕低垂下周圍景緻顯得有些陰森，路燈熒熒，反倒加劇了一股懾人靜謐感。

開了燈，漆黑的地獄堂中霎時亮如白晝，黃燈白燈相互輝映，肅穆中不減溫暖。聶寧早備下座椅依序排列兩旁，供眾人自由入座。

身爲家主的錢雱待遇自然不同，兩列皆是簡約設計的伊姆斯椅，唯獨她所安坐是有椅墊鋪設的特製溫莎椅，且置放在最前端，將家主氣派彰顯無遺。

然其餘眾人或坐或站，各自迴異。

「請開始。」錢雰輕描淡寫三個字，拉開了解謎序幕。

錢宥睿盤著雙臂，佇立椅前冷語：「哼，我就勉爲其難一聽妳拙劣的推理，會如何出糗？」

站在兩列伊姆斯椅中間的律鳶花神態自若，侃侃而談：「獻醜了，那麼……我就先從這幅字帖開始解析……」

律鳶花指向地藏王像旁懸掛的書法字帖，上頭寫著：

「悠悠眾鼠，虎評自雞傷人；戚戚歸兔，慟狗至此寄石。苦惱鑿盡，牛首雨晴，馬名無名，龍去休尋。」

錢詠晴撫摸著懷中的三毛貓，抬頭望著字帖，瞳眸裡似千言萬語，無奈一言難盡。

「解譯法，眞是和十二尊獸首地藏有關？」椅上的錢璽風搓著手問。

「沒錯，且破譯關鍵，就在十二尊地藏身後所浮刻的『方格』上。如DJ先生早前所述，獸首地藏身後的方格數量和生肖排序相對應，但問題來了，爲何排序第十一的狗首地藏，只有兩個方格？」

同樣站在椅前的辜沉忽然喝道：「我頓悟了！剩下的九個方格，既不是因爲漏刻了，也不是被磨掉了，而是在暗示同樣刻有兩個方格的牛首地藏，牛和狗，有極大機率是指『鬥牛犬』一類，這宅邸中肯定有類似鬥牛犬形象的雕塑？珍寶便藏在雕塑中……」

律鳶花倏然一個拍掌，以聲響中斷了辜沉臨時起意的推理，眼神半露出哀愁半露出不屑，目光如M61火神式格林機關槍瘋狂掃射辜沉全身，自槍膛中退出無數個寫著「閉嘴」二字的彈殼。

「嗚……」精神上身受重創的辜沉囁嚅著。「難道，我又猜錯了……？」

錢宥睿一個背刺補刀，怒目冷語道：「住口，你這個推理界的反指標，偵探之恥！」

不待辜沉傷心反應，律鳶花旋即重搶回話語主導權：「沒錯，『住口』！」

她以食指貼在嘴唇比劃出讓人住口的手勢示意，接著道：「一開始我對於『方格』理解是錯誤的，那並非方格，而是一個字，一個『口』字。」

馮綏美疑惑細語：「改成口字，就可以破譯了嗎？」

聶寧忽露一抹微笑，似了然於心，同時身為文學系教授的錢璽風亦理解了後續破譯法。

「是『疊字』！」錢璽風一語道破。「沒錯吧？鳶花。」

辜沉聞語，霎時豁然開朗，低喃著：「疊字，原來如此，一如聶是三個耳的疊字，口一樣可做為許多以口為素材的疊字，諸如兩個口是回字，三個口是品字……」

律鳶花接續著道：「正是如此，因此只要將和地藏背後的口字數量所影射的疊字，代入字帖上的獸字，即可得出正解。當然有些口字組合並非只有一種，我姑且簡略列舉一下……」

鼠，一個口，口字。

牛，二個口，回字、日字。

虎，三個口，品字、目字。

兔，四個口，田字。

龍，五個口，吾字。

蛇，六個口，晶字、晤字。

馬，七個口，叱字。

羊，八個口，只字、叭字。

猴，九個口，㕣字。

雞，十個口，古字。

狗，十一個口，吉字。

豬，十二個口，咭字、畾字。

「等一下！」認眞聆聽推理的錢宥睿提出了質疑。「狗首背後只有兩個方格，莫非跟牛一樣只要換成兩個口組合成的字即可？」

律鳶花不假思索回答：「不，假如是這樣只要重複用牛字就好，沒必要改用狗字。」

錢宥睿怒眉道：「那麼妳的推理不就出現了明顯的破綻了嗎？」

「辜沉先生，你剛才提及的鬥牛犬雕塑，雖然在府邸中並沒有收藏擺放，但確實小小觸碰到了解謎關鍵呢！」此時聶寧卻驀然話鋒一轉讚揚起了辜沉屮吊子的推理，且笑容滿溢。「同樣帶出了轉換替代的概念，果然是個不容小覷的推理人啊。」

「咦……你突然這麼說，是不是有什麼陰謀啊？」受寵若驚的辜沉在惶恐之餘，瞬間茅塞頓開，一舉領會了聶寧的暗示。「我懂了，狗字可替換成相同涵意的『犬』字，兩個口加上一個犬字，便是『哭』

字！」

律鳶花頷首並接著解釋：「正確答案。於是乎只要根據上下文選擇適當的口字組合，代入字帖，便可順利解譯……」

豈料，一陣婉轉溫潤的女聲趁隙奪了語權，將破譯前後的字帖，娓娓道來。

「悠悠眾『鼠』，『虎』評自『雞』傷人；戚戚歸『兔』，慟『狗』至此寄石。苦惱鑿盡，『牛』首雨晴，『馬』名無名，『龍』去休尋。」

「悠悠眾『口』，『品』評自『古』傷人；戚戚歸『田』，慟『哭』至此寄石。苦惱鑿盡，『回』首雨晴，『叱』名無名，『吾』去休尋。」

眾人目光皆聚焦至誦念者身上，令人頗感意外她竟是一直置身事外的錢詠晴。且語調中似爲終於明瞭了這幅字帖涵意而感些許欣慰，露出了短暫笑靨。「原來是這個意思啊……」

莫非她和這字帖有什麼不爲人知的淵源存在？

雙手一鬆，三毛貓白蘿趁機躍下錢詠晴膝上，逛起了大街來。

未待眾人追問，家主錢雰旋即開了口解圍：「縱然解開了字帖之謎，但和家尻的遺囑之謎可有相關之處？」

「我大膽猜想錢翁或許是從這字帖謎題的設置上，得到了靈感，於是同樣採用了在留字上布下機關的作法。」知錢雰有意轉移焦點，律鳶花順水推舟繼續導回正軌來解謎。

「留字？」錢宥睿等人驟然意會在心，皆在視線落諸於地獄堂四周的壁畫字跡上。

律鳶花抱起了奔向她腳邊磨蹭的三毛貓，撫摸著柔順貓毛，語帶玄機道：「『我不站在任何一方，我只相信眞理。』白蘿啊白蘿，牠或許已解開了將近一半的答案喔，眞不愧是個名偵探。」

身爲資深推理廚的辜沉，忍不住激動道：「喔喔，那是白羅的名言！」

「我們看起來像騙吃騙喝只會講幹話的寵物溝通師嗎？貓又不會說話，全解開了也沒用，妳若知道了答案就快說，少吊人胃口。」錢宥睿頤指氣使，催促著。

「那麼……請讓我問諸君一個問題如何？」律鳶花環視著堂內眾人，不疾不徐。「你們知道關於地藏王菩薩流傳最廣的名言是什麼嗎？」

馮綏美偏著頭想了想，抿嘴道：「『我不入地獄，誰入地獄？』」

「我懂了，遺囑中的『願身成地藏，煉獄同行』正和地藏名言『我不入地獄，誰入地獄？』呼應，皆是在暗示藏寶處便在這座地獄堂中。」辜沉眉頭一蹙，搜索枯腸尋思道：「我記得地藏王菩薩的名言，好像還有一句什麼腦袋空空……」

錢璽風將話截去，平穩道：「是『地獄不空，誓不成佛！』。」

「那又如何？絲毫沒有任何提示到祕寶的關鍵字啊？都是些早猜到的線索，根本原地踏步。」錢宥睿語帶不滿和失落。

律鳶花眞誠輕訴著：「要解開這個謎題有一個條件，即是要對逝世的錢翁懷抱著恭敬和祝福。」

錢宥睿嗤之以鼻回嗆：「這種虛無縹緲的東西，怎麼解開謎題？妳是在開玩笑嗎？」

「不，願錢翁他安心成佛的祈願，正是解開遺囑謎團的鑰匙。」律鳶花露出淺然一笑。「若要地藏成佛，就將這地獄給搬空了吧！」

「什麼！」錢宥睿瞪大了眼，一時懵然。

堂內眾人同感震撼，乍然鴉雀無聲，忽憶起遺囑中的「願身成地藏」和名言「地獄不空，誓不成佛」，原來解謎關鍵就藏在家喻戶曉的話語裡，而在這一個家裡可有此般祈願？

如山巍然般坐於溫莎椅上的錢雰，亦不禁變了臉色，為這一席話而深受震懾。

「這麼說來……」聶寧回憶起三毛貓白蘿以爪掠劃堂中地板一事，蹲下身子以手指關節輕敲地板，但並無明顯回響。「看來縱有機關，亦非一般人所能察覺，但若不是人……自另當別論……」

律鳶花扶起白蘿的右手揮舞著：「沒錯，身為名偵探喵的白蘿，早感知到了地板下不淺處隱藏有空間存在，當然或許還有一兩隻鼠輩橫行的氣味助攻，令白蘿解開了一半的謎題，不費吹灰之力尋獲了至寶藏匿之處。」

馮綏美望著黑鐵鑄造的地藏王菩薩像興嘆：「要移開這座沉重的地藏像，只怕不易吧？」

莘沉歪腦筋一動，咧嘴笑回：「這還不簡單，直接拿鐵鏟破壞地板，將至寶挖掘出來不就行了，我看比起移動地藏像的工程還小得多了。」

「那倒未必……」曾近距離仔細摸索過地藏王菩薩像的錢宥睿，瞥了一眼律鳶花和聶寧二人。「你們倆個當時就發現了對吧？這座地藏王菩薩像並非一體成形，而是切割成一塊塊如積木般的鐵塊堆疊組合起來的！只要貼近觸摸即可看出不同鐵塊間的接痕。」

聶寧一個行禮笑答：「正如孫少爺所言。當時在下和鳶花小姐雖察知了此點，卻尚不知是老爺精心設計，為了讓解謎者易於將此處清空之舉，還以為只是一種工法罷了。」

莘沉癟嘴道：「喂喂，該不會你們真的想當苦力將這地藏王菩薩像分解後運出去？」

「我看不急，謎題尚未解完吧？既然說爸是受到了無名師所啓發，那麼該和周遭的壁畫留字有關才是……」錢璽風將話鋒兜轉了個圓，回至原點。「雖地藏尙且不移，妳必然也可假設後續情境以繼續推理，我說得對嗎？鳶花……」

律鳶花頷首應諾，並將懷中的三毛貓凵蘿交還給心緒復歸平靜的錢詠晴後，再續推理。

「那麼……且讓我假設一下，如果我們將整座地獄堂內的東西全部清空，且人員全數退出後，會發生什麼事呢？」

「會觸發某個機關……？」馮綏美猜測道。

「壓著的……很重的東西移開了……」辜沉自言自語推論著。「我懂了，是地板！壓在上頭的重物消失了，於是地板將會上升！偵探小姐，我猜對了嗎？」

「正確答案。」

「好耶！」辜沉興高采烈。

第二個提問，轉瞬拋出：「那麼地板會上升到什麼高度才停止呢？」

「嘖，我們可不是來學習怎麼當偵探，怎麼邏輯推理的！」不耐煩的錢宥睿憤而打斷。「別再發問引導了，直接一口氣解謎到底，我只想儘快知道答案！」

聞言，身爲家主的錢雰冷肅斥責：「小睿，不得無禮！」

「是……姑婆。」錢宥睿雖胸懷傲氣，卻仍不敢冒然頂撞錢雰，只得俯首認錯。

「得罪了，請妳繼續，我等洗耳恭聽。」

「哪裡。既然諸君想儘快探明眞相，我便從善如流……」律鳶花續將推理往下延伸。「打從初次造訪此堂，便可發覺門檻非常之高，幾乎快接近了膝蓋部位，故我推測這便是一個指標。」

辜沉試著搭話，以緩解一度緊張的氛圍：「所以地板會上升至同門檻高度？」

知辜沉善意，律鳶花莞爾一笑回答：「沒錯，而上升後的地板，恰巧會將壁畫上的字跡掩蓋掉一部份，只留下錢翁眞正要轉達的話語。這隱字手法，正是脫胎於無名師的換字謎題。」

「所以會是哪些字被遮掩掉了？」

「這個嘛……」

正當律鳶花思索著該如何言簡意賅解釋時，貼心的聶寧遞上了一支附套粉筆給她：「請用。」

「聶管家，你還眞是什麼都有？」

「身爲一個稱職的管家，此乃理所應當。」

於是律鳶花手持粉筆沿著地獄堂內牆壁信步而行，自地藏王菩薩像左側走至右側，粉紅筆痕在壁畫劃下一條涇渭分明的界線，線下終將掩沒於機關中，線上則會彰顯在眼簾裡，各自歸宿。

壁畫留字如下：

「　我將墜落
　　珍寶藏諸
　　　在地三途
　　　　板之下烈火
　　　　　左上針山
　　　　　　斜角油鍋

數來七刑
步步苦
之處煉獄
開啓果報　」

在劃下筆痕後，將下面會被掩蓋的字跡剔除，剩餘了……

「　我將
珍寶藏
在地
板之下
左上
斜角
數來七
步
之處
開啓　」

律鳶花望著壁畫各處，筆痕之上的留字依序傾訴著：「『我將珍寶藏在地板之下，左上斜角數來七步之處開啓。』這便是解開了遺囑謎題後的答案，錢翁指引寶藏的留言。」

「左上斜角……七步之處……」著急的錢宥睿趕忙依答案行動，最終落足於指示地點上。並朝下俯瞰著，堅固平實一如往常的地板。「珍寶，就埋藏在這裡！」

「果然還是直接開挖，比較快吧？」辜沉摩拳擦掌，擺出架勢，準備從聶寧手中接過鐵鏟。但聶寧只微微一笑，並未神乎其技變出了鐵鏟。

眾人舉棋未定面面相覷之際，錢雰緩緩自溫莎椅拂衣而起，同時其餘坐著的人亦跟著站了起來，以示尊敬。她環顧在場眾人，並不詢問意見以表決，而是綜觀局面所至，自下裁斷。

「承蒙律偵探精闢推理，距離眞相無疑咫尺之遙，然家兄在天之靈必希望我等依提示解謎，循序漸進而獲至寶。雖有終南捷徑，斷不可行。明日我將請山下工程行，率人將這尊鐵鑄地藏王菩薩像妥善移出，眾人屆時再一併見證珍寶的廬山眞面目不遲。你們，可有異議？」

「姑姑，所言甚是。我夫婦倆沒有異議。」錢璽風率先響應順從。

錢詠晴撫摸著貓，回答：「我都可以。」

「哼，我知道了。」錢宥睿舉步離開了珍寶藏匿處的上方，回到椅前佇立。

「夜深了，各自散去吧！我會請人輪值加班守在此處，若無我命令，任何人皆不得進入。」錢雰語畢，向律鳶花點了點頭表示感謝，旋即揚長而去，聶寧向在場眾賓客致意後，亦尾隨伺候。

緊接著，焦躁的錢宥睿拂袖而去。

自晚餐時至地獄堂解謎完皆不發一語的律師趙鎭伍，則輕描淡寫道：「未料錢董的謎題會如此快被窺破答案，我衷心期待最後珍寶的眞相。」向律鳶花等人頷首後，也跟著奪門而出了。

「辛苦妳了，鳶花。」簡單寒暄後，錢璽風和馮綬美夫婦倆同樣離開了地獄堂。

而當律鳶花和辜沉也準備閃人時，錢詠晴卻忽然喚住二人：「兩位偵探，可知道終日困鎖著這排雲山莊的層層烏雲從何而來？」

「烏雲……？」辜沉猛然醒悟。「喔喔，只是譬喻吧……是指你們錢家的家務事？窺探八卦是人的天性，我是很想聽啦！但真的可以嗎？不會惹禍上身或捲入什麼茶壺風暴吧？」

律鳶花卻果斷回答：「推理至此，雖無謬誤，卻總有一種拼圖並未完整的感受，若妳願說，我自當聆聽，或許可以更加完善我那微微透露出一抹缺憾的推理。」

「到我房間來……」錢詠晴抱貓起身，身影走入門外隨風搖晃的夜霾中。「讓我來告訴你們，關於錢家這幾十年來揮之不去的原罪和業障……」

7

沒有什麼繁瑣的事件和心路歷程。

沒有什麼推諉和粉飾太平。

沒有什麼迂迴和掙扎。

只有一雙小女孩的水汪汪大眼，捕捉了這一路各種不堪和罪惡編織的謊言。

小時候不懂的隻字片語，長大後全明白了。

回憶很短暫，無奈嗟嘆如此漫長。

「我爸……是靠詐欺致富的……」錢詠晴喝了口溫牛奶後，直言不諱。「後來積累了資金後，才金盆洗手轉而往建築業發展，時運不差搭上了房價高漲的列車，一路順遂將整個集團推上盈利高峰，且站穩了腳跟，最終富甲一方。」

宰沉謹慎提問：「所謂詐欺……是指詐騙集團嗎？像是遊戲點數詐欺，或假綁架眞匯款之類……」

錢詠晴點點頭回答：「雖然爸媽和姑姑他們，從未直接和我們兄妹三人開誠布公此事，但小時候難免會偷聽到一些話，看到一些陌生人出入，接觸到一些蛛絲馬跡，慢慢懂事了，也慢慢懂了。」

「難怪一直覺得你們家人間感情有些疏離，莫非是因爲這件事……？」

「沒錯，大哥之所以去當大學教授，便是因爲不想接任這靠詐欺才發跡的集團事業。二哥雖然勉爲其難接下重擔，但只是不願員工丟了工作，因爲我爸揚言與其讓外人接掌或賣掉，不如直接收掉算了。而我考上律師後，同樣搬出了宅邸並埋首於工作，只有節日偶爾回來罷了。」

律鳶花望著錢詠晴噙淚雙眸，撫慰道：「但妳仍是三個孩子中最常回來的，妳爸媽見妳回來探親總是歡欣的，不是嗎？」

「那別人的孩子？別人的爸媽呢？是不是被我爸媽騙得流離失所三餐不繼？甚至尋短輕生了？」錢詠晴兩行淚不由落下。「每當想到這種情形我兄妹三人眞的無法釋懷，可是我們又能做什麼？去報警嗎？大義滅親說來簡單，但眞的很難，何況我們並無證據，只有隨年齡越來越痛苦的記憶。」

宰沉盤著雙臂思索後，一聲輕嘆：「眞的很難啊……要是我爸媽是詐欺犯，我大概也會裝作渾然不知才是……」宰沉瞥向律鳶花，以眼神尋求附和。

豈料，律鳶花卻直言：「放心，要是DJ先生你是詐欺犯的話，我會毫不猶豫舉發的！」

「喂，我的眼神不是問這個啦！」

「我怎麼可能會讀得懂你的眼神，我只是發自眞心的述說而已。」律鳶花雙手一攤。

兩人互動令錢詠晴短暫破涕爲笑：「呵。」

「於是你們兄妹三人因爲罪惡感作祟，而和父母漸行漸遠，沒錯吧？」律鳶花總結道。

「嗯，正是如此。」錢詠晴接過了宰沉遞來的面紙，拭了拭淚。「如何？知悉這難堪的錢家眞相後，你們是否後悔接下委託來替這滿懷罪惡的一家人推理了？」

律鳶花誠摯回答：「推理不分善惡，眞相沒有對錯。而且被罪惡感拘束的你們，諒必暗中做了不少回饋社會的善事和義舉才是。」

宰沉略爲回想後道：「確實，在我印象中錢氏集團風評不錯，在各種天災人禍時常捐款，且房屋品質有口皆碑，兼價格公道。眞沒想到，錢翁發跡前竟還隱藏有這種黑歷史存在啊……」

「兩位名偵探這麼寬容好嗎？」憔悴的錢詠晴倏然眼神一變，嘴角輕揚媚笑，珠淚盡收。「或許上述這一切，只是我爲了染指珍寶的演技和虛構故事罷了？」

宰沉難掩驚詫：「咦？莫非妳從一開始表現出來的無關緊要，都只是爲了讓其餘競爭者鬆懈？在謎題解開後，趁著掘寶前的空檔，想從我們偵探口中探出整個推理是否還有後續？好在最後一夜的時限中，將珍寶佔爲己用？太可怕了，這根本是魔女般的布局……」

錢詠晴忽然趁其不備，以手臂從後面扣住了律鳶花的雪頸，語帶威脅道：「魔女嗎？這個稱呼似乎很符合這被烏雲籠罩深陷業障詛咒的山莊，我很喜歡呢！」

「快、快住手……不要做傻事啊……」宰沉驚慌站起身來，以手勢嚇阻。但立即語調一轉：「開玩笑的，我怎麼可能會上當？假如要博取同情，應該不會刻意用防水眼影吧？畢竟哭成一臉大花貓效果更佳。」

「或許只是因爲我是個愛美的魔女啊？」

「不，是個悶騷的魔女才是眞的。」宰沉一臉無奈苦笑。

見事跡敗露，錢詠晴鬆了本就只是裝模作樣輕輕扣住的手臂，重回座位上。

錢詠晴語帶玄機：「或許這也是我虛構故事中的一環喔？」

「那麼……姑且讓我推理一下這故事後續的虛構如何？」神態自若的律鳶花雯時將話權奪取，不待二人回覆，隨即侃侃而談。「想贖罪的人，不只你們三兄妹，還有錢翁他自己！所以他積極金援各種慈善活動，關懷弱勢幫助他人。

當他遊歷至這出岫小鎮上時，恰逢無名師在雕刻百地藏，我大膽推測之所以慷慨解囊資助，不只是爲了心靈上的慰藉，或藝術上的里程碑，而是因爲錢翁認出了無名師曾是受他詐騙過的受害者。

於是爲了贖罪，錢翁甚至不惜舉家遷移至此建築了排雲山莊，想親眼見證無名師願望得償的一刻。或許錢翁更打算在最後，向無名師坦白過去的罪愆？

但在百地藏功成後，無名師旋即悄然離去，只留下了那一幅字謎作別。而無名師是否得知錢翁是曾詐騙他的人……」

「他知道……我知道他知道，雖然不是從一開始便知道……」錢詠晴眼神轉趨溫暖，卻在溫暖中又藏了幾絲傷懷。「可是那場詐騙案，令他失去了太多弄丟了在雕刻界的誠信和璀璨未來，爾後千夫所指顛沛流離，怎能諒解？怎能諒解？即使原諒了罪，仍解脫不了心結。」

猝然間，本趴在貓抓板上懶眠的三毛貓白蘿，躍上了錢詠晴膝上並用頭磨蹭著錢詠晴的小腹，半似討摸半似宣慰，模樣令人憐愛。

「妳在擔心我嗎？白蘿。」錢詠晴欣慰一笑。

律鳶花望著白蘿，接續道：「而且白蘿之所以會在百地藏處徘徊並非偶然，我想牠原來飼主應該是無名師吧？後來才由詠晴姐妳代為飼養，並常伴身邊。」

申裝有某方面敏感天線的辜沉，似乎又接收到了特殊訊號，斗膽道：「會一起飼養貓咪，該不會錢小姐妳和無名師曾經是一對戀人的關係？」

「這個嘛……他愛不愛我？那又是另一個謎團了……」錢詠晴雖未正面回答，卻不禁莞爾一笑，彷彿過往甜蜜回憶如潮湧來，撫摸著貓頭的纖細手指是否曾緊握過那熱衷雕刻的粗糙手掌呢？

律鳶花、辜沉互看一眼，且讓此夜在解謎餘味中緩緩逝去。

8

翌日，早上九點。

山下工程行的師傅們將地藏王菩薩像分解成大小不一的鐵塊，再以單輪推車運出堂外堆置於旁，特地開來壓陣的起重機似乎沒派上用場，最終猶如大型裝置藝術只餘增添氣勢和襯托功用。

耗時一個鐘頭左右，總算清空了整座地獄堂，緩緩上升的地板在所有人退出後，高度平了門檻，然後一個機關卡榫聲響後固定住地板，不再因些微重量而下降。

最是心焦的錢宥睿一馬當先，奔向遺囑謎題所指示的那處地板上方，以手掌用力壓下，地板登時裂開，他從裡頭空間拿出了一個極其堅固的鐵盒，不知裡面裝了些什麼？

「我要打開了……」錢宥睿瞥了一眼剛入堂內的眾人。

無奈似乎是存放久遠的緣故，鐵盒蓋子有些卡住難以順利拔開。

「我來幫你。」辜沉見狀，多管閒事想幫忙，誰知一個腳滑半跌向前撲倒了錢宥睿。「哇啊……」同時間，鐵盒蓋子被打開了，受到這股推力影響裡頭存放的東西，朝上空一股腦灑了出來，只見一張張五顏六色的紙和照片，霎時漫天飄落。

錢璽風、馮綏美、錢詠晴、錢雱、趙鎮伍乃至於律鳶花和聶寧皆紛紛低首俯拾一觀。反倒慢了半拍的錢宥睿瞪了辜沉一眼後，同樣撿起了紙張，最後一個看到的人則是辜沉。

「這是……？」錢璽風難掩驚訝。

不，不只是他，幾乎所有人都被這埋藏在鐵盒裡的東西給震撼了。

不是支票。

不是房產地契。

不是任何有價證券。

而是一張張捐款感謝證明和對一個個曾遭受他詐欺的人給予暗中援助的記錄，每一張照片背後都寫著被害者和其家屬的境遇，以及明裡暗裡所做的補償，幾十年來，終於做到無一遺漏。

鐵盒裡頭還有一封信，壓在最下面並未灑出。

錢宥睿取出信，迅速讀後將信交給了身側的幸沉，要他朗誦給大家來聽，聶寧則同時關上了堂門，工程行的師傅們還在外頭休憩，等待著稍後將地藏王菩薩像重歸原貌。

幸沉輕咳兩聲，誠摯傾訴著信上字跡：

「年輕時，我詐騙了很多人而深感愧疚，但我幸運的是事業有成，讓我有能力償還這些罪孽，我瞞著所有家人暗中接觸那些曾遭我詐騙的受害者和其家屬，給予補償。其中有些人原諒了我，有些人依舊痛恨著我，但我皆給予了遠多於當初詐騙金額的援助，我知道有些失去不是錢可買回，但我已盡力贖罪了，行將就木之際，終於無愧於心。

我自然知曉你們或多或少有所察覺，但我仍不敢向你們當面坦承這一切。

最後這個謎題的解答，我只想告訴你們，你們猜對了。然所有的罪孽到我爲止，不該漫延子孫，請務必要從罪惡感中解放。

那不是你們的錯，是我的錯。

最後的最後，望地獄成空，地藏成佛，吾願足矣。」

幸沉搔著後腦，疑問道：「這封信好像是給你們所有人的，但假若最後只有一個人解開了謎題，錢翁是覺得破解者會將這封信轉交給其他家人嗎？」

「不，看到早上的浩大工程就知道了，不可能獨自一個人來拿這珍寶的，不是嗎？」律鳶花解釋。

「縱然解開了謎題，要移動這尊黑鐵鑄造的地藏王菩薩像，勢必會驚動其他人，打從一開始錢翁便設計了這個，所有人皆會聚集在一起開盒取寶的情境了。」

「咦，那麼所謂彼此爭奪遺產的競爭……？」

「只是希望能夠盡可能讓更多家人參與其中吧！可以同心協力最好，如若不然，即使彼此爭奪算計也無妨，只要能讓曾形同陌路冷若冰霜的孩子們再度團聚。雖然最後錢翁依然只懂得利用『利益』作爲誘因，但結果卻和實質利益無關了。」

錢雩望著手裡隨意撿拾的照片，不禁潸然淚下：「將罪孽一肩扛下，一個人去贖罪，你眞是個笨拙的壞蛋啊！哥……」

錢詠晴翻看著手中那一疊捐款證明，眼淚盈眶，疑惑問道：「既已贖罪了，爲何不早告訴我們？寧願承擔幾近眾叛親離的冷漠餘生？」

「嘖，大概是怕我們會大義滅親通報檢警，將他繩之以法吧？」錢宥睿先是出言不遜，卻又神情一轉流露黯然，但最後仍故作嘲弄。「詐欺罪的追訴期早過了，這個笨阿公。」

錢璽風卻露出了苦澀笑容：「不，我知道爸之所以保持緘默的緣由……」

「是什麼啊？」馮綏美追問。

「讓自己體驗那些因詐騙而失去家人的受害者的孤獨感，直至人生終末來臨，這才是老爸對自己的責罰，眞正的贖罪！」

此語一出，令在場眾人一顆心再度深陷入罪惡泥沼，無法自拔。

律鳶花、辜沉想說些什麼，但似乎缺乏這資格和份量來勸慰，路過的偵探大放厥辭恐非良策，何況對整體來龍去脈一知半解的情形下，任性妄言只怕會適得其反。

豈料，堂內忽然迴響起一陣槓鈴般的笑聲，恣意狂放，瀟灑不羈，吸引了眾人焦點匯聚。

「呵哈哈哈……」捧腹大笑者，正是執事聶寧。

眾人一時迷懵，錢宥睿語帶不滿質問：「喂，你在笑什麼？」

聶寧以手指拭去笑淚，坦然回答：「哎呀呀，真拿老爺沒法子，又被擺了一道。」

錢詠晴不解問：「什麼意思？」

聶寧重整衣襟，肅立站直，露出一貫執事特屬專業笑靨，回答：「由『詐欺』而起的人生，自該由『詐欺』結束，在贖罪之後，用欺騙讓原本各自天涯一盤散沙的家人，再度凝聚重逢，只要用對地方，欺騙何嘗不能帶來好的結果？我想這是老爺在人生終幕時，最後領悟的那一點豁然。

為了讓這最後最華麗的『詐欺』可以圓滿功成，才不主動親近家人，老爺一定常常在暗處摀著嘴強忍著竊笑吧？『啊啊，不行，我不能笑出聲，真期待看到這群熊孩子發覺上當受騙的神情啊！』

我想老爺在天之靈如果目睹了諸位如今的表情，諒必會很開心，他最後一次的『詐欺』成功了，而且這次沒有任何人遭受傷害，老爺並不孤獨，因為少爺和小姐你們始終在老爺的心裡盤踞著啊！」

話鋒一頓，聶寧鞠躬致歉：「身為執事本不該妄自揣測上意，唯獨此番，請恕在下僭越了。」

「呵。」錢雰竟忍不住伸手摸了摸聶寧因鞠躬而俯低的頭，半露竊笑。「小鬼靈精……你說得對，我哥他不會感到孤獨的，一直和他生活在這排雲山莊的我最清楚不過了。」

霎時，錢雰眼中的聶寧似乎回到了小時候，那聰明調皮的頑童模樣。

聞言，錢璽風和馮綏美、錢詠晴、錢宥睿同時展露出如釋重負的神情，並輕聲回覆：「嗯。」

「所以連我也上當啦？」律師趙鎮伍故意自嘲。「錢董，演個戲都不忘拉我一起下水，未免太有義氣了吧？這『遺產』看來是無需本律師出場調解了啊……」

「哈哈，辛苦你了，趙律師。」錢雰笑回。

辜沉以掌遮嘴，低聲向律鳶花問道：「真的是像聶執事講的那樣嗎？或者錢教授才是對的？」

只見律鳶花淺淺一笑，輕聲傾訴：「天曉得，這我可推理不出來啊！」

喧騰了一整天的尋寶遺囑大作戰，帷幕緩緩落下，聶寧將堂門再開，照入晨曦滿盈，似光焰萬丈。

律鳶花則環顧四周壁畫，有感而發：「地藏成佛，地獄已空。你們看繪製在四面牆壁的鬼魂肖像，皆被上升後的地板給遮掩住了，此時此地再也沒有痛苦掙扎的冤魂厲鬼了。」

眾人相顧四壁後，各自感觸在心。

解謎告一段落，眾人相繼步出地獄堂。

相偕而行的律鳶花和辜沉剛出堂外，外頭搬運地藏王菩薩像的工人一時不慎將其手上寶珠脫落，滾至了兩人跟前，律鳶花用雙手勉強捧起整顆寶珠，一旁辜沉則將手做承接狀在下方後援。

「你知道這地藏王菩薩的寶珠有什麼涵意嗎？」律鳶花順勢發問。

辜沉回望著律鳶花臉龐，面有難色回答：「我哪知道，總不會是拿來和十殿閻羅打躲避球的吧？」

「不正經。」

「那我聽妳講總行了，有請律老師，不，律大師來開示！」

「好，乖乖聽課。正所謂『明珠照破鐵圍城，金錫震開地獄門』，所指便是地藏王菩薩隨身兩項法器，此珠稱謂甚多，有摩尼珠、明月珠、如意寶珠等名，可澄清污濁之水。」

「澄清污濁之水啊……？」宰沉眼珠轉了轉後，向律鳶花道：「那可以解開陰霾籠罩謎團的偵探，不也和這寶珠相似？難怪妳也像這顆可澄清污濁之水的如意寶珠一樣，光可鑑人啊！」

突如其來的讚美，令律鳶花臉頰一紅雙手一鬆，寶珠霎時落下。

宰沉趕緊雙手收攏接住寶珠，卻難掩慌亂：「哇，妳幹嘛突然鬆手啊？」

「沒、沒事。手痠了……」律鳶花隨口搪塞。

將寶珠交還給工程行人員後，兩人遂往山莊歸途而去。

而在地獄堂外隱密一隅，錢宥睿將錢霑遺留下的信件內容和一部分的捐款證明以及資助受害者的相片全用手機拍了下來，並藉由通訊軟體遞送給了仍在彼端辛勤工作的父親錢灝昆。

守候了片刻後，魚雁歸返，所攜帶來的並非字句，而是一個貼圖，一隻逗趣的柴犬開口吼著：

「啊，不就好棒棒！」

錢宥睿看完後，悶哼一聲，半帶欣喜半帶蔑笑低語：「傻瓜老爸！這張貼圖不是這樣用的啦。」

正當錢宥睿準備關掉手機螢幕時，忽然新訊又至。

「辛苦你了。」

「嘖，背負著那些沉重的東西一路走來，眞正辛苦的人是你們才對。」這段回覆，錢宥睿並未付諸文字回傳，只輕輕在口齒間呢喃，寄予微風，翳入天際無蹤。

9

敲門聲，輕扣數響。

「我是聶寧。」

「請進。」

在地獄堂的解謎落幕後，眾人各自回房收拾行李準備稍後告辭離去。然而，聶寧卻在不久後出現在了某間房門外，此舉，意外吸引了一名男人於暗處窺視，且腦袋中運轉著各種不祥的假想畫面。

躡手躡腳挨近了房門後，男人將耳朵緊貼在門上，暗忖著：「可惡，那個像極了帝王級牛郎的臭管家，該不會是藉口什麼客房服務，故意來製造和偵探小姐的單獨相處機會吧？」

房間內，律鳶花的相關物品已整理妥善全數放入了行李箱中，行李箱橫躺在床上，她則坐在床沿。半舉起纖細手腕上的錶面向聶寧示意：

「來得眞快，離我撥打內線電話請你來此，只過了一分半鐘而已。」

「哪裡，只是在下正好在附近徘徊罷了。」聶寧以一貫微笑回應。「不知道鳶花小姐喚我來此，有何要事？請儘管吩咐。」

律鳶花倏忽間站起身來，一手伸出冷然道：「我邀請你，來聆聽我的推理。」

聶寧聞言，一絲驚疑閃逝，但隨即恢復了沉穩神態，一派從容。「哦，遺囑之謎已解，莫非在這排雲山莊中還有未解的謎團？」

「嚴格來講，說是謎團和推理或許太誇大其辭了，不如說是我個人的猜想較爲貼切。」

「只邀請在下一人前來，看來這猜想和我有關？」

「是的。那麼……聶管家，你可願聽聽看？」

聶寧微笑依舊：「自當洗耳恭聽。請鳶花小姐，無須顧忌，儘管高談闊論。」

律鳶花頷首，然後彷彿在原本謎團的解答上再度增添了墨跡，在名為真相的黑板上翩躚落筆。

「首先，我要感謝聶管家你給我們的暗示！在DJ先生初次於地獄堂裡解謎，我出言指正時，你曾經說過這樣一段話『在下姓聶有三個耳朵，受震撼的程度可是一般人的一點五倍啊！』

我推估你早明瞭了無名師所留下的題字該如何解答，故利用了自己姓氏所擁有相同的疊字特性暗示了此點，而且除了你以外，錢翁也同樣解開了題字所蘊藏的謎底，所以才布下了掩蓋字的機關。」

聶寧回答：「請恕我不置可否。」

「無妨，那麼……接下來的猜想，一樣由我獨奏吧！」

一抹微笑不移，聶寧點頭默許，律鳶花在房內徐徐踱步如蝶輕舞，話語則隨著跫音和鳴而出：

「在錢翁深自懺悔並洗心革面後，盡了一切人脈和關係在茫茫人海中搜尋到了一個個受害者，給予補償和賠罪，然而並非每個遭受詐騙後的人都還能活著，有些人不幸被逼上了絕路，自戕輕生。

我料想或許某個受害者留下了遺孤，一個年齡很小的嬰孩，為了彌補罪愆，錢翁沒有選擇讓孩子待在育幼院，而是留在了身邊，且視如己出。並讓那孩子享受著優渥的生活，完善的教育，甚至打算培養他成為後補的接班人選之一？

難能可貴的是，錢翁對因詐欺間接迫害了其至親淪亡一事無任何隱瞞，年幼的孩子或許似懂非懂，長大後或許滿懷怨恨，或許曾經迷惑，或許曾經感謝養育恩情。

最終那孩子抉擇了出乎意料的一條路，從情同父子退至主僕關係的一條路，心甘情願侍奉著錢翁一家，成爲了統管著錢邸內部雜事，卻不過問任何財團經營事項的一名優秀管家。

第二次出國留學，除了增廣學識見聞，同時爲了迴避錢氏財團下屆繼承人的難題，盤算著待風波底定，方學成歸國。豈料，錢翁卻在這段時間中仙逝了，成爲了那孩子畢生遺憾。

不久後，在錢翁遺囑要求下，那孩子踏上了久違的排雲山莊，準備解開錢翁留下的謎團，當作遲來的一種祭奠。

在謎團雲開月明後，不知那孩子心裡頭可感到一絲寬慰？或者仍是積恨難消？

小女子一時心血來潮的無端猜想，不知又猜中了實情幾分？你怎麼看呢？聶管家……」

星眸流轉望向了聶寧雙眼，律鳶花似在等待著他親口吐實，然聶寧尚未開口，房門卻倏然被用力打開了，一條人影猛然竄了進來，嘶聲叫嚷著。

「哇，原來聶管家，你是被錢翁詐騙過的受害者家屬啊！那個孩子就是你吧？」

兩人定睛一看，魯莽的闖入者正是辜沉。

律鳶花不禁小露驚恐，她壓根沒想到門外竟有人在偷聽。反觀聶寧卻神態自若，好似早洞悉了辜沉一舉一動，只是不予以揭穿罷了。

「DJ先生，偷聽人家講話，可不是君子行徑喔！」律鳶花稍微板著臉譴責。

怕狡辯會招致反感，權衡下辜沉只好乖乖俯首認錯：「抱、抱歉，我剛好路過聽見有交談聲，一時好奇才會……眞的很對不起……以後不會再犯了，請原諒我。」

「還有進來前，要記得先敲門。」

「我、我知道了。」

「呵。」聶寧莞爾一笑，藉著勸解同時替自己排下後路撤退。「我想幸沉先生只是一時思慮不周並無惡意，請鳶花小姐寬宏大量不要放在心上。」

「咦，你竟然會幫我說話？」幸沉甚感驚訝。

「而且看來幸沉先生似乎有話要和鳶花小姐一談，既然推理告一段落，在下自不宜再打擾，該當就此告退。至於這番推理……」聶寧稍停頓後，欣然一笑。「我只能說不愧是名偵探，想像力格外豐富，很有趣的猜想。」

「是嘛……」知聶寧打算裝傻到底，律鳶花亦不再爲難。話鋒一轉，自桌上拿起一個信封。「最後我想請聶管家幫我一個忙，替我將這信封裡的卡片，送至一人手上。」

「哦，在下自當相助，不知是要轉交給哪位貴賓？」

恭敬接下了信封，聶管家行禮如儀轉身退出了房間，並將房門輕輕闔上。聶寧並未立即返回崗位，或前往送信，而是邁步往迴廊盡頭的窗戶走去，瞭望著窗外風日晴和，似終於卸下了某種桎梏。

房內，面對幸沉深深致歉，律鳶花出乎意料提出了一個要求：「要我原諒不難，因爲正巧我也想請DJ先生你幫我一個忙，不知意下如何？」

幸沉趕緊拍胸脯道：「不管上刀山還是下油鍋，既然是偵探小姐開口，這個忙我是幫定了！」

「那就叨擾了。」

「咦？」

10

山莊主邸前的人魚雕塑噴泉，流水潺潺，映照晴日波光粼粼，門口前的石板路上，一輛寶藍色的平價轎車停駐於此，辜沉坐在駕駛座上透過後照鏡，看著一齣離別戲碼上演。

門口處，律鳶花牽著行李箱向錢璽風和馮綏美夫婦告辭。

「眞的不坐我們的車一起回去嗎？」錢璽風關心問。

律鳶花搖搖頭：「不用了，我坐DJ先生的車回去就好，難得解開了心結，教授你們不如多培養一下家族間的感情，我想這也是錢翁所樂見的後續發展。」

馮綏美亦在旁勸道：「鳶花如此體貼，你可別辜負了她一番好意。」

「這……好吧！那妳一切小心，學校見。」

「好的，那教授和綏美姐，我就先走了，拜拜。」

揮手告別後，律鳶花將行李箱放入後座左側，自己則坐在右側。

車子緩緩駛離，自石板路往兩樘鐵藝大門而行，錢詠晴、錢宥睿則各自從樓上房間的窗戶目送車輛開遠，山莊大門口聶寧則代表了錢雰和錢氏一家，鞠躬恭送二人離開。

小鎭路上，車行悠悠，辜沉握著方向盤掙扎許久，最終依然忍不住好奇問：「偵探小姐，妳那封委託聶管家轉交的信究竟是要給誰的啊？」

本以爲律鳶花會敷衍帶過，豈料她竟爽快回答：「錢詠晴。」

「咦？給她的。」辜沉深感意外，畢竟錢詠晴似乎對解謎是最興趣缺缺的人。

「你知道為何錢詠晴要特別私下告訴我們，關於錢家的業障和過去嗎？」

「因為女人總愛談論八卦……？」辜沉搔搔頭，靈機一動。「啊，我懂了，一如某些動漫作品，都會安排負責講解設定的角色一樣，大概她很喜愛這種解說役的定位，所以才會跟我們講那些事。」

「這可不是動漫裡的世界啊。」律鳶花冷然吐槽。

「哈哈，說得也是。正所謂家醜不可外揚，那她到底為了什麼向我們開誠布公？」

雖是推測，但律鳶花語氣卻相當篤定，無一絲猶疑。「在見識了我破解遺囑的推理後，她希望藉助我們的力量替她找一個人。」

「莫非是……無名師？」

「沒錯，費心講解來龍去脈，除了取信於我們，更是為了讓我們瞭解事件全貌，以便釐清線索。可惜直到最後，她還是沒有鼓起足夠的勇氣開口。」

「但即使她沒開口，妳還是滿足了她那無聲的請求。信中所寫即是無名師的所在？」

「正是。」

辜沉望著山路上綠影橫斜，幾番思索卻想不透：「那妳怎麼知曉無名師人在哪裡？」

律鳶花向著中間的後照鏡秀出了地藏小鎮集章活動兌換品，仙人掌地藏的吊飾。「這吊飾是手工雕刻的木製品，且手法和百地藏如出一轍，我猜想是小鎮上觀光自治會的人請無名師製作的，畢竟無名師總還是需要收入維持生活。」

「所以信中是指點錢詠晴去找自治會的人詢問？」

「可以這麼說。」

「眞虧妳看得出雕刻手法的相似處。」

「礙於人情，我當過了一學期泉都大學手工雕刻社的掛名指導人。看久了，自然懂點門道。」

辜沉忽然噗哧一笑。

律鳶花疑問：「你在笑什麼呢？」

「我只是覺得無名師果然是喜歡錢詠晴的吧？否則早遠走他鄉了。又何必藕斷絲連，留下線索讓錢詠晴來找他？」

「大概吧？戀愛者的心理我不太懂。」律鳶花隨口回答。

爲了不讓律鳶花專美於前，辜沉輕咳兩聲，談論起了錢宥睿設下的推理測試一事，想威風威風。

「雖然這次我的推理稍微偏誤了一點，讓偵探小姐妳搶先解開謎題，不過我可也是解開了錢宥睿寄給我的挑戰信，通過了測驗，才成爲他委任的偵探對象喔！」

「哦？」熱衷推理的律鳶花，果然立刻上鉤了。「是什麼謎題，可以告訴我嗎？」

「那有什麼問題，我記憶猶新……」

辜沉旋即將研究室教授被襲擊一案的謎題，如實道來。「本偵探慧眼如炬，稍微用了點時間，便看穿了羅森塔爾教授襲擊案的眞相，順利破解謎題。畢竟三個嫌疑人中，一個叫『金』禕，一個叫希爾弗『silver』，一看就是陷阱選項啊。」

「所以你是用刪去法，找出兇手？」律鳶花語露質問。

辜沉急忙否認：「當然不是啊……」

「以常理來看，假如要嫁禍他人只要選擇金戒指或碎銀其一即可，兩個都用反而啓人疑竇。」

「所以金戒指和碎銀眞的是教授留下的訊息！但假如是複選題，也有可能是金禕和希爾弗聯手將教授給謀害……」

「然而題目明確指示襲擊者只有一名。」

一個響指，辜沉胸有成竹道：「那問題來了，教授到底是什麼意思呢？本偵探以睿智的頭腦思考，並經過縝密的推理後，想到羅森塔爾是一位化學教授對吧？提到化學，大部份人首先會聯想到什麼呢？煉金術？化學式？不，這些都太複雜了，作爲死前留言簡直跟用血手指畫下QR碼一樣鬼扯，於是我懂了，是在推理小說中的暗號常客『元素週期表』！」

律鳶花頷首：「沒錯，在元素週期表上，金的原子序數是『79』，而銀是『47』。」

辜沉右手四指輕拍著方向盤頂端，同聲附和著：「正是如此！是諧音，7947 的諧音是『妻，就是妻』，暗指襲擊者就是他的妻子！」

「一個漂亮的推理，而 7947 這四位數字，無疑也正是解鎖壓縮檔案的開啓密碼。」

「嗯，我解壓縮檔案後藉由裡頭的照片和文件明瞭了來龍去脈，然後立即回覆了錢宥睿，並正式受邀替他破解遺囑謎團。」辜沉一臉得意忘形，自吹自擂。「要是我認眞起來的話，大概可以更快破解謎題，都怪我忙著回覆臉書上聽眾的留言，所以只勉勉強強用了一半功力推理而已。」

豈料，律鳶花話鋒一轉劍指咽喉：「是啊，若DJ先生你有『認眞起來』的話，應該不難發現這謎題還有第二層涵意，等待解謎者參悟。或者該說這才是設計此謎者的初衷！」

「什麼，還有第二層？」忽然一個因驚詫而導致的失控蛇行後，車行軌跡重新拉回擺正。

雖身子隨車行左右搖晃了一下，但律鳶花依舊冷靜絲毫無一絲慌亂：「無論是教授名字羅森塔爾，抑或最後寄信人的署名Pygmalion，皆是和『期待效應』一詞相關。」

「我好像聽過，是一個心理學實驗。」

「沒錯，是由哈佛大學心理學教授羅伯．羅森塔爾（Robert Rosenthal）與傑柯布森（Jacobson）兩名學者在一九六八年的研究衍伸而出。他們挑選了兩組孩子分別爲實驗組和對照組，並告訴實驗組的孩子他們的智商較高，老師對他們寄予厚望，一年後，實驗組的孩子智商分數顯著提升。然而其實兩組孩子智商並無差異，皆是隨機選編。」

「只要給予正面的期待和激勵，即可收獲良好的成果嗎？」宰沉偏著頭略感疑惑。「我不懂錢宥睿究竟是想傳達什麼訊息？」

「『Pygmalion Effect』，期待效應的正式名稱，取名自希臘神話中一名叫畢馬龍的雕刻家，以象牙爲材質，在其鬼斧神工的手藝下雕刻出了一尊女神雕像，然後他愛上了親手刻畫出的女神，日以繼夜向她傾訴情衷，最終雕像幻化成了眞正的女神，擁有了生命。」

宰沉大膽假設，卻又自感有些荒誕不經：「難道說……他是希望我這名『偵探』會激勵他們，好讓他們成爲更好的人，像破繭而出的女神一樣？」

「更精準的說，他深感家中長期以來的不協調和疏離感，希望藉由這次尋寶讓原本形同陌路的一家人，可以不分彼此團結在一起。比起解開謎題，這才是他眞正發自內心的『委託』啊！」

「不，怎麼看我都不覺得錢宥睿他是這種善感的人啊？」

律鳶花卻語出驚人：「誰說這封信一定是錢宥睿寫的啊？」

「咦？」一直以來，作爲信件委託人和宰沉接觸的都是錢宥睿無誤，這回答令宰沉霎時傻了。但旋即一個名字浮上腦海，既陌生又熟悉。「難不成是……」

「錢灝昆，我想他的父親才是這封信眞正的創作者。」

「有道理。信的遣詞用字十分客氣，但錢宥睿卻有股公子哥的傲氣和蠻橫，確實判若兩人。但他既然想要家族團圓，爲何自己反而缺席了？」

「或許眞的是公司有事走不開，或許是近鄉情怯，這我可不知道了……」

忽焉，宰沉似領悟了什麼粲然一笑：「我倒是知道了爲何錢宥睿，對妳始終抱持著一份敵意？」

「哦，我猜應該是激將法吧？爲了讓我認眞推理……」律鳶花手撫下頷，眞誠回答。

「錯了！大錯特錯。」宰沉卻滿懷自信地打斷。

「那是爲了什麼？」

「妳不是說了嗎？錢灝昆希望『偵探』可以激勵錢氏一家人，帶來正面的反饋，而錢宥睿身爲我的忠實聽眾，自然在『異聞館』中知悉了『負極偵探』如雷貫耳的大名！深怕妳的負能量發作，將錢家人全嘲諷了一頓，自然是深深警戒，敵意滿滿了。」

「哦，倒有幾分道理。」律鳶花雖不悅，怎奈卻無從反駁。但豈可就此忍氣吞聲？「那麼爲了不愧對我『負極偵探』的鼎鼎大名，是不是該對某人好好說教一番呢！」

宰沉聞言急得大叫：「哇，千萬不要，算我投降了！還請負極偵探大人，嘴下留情啊。」

此時，律鳶花卻莞爾一笑：「哼，我才懶得嘴你。」

律鳶花再度舉目望向車窗外，和來時不同，向來雲霧深鎖的地藏小鎮似乎被偶然吹拂的風，排闥了層層霧霾，雲浪一翻似千堆雪捲成花，迎晴光輝映，共譜美景。

風鬟無語，在雲朵堆積處，中央若刻雕了一尊雲相地藏，雙掌合十，俯瞰著世間種種，眾生云云。

「盡日尋春不見春，芒鞋踏遍隴頭雲。歸來笑拈梅花嗅，春在枝頭已十分。」

回過頭來的律鳶花打開了行李箱，裡頭哪裡是什麼學生論文紙本，竟是一整套的阿嘉莎克莉絲蒂全集塞滿箱中。她隨意抽了一本來看，畢竟這兩日忙著解謎，書可是一頁都來不及翻。

她盤算著在抵達前，或許還可看上兩三本書。

泉都大學站出口
佐黑象牙咖啡

1

「職業是軍人。」

「哦?」她將視線焦點轉移至捷運一號出口處，剛走出來的年輕男人身上，輕便的黑帽T加上淺藍牛仔長褲，一雙黑皮靴彰顯出獨特的時尚感，反戴的藍鴨舌帽可清楚看出髮型理的是平頭。

側揹的運動背包拉鍊似乎沒關緊，隱約露出了一個透明塑膠袋包裝的白色物品，疑似面紙或棉絮?年輕男人神情如釋重負，不停講著手機，臉上堆滿笑容猶如今日天氣般豔陽高照，風輕日暖。

「如何?有把握能推理出我的推理嗎?」于筱熙右手支頤，看著同桌的律鳶花微笑發問。

她一頭正流行的波浪大捲挑染著酒紅帶橘的髮色，在陽光照耀下，愈顯亮麗。黑色短裙加上黑絲質膝上襪，兩者露出的一截雪白大腿，在御宅族用語中被尊稱爲「絕對領域」。

上半身的水藍色開胸衣，更將玲瓏有致的身材表露無遺，領口處還掛著一副名牌墨鏡。在閨蜜三人中，她穿著打扮一向最豪放大膽，除了天生秉性如此外，全職直播主的身分亦是理由之一。

暴露的穿衣哲學，一直是女直播主聚集人氣的不二法門。

「要獨領風騷，首先要打扮得風騷!」是于筱熙常掛在嘴邊奉爲圭臬的一句生意經。

而同桌的律鳶花雖同樣標緻如出水芙蓉，但一身衣飾卻相當樸素簡潔，一件深綠吊帶長裙內搭一件棉質短袖白上衣和一雙平價布鞋，草草了事。

「有些眉目，但總覺得不足……」律鳶花手裡還拿著本書在看，在這例行的推理對決中，她慣來游刃有餘，可是此番似乎出師不利，一上來便遭遇了難題。「熙熙，妳該不會僅憑他理的是『平頭』加上『假日時放假的開心表情』，便一口斷定他的職業是軍人吧？」

「不，我的推理軌跡更加明確喔！嘿嘿，如何啊，名偵探要投降了嗎？」

「唉……時限將至，我認栽了。請爲我解答吧！」

「好，聽清楚了。」于筱熙將手機鏡頭轉向那名男人駐足身影，並開始解說。「仔細看，不難發覺他的皮靴鞋面擦得十分光亮，在豔陽下整個閃閃發光對吧？」

「確實異常光亮，我也注意到了，但難道不是因爲他有潔癖或酷愛皮靴之類的私人原因嗎？」

「小尾，妳錯了。他會將皮靴擦得如鏡子般光亮，是因爲長期以來養成的習慣！」

小尾，是律鳶花在閨蜜間的專屬暱稱。

「習慣？莫非是軍人才會有的習慣？」

「答對了！鬼島軍人的三項特技，方正如豆腐般的摺棉被、練到滿級的掃地技能、亮到可以檢查儀容的軍靴鞋面。」

「有這種事？」

「妳不知道吧？正所謂棉被不是用來蓋的，是用來摺的！地面不是用來走的，是用來掃的！軍靴不是用來穿的，是用來擦的！以上情報，皆來自我那個當了四年志願役的前男友，童叟無欺。」

看于筱熙一鼓作氣浩浩蕩蕩將這些訊息一口氣講完，律鳶花亦深自感佩，但對這番推理仍尚未徹底認同。「但一般人也並非沒可能將靴子表面擦得如此光亮吧？」

此時，于筱熙自信滿滿道：「嘿嘿，還有一個決定性的要素！」

「哦，願聞高見。」

「妳看見了他那半開拉鍊的背包中，若隱若現一包像棉絮般的白色物體了嗎？若我猜得沒錯，那是化妝棉。」

「化妝棉？」一向博學多聞涉獵甚廣的律鳶花，難能可貴露出了一頭霧水的表情。

于筱熙興奮地搖晃著食指，得意笑道：「在軍靴表面塗抹上鞋油後，再用化妝棉沾水不斷劃圈，將鞋油推開，正是軍中世代相傳獨有的擦鞋手法，不過在退伍後，往往不會如此大費周章。」

「所以會這麼做的，只有正在服役中的阿兵哥。」

「賓果！」于筱熙目送那男子身影消失在人群熙攘中，然後回望律鳶花。「怎樣？我這一番華麗麗的推理，妳可服氣啊？」

律鳶花頷首：「甘拜下風。對於軍旅方面的知識，我確實一竅不通呢！」

「哇，沒想到這一次的『路人推理對決』，第一分竟然是由熙熙拿下！太不可思議了。」

綁著蓬鬆包頭的成語晨，圍著一件上頭印著「阿拉蕾胖卡咖啡」七個字的橘黃色調圍裙，拿著托盤替兩人送上咖啡。

于筱熙、成語晨和律鳶花三人是自國中時即認識的好閨蜜，情同姐妹，高中雖分道揚鑣了一陣子但仍積極保持聯繫，因緣際會下在泉都大學裡又再度重逢，再續同窗情誼。

畢業後，于筱熙換了幾份工作如行政人員、收銀員和保險業務等，後來搭上潮流當起了直播主，憑藉著出色外表和犀利言談，累積了相當人氣且收入不錯。

理工系出身的成語晨，在學長牽線下，一畢業即進入知名科技公司裡當輪班星人，年薪上看百萬，賺了幾年後，有感於日夜顛倒生活乏味，毅然決然離職。然後將全部積蓄投入開店，經營著一家或者該說是一輛行動咖啡車，更爲貼切。

目前三人正聚首在成語晨經營的行動咖啡車「阿拉蕾胖卡咖啡」擺設的地點處，三張圓桌錯落在胖卡側邊，而律鳶花和于筱熙則佔據了其中一桌。

當然是合法擺攤，但租期只限每個週六，且僅止爲期一個月。下個月便會改換不同的攤販進駐，月月替換，據傳這是泉都大學爲了增添校園景致變化感的實驗性政策。

期限雖短，但擺攤處正對著捷運出口，極富宣傳效果，故依然讓各家攤商趨之若鶩，爭相申請。

「嘿嘿，『囂張沒落魄的久』啦！看來名偵探殞落之日就在今天了，敗在我熙熙大人手裡，妳也該瞑目了。」于筱熙半帶著嬉鬧朝律鳶花嗆聲，指向她的食指上美甲彩鑽正綻放著晶芒。

「不急，才剛開始。」律鳶花翻過一頁手中的書，神態從容。「輪到我出題了。」

「放馬過來，本正妹一律通殺。」

捷運一號出口，行人如雨後春筍般自階梯處不斷冒出，如一道道謎題鯉躍而上，看誰明察秋毫？

「剛看完電影。」

「我懂了，是外套、空紙袋。正值暑熱，那名少女卻緊緊穿著外套，表示剛自氣溫很冷的環境中離開。手裡捏著的空紙袋是長條狀，之前很可能是裝塡類似吉拿棒的食物，兩者皆符合看電影的人所擁有的要素，且據我所知在泉都大學站的上一站附近，正好有間新影院開幕不久。」

「裡頭沒有嬰兒。」

「嬰兒車的置物籃裡探出頭的八成是拾便夾，而推車橫桿上懸掛的紅白塑膠袋裡放的圓形物體則是飛盤。確實並非嬰孩，而是類似博美一類的小型犬。加上她一身運動套裝的打扮，理當是要去校園內的草坪上和愛犬玩丟飛盤。」

兩人一來一往，輪流出謎答題，爾虞我詐，互不相讓。

所謂的「路人推理對決」，是律鳶花和于筱熙兩位閨蜜間行之有年的小小遊戲。

簡略規則如下：

(1)推理出某一個路人的某個結果，讓對方講出推理過程，時限1分鐘。

(2)認同，對方得一分。不認同，講出自己推理過程，對方認同，失一分。（可爭論）

(3)若相執不下，可直接問路人正確答案。（如果人未走遠）

(4)縱然勝負已分，一樣要比完各自十題，最後一題可加碼特殊獎懲！

距離上次對決，相隔數月之遙，此番再啓戰端，兩人皆卯足了勁力求勝利。

而且這一次和以往不同，兩人推理對決，正由于筱熙的手機全程直播至網路平台上，所以她更是志在必得！

2

車體由月牙白和玫瑰粉紅兩色系墨繪而成，上半似雪下半如焰，側身「阿拉蕾咖啡」五個字以極具設計感的獨特字型，放肆揮灑其上，似飛機翱空時凝結尾跡所劃雲字，走筆矯捷獨樹一幟。底下則以較小字體工整撰寫了英文譯名，增添幾許異國風情。

而店鋪圖徽，則是猶如草莓霜淇淋般一大一小緊緊依偎的螺旋狀粉紅體，下頭各插著根細木棍，靈感由來不言可喻，且和店名可謂相得益彰。

將一杯外帶的麝香貓咖啡，遞給客人後，擔任店員的成恩承將視線移回了正在推理對決的兩人。

今年剛從四仙大學金融管理系畢業的他，因爲還在投遞履歷等候面試機會，所以趁著假日閒暇時，來到其親姐成語晨經營的行動咖啡車店鋪打工，好自食其力賺取一些生活費和零用錢。

「我要煮咖啡，熙熙和小尾的戰情積分，就拜託你記一下囉，老弟！」成語晨一面嫻熟地將咖啡豆倒入器具中，一面交代事項。「對了，可以用黑板，沒關係。」

「知道了，眞是愛使喚人的老姐。」

成恩承走至胖卡前擺放的兩面黑板，前面寫著今日特價的菜單，後面則是空白。

他用手中粉筆在黑板背面，劃了一條豎線，一邊頂端寫著「尾」字，一邊頂端寫著「熙」字，然後以正字計數，先補上前面兩人各自得分並持續關注著戰況如何演變。

當然主要任務還是負責招呼客人。

一轉眼，又輪回了于筱熙出題。

「兩人關係是情侶。」

律鳶花自書山墨瀑中抬頭並舉目望去，端詳著眼前不遠處的一對年輕男女走來。

深受兩人推理對決刺激的成恩承，自然而然有種躍躍欲試的念頭產生，「或許我也能推理出來？」一旦動了此念，莫名其妙的自信頓時如岩漿噴湧而出，勢要將一切疑難懸謎全數吞噬。

於是他雙目如炬上下打量著目標，在內心暗自剖析：「兩人穿著同款式的深紫T恤，女的前面印著白色數字3，男的則是白色數字9，若是情侶裝那麼數字應該一樣才是？莫非跟上衣無關？」

女子下面穿著件蛋糕短裙，男子是七分褲，同樣是白色。

服裝的色調搭配上相似性倒是很高，假如並非情侶裝，那麼該是某種團體服？

「我看穿了！」成恩承倏地眼神一亮似烈焰熾盛，將目光定格在男子手上所提紙袋，袋面上以白底黑字寫著CHANEL，知名女性服飾品牌。「男的應該是陪著女朋友出來逛街壓馬路，順便充當提戰利品的工具人和付錢的提款機。沒錯，必是如此，既合情又合理，我的推理肯定正確！」

在心中推論完畢後，成恩承將視線轉往律鳶花身上希望由她嘴裡吐露話語，來證實自己絞盡腦汁的推理，正確無誤。

豈料，律鳶花的回答卻推翻了他打一開始所推論的根基。

「很明顯的情侶裝，不是嗎？」律鳶花一臉冷然回答。

咦？不對吧？正確的推理軌跡，理當是那只寫著CHANEL的提袋才對，成恩承無聲吶喊著。

于筱熙盈盈笑問：「哦，難道不是別的東西嗎？譬如提袋之類的？」

此問恰巧點中成恩承的腹裡疑惑，然律鳶花翻了一頁書過去並輕描淡寫回道：「確實，乍看之下，很符合男友替女友提著東西逛街的情境。但依本地的風土民情來看，即使是一般女性友人，男人仍然會替其提拿物品，展露溫柔體貼的一面，這並不罕見。兩者也有可能是兄妹、姐弟或其他親屬關係，單以幫拿提袋便認定兩人爲情侶，未免太武斷了。」

「那、那爲什麼是情侶裝？」始終保持緘默旁觀的成恩承，總算忍不住出聲了。「他們兩人T恤上的數字根本不一樣，不是嗎？」

「沒錯，一般而言，情侶裝的既定印象應該是兩者一模一樣，但並非不能有所變化，『互相呼應』的設計亦不在少數。正如眼前的數字3、9即是一例，明眼人一看便知兩人關係。」

見成恩承一臉茫然如陷五里霧中，律鳶花不假思索接著解釋：「『假如妳是3，我便是9，因爲我除了妳還是妳。』構築在『9除以3，等於3』的算式上，同時蘊涵了語法轉換。T恤上的數字，即是暗藏了這一段經典情話。若非情侶，何以爲是？」

咦？成恩承不禁心軀皆感一震，本以爲是否定兩人關係的依據，反倒成了確認兩人關係的鐵證。必須要見微而知著的路人推理對決，看似順藤可以摸瓜，奈何歧路終歸亡羊，實不若所想簡單。

「哼哼，我還以爲沒啥戀愛經驗的妳會推理不出這條軌跡，莫非有人對妳用過這個撩妹金句？」于筱熙半帶嬉鬧探問。「小尾，給我從實招來！」

「只是在被諮詢戀愛煩惱時，從學生口中聽過罷了。」律鳶花心如止水回答。

「什麼嘛，太快摧毀我的妄想了啦！」于筱熙嘟嘴抱怨著。

須臾，那對男女在咖啡攤車前轉角而去，原來兩人T恤背後還有印字，女方寫著「不缺工具人」，男方則是「專治公主病」，十個白字，在戲謔中將小倆口情侶關係表露無遺。

遙望著兩人背影漸去，成恩承一時呆若木雞，腦中想著看來自己的推理著實還太嫩了些。

然後拿起粉筆，在黑板頂端寫著尾字的那一側，加上了一橫。

乘著煮咖啡和招呼客人的空檔中，成語晨將雙肘靠在攤車吧檯上，往外探出身子。

「欸，只要旁觀計分就好，可別暗暗和那兩個推理怪胎較起勁來，小心入了圈套，落了陷阱，被偷偷感染成熱愛推理的怪咖喔！要聽姐姐的話，知道了嗎？我此刻還算正常人的老姐啊。」

「剛才只是隨口問一下啦，我又不是推理迷，不用擔心我。煮好妳的咖啡就好，客人來了。」

嘴硬的成恩承藉由新來的客人轉移焦點，隨口敷衍過去。

將兩杯鼬鼠咖啡包裝好遞給來客後，成語晨隨性盼顧著攤車外來往的人潮，雖然很多行人手裡抓著瓶裝飲料，但所幸似乎並不影響咖啡銷量，剛才的客人同樣拿著保特瓶，卻還是買了咖啡。

而有些人的保特瓶看似空了，但在路經轉角處的垃圾桶時卻不丟棄，而且不只一個，此反常舉止令成語晨略感疑問，莫非都是打著拿空瓶到校內飲水機裝免費水來喝的算盤？

「糟糕，要是在胡思亂想這些下去，我豈不是也要陷入推理的深淵中了？好險，好險，差點著了小尾的道，中了熙熙的邪。今日正逢泉都大學社團博覽會和某些活動舉辦，難得人潮絡繹不絕，我可要把握機會大賺一筆才對！」

成語晨雙掌拍了拍臉頰提振精神，然後握拳在胸前往下輕揮似擂鼓一響，低頭啞喊了聲加油。

抬頭後望向胖卡前方，再度熱情招呼著來客。

「我要一杯果子狸咖啡，外帶。」

「好，馬上來。」

3

一則則即時留言和貼圖如鐵騎橫掃平原，舊跡尚未看清，轉瞬遭新的蹄印覆蓋，其勢浩浩蕩蕩前仆後繼，字雖無聲卻感喧鬧，皆為了眼前屏幕中噱頭十足的雙姝推理對決而敲鍵疾書。

「Woohoo，來喔，刷一整排火箭，刷一整排愛心！熙熙『底加啦』！」于筱熙朝手機鏡頭吶喊著。

早知悉了于筱熙要將這場闊別已久的路人推理對決搬上直播，博取關注和贈禮，故律鳶花和成語晨對她此刻激勵買氣的叫賣口吻不疑有他，但事實真相真有如此簡單？

理應以「推理」當作賣點的直播畫面上卻顯示出一排橫向字卡：

「擊潰名偵探，惡整閨蜜大作戰！」

而忙著招攬客人烹煮咖啡的成語晨，以及埋首於書本和眼前行人上的律鳶花，自是渾然未覺。

原來打一開始于筱熙是真心要以推理對決來吸引眼球，但思慮再三後，以直播圈的市場取向來看，若結合了「整人」這一胡鬧瞎搞的元素，似乎更有看頭，於是便暗中將直播主題偷天換日。

整體計畫概略如下：

以日新一千聘請臨時路人十名，設計極嚴苛的推理軌跡並依腳本替他們裝扮。

→在推理對決中以這十人來出題，累積出題勝利數。

→一開始藉由控制答題對錯，來讓戰況呈現出拉鋸的假象。

→中間幾人加深推理難度，好在出題時令律鳶花回答全軍覆沒，拉開差距。

→答題時故意答錯，讓律鳶花追上。

→最後來個反殺，徹底擊潰律鳶花，創造兩人推理對決間之首勝！

→揭露整人眞相，直播漂亮落幕。

一抹竊笑隨著通盤計畫重溫於腦海而浮現在于筱熙臉上，卻巧妙地藏木於林佯裝作職業笑容予以掩飾，可謂毫無破綻，縱然是洞若觀火的盛唐神探狄仁傑再世，亦未必能瞧出端倪。

律鳶花當然也無法從于筱熙神情中察知異狀，但她有一個舉動卻讓律鳶花起了疑心，偶爾自書本上端空隙不經意窺探而出的目光，照落在于筱熙掌中直播用的手機上，是哪裡出了問題？

手機鏡頭偏移，再度捕抓了某位行人入鏡，此時輪到于筱熙出題。

她假裝認眞觀察了一番後，以早設計好的答案滿懷自信道出：「口罩下擦了口紅。」

該名行人，一身瑜珈服套裝加上斜揹了個圓筒運動包，頭戴漁夫帽臉上掛著口罩，腳上那雙名牌慢跑鞋還新得閃閃發亮，怎麼看都像是要去健身房的樣子，這樣的她爲何會畫上口紅？

不只是站在黑板旁負責計數的成恩承滿臉疑惑，連律鳶花都再次陷入了一籌莫展的境況中，她隱約感覺到今日的路人推理對決特別棘手，似乎覷準了她的知識漏洞展開了猛攻，令她難以招架。

「嘿嘿，如何啊？一向素顏至上的小尾，果然對和妝容有關的題目感到格外苦惱！」于筱熙在心中不禁沾沾自喜，精心設計的十道題目雖被破解了幾個，但其中確實有讓律鳶花束手無策的命題存在著。「妳的麗質天生，正是妳此刻推理窒礙難行的敗因所在啊！」

「啊，那個眼影……」剛好消耗完來客後的成語晨，趁著空擋瞥向該名行人，登時不假思索脫口而出。隨即驚覺說錯了話，干擾了賽局，趕緊摀住了嘴不敢再出聲。

于筱熙一個變臉，雪頸平轉，幽怨眼神望向了攤車內的成語晨：「語晨，『觀棋不語眞君子，妳安捏甘「人丈夫」？』」[1]

被夾雜著台語和日語用法的碎念質問的成語晨，只得撐開一雙泫然欲泣的水汪汪大眼懇求原諒。然而依舊領悟不了的律鳶花，極其罕見地再度投降：「別怪語晨了，眼影一詞並不影響勝負，這題我答不上來。」

成語晨驚詫道：「小尾今天的狀況眞差，熙熙問的五題裡，竟有兩題回答不出來？在我記憶裡，幾乎沒發生過這種事，是不是流年不利？忘了安太歲？還是水星逆行？」

律鳶花依舊冷語回答：「都不是，只是剛好遇上了我不懂的領域。」

于筱熙滿臉得意喜形於色，將直播鏡頭轉向自己，然後用手指比出手槍對準了律鳶花，並擊發了一枚空氣子彈，象徵得分獲取一勝。「嘣！好，讓熙熙大人我來開示一下！」

「請指教。」

「小尾妳雖然幾乎不化妝，但應該還是看得出來那個人有畫眼影吧？」

---

[1] 註：妳這樣提示沒問題嗎？

律鳶花點點頭：「我有注意到，但對於眼影和口紅間的關聯性，我一點也構築不了兩者間邏輯推理的橋樑。總不會存在某個上妝潛規則，是畫了眼影後也一定要畫口紅吧？」

「當然沒有。不過她的眼影並非純正的眼影……」于筱熙露出一抹莫測微笑。

「我還是不懂。」

短暫閉上雙眼，律鳶花不禁偏著頭輕嘆。

知悉關竅的成語晨忍不住直抒眞相，插嘴道：「那個女人的眼影是用口紅畫的！」

「正確答案。」于筱熙一個鼓掌喝采。

此答案一出，不僅是律鳶花感到費解，一旁的成恩承更是一臉困惑加驚恐：「口紅可以畫眼影？」

于筱熙解釋道：「口紅，不但可以替代眼影，連腮紅都行。換句話說，一支口紅便可上了全妝。」

「我明白了，既然用了口紅畫了眼影，自然會順便塗上嘴唇。」律鳶花順著脈絡推論。「但爲何妳們可以一眼看出她的眼影是口紅畫的？而非是一般眼影？」

「G牌的口紅，色號 1314。」

「正式色調名稱：太妃糖拿鐵特調。」

于筱熙、成語晨一前一後接力將口紅來歷道出，成語晨還特地衝出攤車和于筱熙來了個女人間的友情擊掌！原來在律鳶花忙於處理委託事件解謎時，被拋下的兩人常結伴逛遍各大化妝品牌專櫃，對各式各樣琳瑯滿目的美妝產品，皆瞭若指掌如數家珍。

「咦？」成恩承瞠目結舌不敢置信。「這是什麼鬼一般的觀察力？太規格外了吧？」

律鳶花重整情緒，冷靜下了註解：「看來一般女性，似乎都可以一眼看出來呢！是我太奇怪了。」

成恩承瞪大了眼睛，在心中無聲嘶吼著：「不，奇怪的人是她們兩個吧！可以憑微妙的顏色差異一眼看出口紅型號，根本不是一般人做得到的啊？雖然妳也很奇怪這點是沒錯啦……」

「輪到我出題了。順便讓我確認一件事吧？」屈居下風的律鳶花並未氣餒，反倒如一口緩慢出鞘的利劍，鋒芒漸露。

什麼事？于筱熙的疑問尚未出口，律鳶花的謎題已然展開。

律鳶花瞥向一名扛著鋁梯頭頂工程塑膠帽盔，穿著白背心和藍牛仔褲徐行橫越眼前的男子，眼神略加停頓後，將推理後的最終答案娓娓道來，但這個答案卻看似和眼前人毫無關係？

「他的臉，不會出現在這場直播畫面中。」

莫名其妙的結論，令成家姐弟丈二金剛摸不著頭腦，但于筱熙卻露出了一臉驚慌相望無語。未反駁的緘默，無疑闡釋了一件事，于筱熙她認同了律鳶花的推理，懂了律鳶花此刻的弦外之音。

在律鳶花臉上倏然蕩漾了淺淺微笑：「這題是我輸了。小恩，請匯報一下目前的戰情好嗎？」

「喔，沒問題。」成恩承雖不懂此番律鳶花爲何自認吞敗，但雙方既無異議便如實計下勝負數字，兩人各出了五題，黑板上在熙字下劃了一個正字加上一橫一豎，尾字下則是一橫一豎一短橫。「如今戰況是筱熙姐答對了五題，鳶花姐答對了三題答錯了兩題，所以比數是7：3。」

「四題差距啊，看來該是我奮力追趕的時候了！」

一直盤據在律鳶花掌中的書本驟然闔上。

猶如將反擊號角，吹響了。

4

胖子推了下快滑落的鏡框，雙目炯炯有神緊盯著電腦螢幕裡的直播畫面。

咬了一口的雞排在紙袋中漸漸失溫，喝了一口的珍珠奶茶冷汗圍著杯底聚流成護城河，兩者相依為伴被遺落在桌上滑鼠墊旁不遠處，只因眼前推理決戰激烈地令人無法轉移焦點。

一腔莫名熱血好似被點燃了！

「啊～啊～本肥宅血管裡的三酸甘油酯忍不住熊熊燃燒著啊！『熙尾之戰』，太熱血啦！」

將留言輸出後，胖子順手又打賞了一個虛擬禮物給直播主于筱熙。

胖子瞧著螢幕自言自語：「小尾一下了就將差距拉成了7：5，還真厲害，但是依照熙熙宣告的整人計畫，目前正在『假裝』被追上的階段吧？再來就要反殺一波了，熙熙神情有夠慌張，演技不輸奧斯卡金像獎影后，應該是演的吧……？」

直播畫面中，于筱熙將一名行人全身捕捉入鏡並宣言了推理後的結論。

豈料，律鳶花旋即以環環相扣的推理，推導至同樣答案，但推論過程相較前幾題稍顯冗長了點。

「哇，又被破解了？可是熙熙的表情怎麼怪怪的？」

正當胖子疑惑時，畫面上留言群眾紛紛提出了各種看法和見解剖析著戰局。

「感覺小尾的『推理路徑』是不是和熙熙不一樣啊？」

「但推論得很合理，即使路徑不同也無所謂吧？看熙熙都沒反駁。」

「對啊，這種推理不見得只有唯一解吧？」

「熙熙的整人計劃還行嗎？」

「小尾好強，現在出題藏得好深，熙熙都答不上來了。」

「我妹在泉都大學讀書，聽她說小尾在學校是很有名的業餘偵探喔，曾經有電台DJ來採訪。」

「熙熙加油！打倒名偵探。」

胖子一面看著畫面上各種觀眾留言，一面關注著兩人推理對決。「熙熙，難道真的要陰溝裡翻船，苦吞敗果了嗎？」不由得擔心了起來。

此時油膩血管一個阻塞，心悸襲來，手抓向胸口的胖子在生死兩極間遊走，登時領悟了些什麼？

「我想通了！」喝了口全糖珍奶壓驚後，胖子暫且無恙。「一定是電視綜藝節目最愛弄的那種『雙重整人』套路，假裝是要整『小尾』，實際上是要整『我們這些觀眾』！讓我們以為整人計畫瀕臨失敗，正搖搖欲墜，實際上兩個閨蜜心中暗自竊喜著『計畫通』！沒錯，一定是這樣。」

胖子將兩人合謀的臆測逐字打上準備按下輸出鍵時，又心念一轉將字逐個往前刪除，看留言區似乎尚無觀眾提出此種觀點。胖子不想一語道破，一種凌駕他人的優越感油然而生，只有他看透了，原來當個洞燭機先的智計家是這等愉快，怎捨得輕易共享？

胖子呵呵笑著：「推理，真是太有趣了。」

然後拿起了半冷雞排咬了一大口，一臉滿足神情。

少女，是名剛升上高二的女學生，知悉了學校附近的泉都大學在本週六舉辦了社團博覽會和各種迎新活動所以特地盛裝參加，她鎖定的是由動漫社舉行的角色扮演 cosplay 比賽，奪冠者可得獎金。

順道一提，她裝扮的人物正是近期爆紅的《鬼滅之刃》女主角竈門禰豆子，除了一身和服外，最明顯特點即是嘴裡咬著的一截碧綠竹筒。

「嗚~追號三偶（嘴好酸喔）。」旁人看少女時不時發出嗚咽，只因咬著竹筒語焉不詳。

爲了貼補治裝費，她在打工網上接了個莫名其妙的詭異臨時工，當作落選拿不到獎金時的備案。雖然工作內容很怪，但薪資頗豐，只要著指定服裝路過某個地點即可領取日薪一千。

而聘請她的人正是于筱熙，本來替少女安排了別的服裝和設定，但看到她盛裝出現後隨即改變主意讓她以這副裝扮現身，同時臨機應變設想了嶄新推理點以及路徑。

因爲于筱熙大膽推測律鳶花對動漫人物並不熟悉，尤其是非推理類的作品。

「啊，我被安排是第八個路過的人，不知道現在輸贏如何？」少女在心裡琢磨著。「那個大姐姐跟我講她對於我的推理結果是『正咬著竹筒』。因爲遠距離觀測下很難看出竹筒是咬著或貼在嘴前，且一般而言 coser，不會如此自虐都只是裝個樣子。然後推理路徑是啥……我忘了……」

眼睛餘光瞥見了那輛咖啡胖卡的身影晃過後，少女手掌輕壓胸口呼了一聲，又嚥了口唾液，心想總算在沒有露出不自然的破綻下，順利達成了被賦予的任務，眞是太好了。

「對了，雖然被交代不要將視線望向咖啡攤車那邊，但用手機看下直播可以吧？反正越走越遠了，只餘背影相對，應當看不出異樣才是？」

難以抑制好奇心的少女自後背包中取出手機，搜尋了于筱熙的直播頻道。

剛好瞧見了自己 cosplay 成禰豆子的身影出現在畫面中，不禁有些興奮：「喔喔，我眞上鏡雖然只是背影啦，可惜沒開美顏濾鏡，要不然會更仙氣飄飄一些。即時觀看人數破 3,000 了，好厲害！」

少女低垂著頭看直播畫面上的留言刷過，咬著的竹筒絲毫沒有掉落跡象，然後彌豆子在人群熙攘中終於隨著距離漸行漸遠，變得如豆子般渺小了。

「很簡單，剛才那名少女經過時隱約可看到她有吞嚥唾液的不自然動作，雖遠望時並不明顯但近看一目瞭然，而且並非一兩次而已，這正是因爲她『張口咬著竹筒』所以口水容易流出，爲了避免此事，才會有頻繁吞嚥唾液的情形發生。」

律鳶花自信分析著眼前謎題，她心知這並非于筱熙的推理路徑，但此解法卻合情合理，無懈可擊。

「原來如此，眞是觀察入微。因爲咬著竹筒，所以那名少女吞嚥口水的動作確實有些誇大。」成恩承再度揮筆記下分數，差距來到了7：8，一直處於領先的于筱熙終於被反超了！

「哇！小尾，妳逆轉了！」成語晨盤著雙臂，雀躍地點點頭。「總算回到了我熟悉的比賽情況了，害我差一點以爲今天會下紅雨呢！看來氣象預報沒有騙人，不用趕回家收衣服了。」

居於劣勢的于筱熙臉上一陣青一陣白，暗忖著：

「可惡，臭小尾從第6回合開始根本就不是在認眞『推理』，而是在『編故事』，可是編得又挺合理，讓我無法駁論。

什麼從高跟鞋扯到職業是空姐，又扯到當小三介入戀情，再轉回解釋了爲何『兩腿絲襪不一樣』；什麼眼球朝左上飄在回憶過去，然後扯到點的咖啡要了兩個奶油球，最後證明了『家裡有養貓』；什麼吞嚥唾液的本能反應，所以張著嘴證實了『正咬著竹筒』。

根本都跟我預設的推理路徑不一樣啊！本正妹眞的失算了，沒料到小尾還有這招『虛構推理』。啊，我絞盡腦汁苦心孤詣的整人大作戰，難道要煞車失靈一路墜入失敗的深淵了嗎？」

「又輪到我出題了。」正當于筱熙深陷苦惱漩渦之際，律鳶花並未讓競賽熱度冷卻下來，再度出招。所幸，這次謎題雖難，但于筱熙剛好對於通往推理路徑的鑰匙有所涉獵，順利破解，再度將比數拉至了平盤。

「幹得漂亮喔！熙熙。」成語晨遞上一袋咖啡給客人，又一次將排隊來客消耗殆盡。「不愧是冷知識天后，竟然知道『蚊子喜歡藍色』，所以推導出那個一身藍裝的人抓癢是被『被蚊子咬了』。」

成恩承手指抵著下顎道：「對了，捕蚊燈也是發出藍色光芒。」

「沒錯，是同樣原理的應用。」久違地答對了一題後，令于筱熙稍稍恢復了信心。

緊接著第9回合，兩人輪流出題卻都答不上來，因此各得一分，比數以9：9進入了最後一回合。

但于筱熙卻隱隱感受到一絲詭譎浮動於周遭氛圍中，她疑惑地想著：「奇怪，爲何此次小尾不再使出編故事式的虛構推理來暴力解題？莫非連破解過諸多謎團的她都掰不出來了？不對，相較於前面幾個，難度應該差距無多才是。搞不懂……算了，雖然中間和我的計劃有些不同，但目前又回到了我原本籌劃的局面，等等……我的計劃……難道說……」

于筱熙猛然抬望一眼，律鳶花的一雙雪眸早守株待兔已久，霎時四目相接。旋即律鳶花竟伸手關掉了桌上，那個于筱熙用來直播收音的外接麥克風。

「在最後的第十回合開始前，先讓我來插敘個小小推理如何？關於這場推理對決的暗幕……」

直播畫面，霎時淪爲一齣默劇鴉雀無聲。

然推理，正要傾訴。

5

「什麼暗幕啊？難道有啥我沒察覺的貓膩？」成語晨疑問道。

直旁觀著兩人的成恩承，敏銳感受到于筱熙流露出的一絲心虛：「莫非是筱熙姐作弊了？」

「沒、沒有證據……不要亂汙衊我……」一邊辯駁，于筱熙一邊用右手掌輕撫著後頸及耳朵下側，但忽然驚覺了什麼，驟然收了手藏在桌下。「這可是場公平公正公開的對決，有直播爲證喔。」

律鳶花卻幽幽道：「根據美國心理學家費爾德曼的研調，人在說謊時，常會有不自覺用手撫摸著脖子後方的動作產生，妳是因爲憶起了這件事，才慌忙將手放下了，對吧？熙熙。」

「我哪有……？只是剛好脖子痠而已。」

不理會于筱熙的辯解，律鳶花直接掀牌直搗黃龍：「妳知道我是從哪裡開始覺得古怪嗎？正是妳直播時手機鏡頭拍攝角度的變化。當輪到妳出題時，手機是將整個被描述者全身皆拍攝入鏡，但輪到我出題時，手機角度則往下微調，刻意避開了臉部，甚至是完全不拍，改拍你我二人來補畫面。爲何妳會避拍我選中的人呢？理由只有一個。」

「我知道！」成語晨興奮舉手搶答。「太醜了，上鏡會嚇跑觀眾。」

成恩承吐槽道：「不，老姐，怎麼想都不可能是這種理由吧？何況以顏値來看，鳶花姐挑中的人並非皆其貌不揚，筱熙姐所選的人也不是都型男正妹啊。」

「這個嘛……」律鳶花既不否認亦不明講，只再推深一層。「語晨說的倒也答對了一半，重點不在於『長相』，而在於『評論長相』這件事上。」

始終奮力運轉著腦袋的成恩承，頓時恍然大悟：「我懂了，是『肖像權』！」

律鳶花讚許道：「答對了。我們倆人所進行的推理對決，說穿了就是對不認識的旁人進行一番品頭論足，若私下進行並無問題。但要是搬上直播舞台，推理本身乃至於觀眾留言，或許都會讓當事人感到不舒服，有可能提出『侵犯肖像權』的訴訟，爲了規避這個風險，熙熙才會不拍我選中的路人的臉。」

「但熙熙出題時，卻拍了路人全身入鏡……？難道熙熙有把握這些人不會對她提告？」成語晨琢磨著前因後果。「我明白了，熙熙出題時所選中的人都是她的親友團或聘請來的臨時演員？」

成恩承接著道：「所以鳶花姐在出第八題時，所說的『他的臉，不會出現在這場直播畫面中』，即是在暗示筱熙姐，妳已經看穿了她設下的詭計？」

律鳶花將話接回：「沒錯，而且題目的難度同時令我更加確信此點，每一題幾乎都是以我的知識漏洞攻擊，若非早有預謀不可能如此湊巧。妳說呢？熙熙。」

于筱熙嗟嘆一聲雙手一攤：「再狡辯下去，人難看了！好啦，我承認『擊潰名偵探，惡整閨蜜大作戰』這個企劃，正式宣告失敗了。」

此時，成語晨拿出手機開啓了于筱熙的直播頻道，並將畫面轉給律鳶花和成恩承看。上頭字卡果然寫著這整人計劃，確認無誤。

成語晨移步至于筱熙座椅後，雙手從後面突襲輕輕偷捏她的臉頰，淚眼汪汪嘟著嘴說：「太過分了吧？熙熙，妳怎樣可以這樣……」

「對啊，筱熙姐，這樣做可是玷污了神聖的推理對決和眞誠的友誼……」

豈料，成恩承高調才唱到一半，隨即被成語晨接唱了靡靡之音：「惡整小尾，這麼好玩的事，妳怎麼可以自己一個人偷偷來，我也想要參一腳啊！」

成恩承頓時臉上一陣刷白：「喂，老姐，妳的道德感隨著教育部新課綱頒布被廢除了嗎？還是被隔壁巷口一臉傻樣的二哈咬走了？」

「女人的友情和男人不一樣，你不懂啦！」成語晨白了成恩承一眼。

「是差在哪裡？」成恩承雙眼呆滯，無奈反問。

沒想到，此問卻換來三個閨蜜異口同聲的回答：「兩者差距，大概從《愛的迫降》到《戀愛可以持續到天長地久》之間！」

成語晨、于筱熙和律鳶花三人同樣的回答脫口而出後，不禁相視而笑，氛圍頓時一片和樂融融。

只見成恩承低垂著頭，將十指沮喪地插入亂嘈嘈的一頭蓬髮中，喃喃自語：「不，我完全聽不懂妳們的描述法，簡直比「JOJO的奇妙譬喻」還要難以參透。」

「啊，有客人來了……我來招呼，妳們慢慢聊……」成恩承藉機遁離現場，有時候與其強求領會，不如三十六計走為上策。逃避雖可恥，但有用！

笑聲漸消後，這次換于筱熙重整旗鼓，理直氣壯質問了起來：「雖然我作弊了，是我不對。但小尾妳從第6題開始到第8題，這三題的回答也根本不是在推理，而是在編故事對吧？」

「果然被妳發現了。」律鳶花爽快坦承。

成語晨拉了張椅子坐下：「什麼意思啊？小尾那三題確實回答得有些囉唆，但推論很有邏輯啊。」

于筱熙解釋道：「她根本不是由蛛絲馬跡去推理出和我一樣的答案，而是以我的答案為終點，硬是牽強附會東拉西扯，鑿開了一條新的道路通往同樣的終點。」

律鳶花淺淺一笑：「既然妳作弊了，我當然也要耍點手段回擊啊！依然乖乖推理，正面迎戰妳的詭計，那種作法太陳腐了，未免有些不合時宜。」

「好啦，我錯在先，算扯平了。那現在妳打算怎麼收尾？」

「當然是將比賽完成，剛好是平局不是嗎？就以最後一個回合，來定勝負。」

「但我還有一個尚未用上的暗樁……」

「可以讓妳用喔，但是妳的暗樁由我來出題，妳必須另找一個不認識的路人出題，如何？」

面對律鳶花提出的條件，于筱熙皺眉深思，雖然無法用安排好的暗樁和設定來出題，但由於暗樁整體造型皆出自其手，且聘請時掌握了個人基本資料，對於答題時的推理大有裨益。

幾經考慮後，于筱熙答應了：「好，就這樣。」

「那麼，『無聲的協議』結束，該讓直播重新恢復音量了……」律鳶花再度打開了桌上收音用的外接麥克風，使暗啞的直播畫面萬籟重鳴。

握拳抵著唇間，然後一聲預備宣示般的輕咳後，律鳶花悠悠道：「我要啓動第十回合的加碼！」

突如其來的宣言，震驚了成語晨和于筱熙二人以及觀看著直播的數千群眾。

在路人推理對決的規則中，爲了在勝負早早分出時增加遊戲可看性，所以才有了這一條可在最後一回合額外加碼的特殊規定，但即使勝敗難料仍可選擇開啓，且另一方不得拒絕。

「嗚，小尾，妳想幹嘛？」陷入被動的于筱熙，不禁有些慌張。

「還記得上次的加碼賭注是什麼嗎？」

于筱熙臉色發白，語氣顫抖地說：「喝……喝三杯大便？」

律鳶花推了下眼鏡，眼神凌厲道：「這次是十杯！」

招呼完客人後，又趕回桌旁的成恩承一臉問號，甚至懷疑自己是不是聽錯了？「喝大便？不會玩這麼大吧？看來像個品學兼優的文學少女鳶花姐，難道還隱藏了這極大反差的黑暗一面？」

「哇，太興奮了，這次推理對決輸的人不但要買單，還要加碼喝十杯大便喔！」成語晨則一副笑顏逐開，樂不可支的模樣。「本小店感激不盡啦！」

心知兩軍對壘首重士氣，怎可在氣勢上輸了人，于筱熙當下心一橫咬牙道：『好，誰怕誰，本正妹賭了。」

律鳶花回道：「那麼一樣由妳先出題吧？」

「OK。」語畢，于筱熙雙瞳似精準探測器一般搜索著來往行人，試圖尋找出最佳的出題標靶。望著蜂擁人群，不禁有感而發心想：「天氣眞的很熱呢，一堆人手上都拿著瓶裝飲料，對了我請來的人裡有幾個好像也是，像是那個打扮成彌豆子的高中少女，還說寶特瓶可以幫她賺錢，但找記得回收獎勵金取消的年數比她年齡還大，是打算直接賣給回收業者嗎？算了，別想這種無聊的事，先找人，先找人……啊，有了，這個不錯，我推理看看……」

年輕男人穿著一件帽T，頸間掛著副耳機，手裡還拿著一瓶寶特瓶飲料，揹著一個不算小的背包。疾行往校園方向走去，似乎快遲到了什麼約會或工作。

「職業是夜店DJ。」于筱熙自信滿滿。

律鳶花順著手指方向看去，不禁呆了半晌：「眞是神仙難救無命客啊。」

「我看是閻王專收妳這個遺恨人啦！」于筱熙不甘示弱回嘴。「想那麼久，是不是答不出來啦？」

「他頸肩上的耳機其實是一種助聽器，一般適用有耳鳴現象的人，而容易有耳鳴現象的職業，DJ自然是其中之一。當然還有別的線索，例如他揹的是DJ專用來攜帶相關物品的器材包。但妳說錯了一點……」

「是什麼，別想唬弄我，我聽聽看？」

「不是夜店DJ，而是電台DJ。」

「可是他剛剛明明打了一個很累的哈欠，肯定是上完夜班又來這兼差活動表演。」

「假如是夜店DJ的話有很大機率，會養成戴墨鏡的習慣，爲了預防夜店絢爛燈光的職業傷害，像今天這種火傘高張的日子，必然也會佩戴，但卻沒有。」

成語晨插嘴道：「對啊，像全球百大DJ之一的蛇爺『DJ Snake』也是都戴著墨鏡！」

熟悉流行音樂的成恩承補充道：「蛇爺主要是爲了緩解面對上萬人舞台時的恐慌情緒才戴的，嚴格來講不太一樣。」

「讚，小恩弟弟補槍補得好，姐欣賞你！」于筱熙用拳頭捶了捶肩頭，再伸出食指指向成恩承表示讚許。「看吧！墨鏡推論未必正確。」

「不，即使上前詢問的話，也會從他口中得到我的答案，因爲……我認識那個人。」

「咦，眞的嗎？」成語晨驚呼道，旋即腦子一轉茅塞頓開。「難道說……他就是那個來採訪過妳的電台DJ？」

律鳶花點點頭：「正是。」

于筱熙聞言登時癱軟在桌上伏著：「太倒霉了吧？千挑萬選，竟然挑中了小尾認識的人。」

「這麼看來，沒有疑義了……」成恩承在黑板上再度劃上一橫。「目前比數，10：9，鳶花姐已立於不敗，就看筱熙姐能否扳平，以平手收場逃過一劫了？」

於是乎，最後一人，于筱熙安排的最後一個暗椿堂堂登場，手機鏡頭將他全身悉數入鏡，是名打扮成漫威電影中美國隊長造型的Coser，不過是個發了福充了氣腫了好幾圈的胖隊長。

但臉上自信神情，彷彿此刻自個兒就是貨眞價實的史蒂芬．羅傑斯本人，但除了招牌的盾牌外，手裡還拿著個空寶特瓶，雖顯得突兀但以映入眼簾的畫面構成來講，這點瑕疵似乎不重要了……

「好，用他來出題吧！我會推理出妳的推理。」于筱熙摩拳擦掌，戰意高漲。

律鳶花嫣然一笑：「『他等一下會跟人搏鬥。』在結束妳的工作委託之後，很快。」

「搏鬥？是指打架嗎？」于筱熙看著眼前的肥宅不敢置信，要說是他去搭訕女孩子然後陷入人醜性騷擾的窘境，被路見不平的行人圍毆還比較容易設想，單純和人搏鬥？

「給妳一個明顯的提示，在他身上不是妳準備的那項東西，即是本回推理路徑的敲門磚。」

寶特瓶？

聰慧的于筱熙立即意會了過來，可是她實在不懂寶特瓶和搏鬥的關係，要和人搏鬥，不是該準備球棒之類的傢伙嗎？

于筱熙雙腳交叉疊坐，同時盤起雙臂思索，右手五指在左臂膀上輪流輕敲，猶如枯坐在電腦前構思著故事的作家敲打著鍵盤，可是卻寫了又刪寫了又刪，一點靈感都催生不來。

歷經度日如年，比納美克星爆炸前的五分鐘還要漫長的一分鐘後，終於于筱熙低頭認敗了：「不行了，我完全不懂寶特瓶是什麼意思？替我揭曉答案吧，小尾……」

「既然是妳請來的人，不如直接請他當眾回答如何？」

「有道理，要是他說沒有那回事。要算我贏喔！」

「可以。」

豈料，被呼喚過來的肥宅一臉興奮理所當然的回答：「喔，我等一下要去參加『羅馬競技生死鬥』啊！當然是和人搏鬥，而且還很激烈，這寶特瓶是武器啊，妳不知道這個活動嗎？」

「什麼鬼啊？」于筱熙一臉懵然。「什麼、什麼鬥的，那是什麼東西？」

律鳶花則接了話耐心回答：「羅馬競技生死鬥，是由對戰雙方各持寶特瓶當武器，在一定範圍限定的戰場中，彼此攻擊的遊戲，只要擊中要害，即可得分。詳細規則，依主辦單位不同有些許差異存在，但基本上是這樣的一個競技活動，因爲某網紅的推廣，在近年的大學校園間蔚爲風潮，連全國頂尖的名校，都熱衷於舉辦相關賽事，當然泉都大學也不例外。」

成語晨恍然大悟道：「難怪一堆行人都拿著寶特瓶，還來買咖啡，原來是這樣子啊！」

于筱熙感概說：「我眞的老了，明明才畢業五年而已，原來現在的大學生流行這種詭異的競技嗎？不打LOL了嗎？不夜衝和夜唱了嗎？」

「原來妳們不知道啊？我倒是一眼就看出來了……」成恩承又補了一槍。

「那麼……」律鳶花銜著于筱熙燦爛一笑。「熙熙，請願賭服輸了喔！」

黑板劃上宣告競賽終止的一横，最終比數11．9由律鳶花勝出，且于筱熙還輸了第十回合的額外加碼賭注。

想起了賭注內容的成恩承擔憂問道：「不會眞的要直播懲罰……喝大便吧？」

「當然啊，我剛剛就偷溜去準備好了……」只見成語晨兩手各拿一個托盤衛至桌前。「來喔，上菜了，五杯貓屎咖啡和五杯象糞咖啡，客倌請慢用了喔。」

「咦，咖啡？」成恩承一頭霧水。

律鳶花有些意外，解釋道：「你常來幫語晨賣咖啡，卻不知道嗎？菜單上的麝香貓咖啡，又稱貓屎咖啡，是由麝香貓食用後排泄出來的咖啡豆製成的，而黑象牙咖啡，亦是同理。」

于筱熙搶過話道：「不，應該說『阿拉蕾胖卡咖啡』賣的全品項咖啡，全是由動物排泄出來的咖啡豆烹煮而成，所以才會取這個名字啊！正所謂相得益彰。」

阿拉蕾？原來是這個意思啊……

一向只負責煮咖啡賣咖啡的成恩承，從未認眞去了解這些細節，只當作是賺取打工費的兼差罷了，如今得知了，心潮仍有些波瀾不平難掩驚訝。

「好了，別管我那愚蠢的弟弟啊！熙熙快喝吧！」成語晨催促著于筱熙兌現承諾。

于筱熙一邊喝一邊掙扎道：「嗚，我快吐了啦……」

成語晨則興奮當著行刑人，將咖啡倒入于筱熙嘴裡：「我來餵妳！」

「成語晨，咕嚕、咕嚕……我會記住妳，咕嚕、咕嚕……」

「當然要記住我啊，我們可是好閨蜜呢！」

「咕嚕、咕嚕……」

倚靠在黑板旁的成恩承看著這齣鬧劇，總算要落幕了，心中倒有些五味雜陳和疑惑未解。爲何律鳶花那時要特地關掉直播時的外接麥克風呢？那一段解謎和攤牌即使公諸於眾亦無妨吧？

此時，成恩承拿出手機開啓了于筱熙的直播頻道，想看看目前的在線人數有多少？評價如何？卻被刷屏的留言給震驚了！

「哇，太精彩的反轉了，熙熙的計劃完全被小尾給實踐了。」

「剛剛好像喇叭壞了，有人知道第9回合到第10回合那段兩人講了些什麼？」

「我那段也沒聲音，應該是麥克風收音出問題了。」

「該不會是故意的吧？設計橋段？」

「還是直播平台太爛？搞審查禁言？」

「我只好承認了，兩人是在我爲爭風吃醋……」

「是在討論費米悖論，一時離題就乾脆消音了，討論完就恢復聲音。」

「明明是在討論晚餐吃什麼，不想給你們知道才消音。」

「第一屆看無聲影片說故事大賽開始……」

「看來我臺東金田一不能沉默了。」

「嘉義柯南簽到。」

「啊，熙熙吐奶了！不對，是吐咖啡了！」

難道那一段的無聲留白，除了保護兩人一定的隱私和祕密外，眞正用意在於讓觀眾有參與推理的實感嗎？成恩承望向拿出紙手帕替于筱熙擦嘴的律鳶花，那清甜笑靨下究竟藏何心思？

想知道，或許只有靠推理了。

礦水之神發怒了

1

在VIP房門口前，一名西裝革履黼衣方領的男人恭敬行禮後退出了房間，其渾身上下無一不是國際知名的昂貴品牌限量款，似在無聲彰顯著自身價値和品味，隱然樹立出一種上流者的門檻。

「那麼請您仔細考慮，我會再來詢問您的答覆。」

「我會認眞思量的。」

「希望能有好結果，不，我相信會有好結果。秦會長，下次簽約的慶功宴上請務必讓我敬您一杯，不醉不歸。」

滿懷誘導性的商戰話術。

蘊含展露其集團財力，以搏取人信任而刻意身著奢華的服飾。

一切種種在秦旺慣看闤闠的眼中，皆是不爲所動，只淡然一回：「請慢走。」

尙學銘再一個鞠躬後，轉身離去，直至那提著公事包的臃腫背影消彌在轉角處，秦旺才關上了門。

該不該答應呢？

此刻的秦旺內心依舊天人交戰著，且讓光陰流逝，在沖蝕後，答案或許終將水落石出。

攜揣著滿腹躊躇，秦旺將簡易衣物放入床腳旁的小檜木桶中，單手抱著木桶出了房門往湯泉前行。既然入住了舊溫泉街名響一方的「蘭湯溫泉旅館」，豈可不去「水深火熱」一番？

「時間太晚了，公共露天浴池差不多關閉了，看來只能去一樓24小時開放的室內湯屋……」

不想獨自一人待在房裡泡湯的秦旺，正盤算著該往哪裡去。

在秦旺入住的旅館三樓處，有一條外側鋪排著大片落地窗的長走廊，白天時不僅可遠眺蒼翠山麓望水木清華，亦可往下看露天浴池眾人群聚嬉鬧的模樣，館方自嘲附庸風雅，號名「皎空走廊」。取典自李白一首溫泉詩中的名句：「沸珠躍明月，皎鏡含空天。」在官網介紹上，也算是蘭湯溫泉會館一處賣點。

然而在夜霾掩落下，因室內照明比室外裝置燈具更加熾盛光亮，所以是瞧不見外頭景緻的。

爲了前往搭乘電梯而剛踏入走廊的秦旺，望見前方一名會館人員正推著餐車自另端而來，身爲這條溫泉街協會會長的他，對每個從業人員皆瞭若指掌，蘭湯的員工亦不例外。

「千又，辛苦了。」

鍾千又是蘭湯的年輕員工主要負責櫃檯事務，偶爾會支援送餐點的客房服務。

「不會，秦會長要泡湯的話，露天浴池快到關閉清潔時間了喔，建議直接往樓湯屋去，免得白跑一趟。」千又看向秦旺抱著的小檜木桶，推著餐車提醒道。

果然如此。秦旺點點頭表示知情，正當兩人將要擦身而過之際，倏然走廊的燈一瞬間全部熄滅，同時走廊內側的牆壁顯現出了螢光筆跡寫著幾個大字：「往樓下看」。

兩人狐疑對望一眼，因走廊燈皆熄滅，故此時有裝置路燈照明室外反倒更亮，本來看不透的落地窗玻璃已可望穿，秦旺率先走向窗旁往底下露天浴池處俯瞰，赫然驚見一處浴池上漂浮著一張似以紅墨落筆，勾勒出簡單線條的詭異臉譜，陰森莫名。

「啊，那是什麼啊？好像是張……臉？」鍾千又在秦旺旁同樣往下看，目睹了這一幕。

「別怕，我去看看。」素來不懼鬼神的秦旺勢要揪出到底是誰在裝神弄鬼，大費周章搞了這一齣把戲嚇人？隨即快步往電梯座落處而去。

鍾千又哭喪著臉，哪還顧得了餐車只管跟了上去：「我……我也要去。」

疾行趕至一樓露天浴池的秦旺，正遇上了值班員工剛要掛上「清潔中，禁止進入」的立牌，不及解釋來意旋即闖了進去。

「秦會長，你等等，我要打掃了……秦會長……」嚇阻無效，值班員工只好尾隨入內。

然而映入秦旺眼簾裡的同一座浴池卻是白若凝脂熱氣蒸騰，既無紅墨臉譜漂浮其上，水質亦無被紅墨混攪而變色的跡象，難道眞有靈異事件發生？

駐留在一樓大廳內的鍾千又在得知三樓電力恢復後，秉持著職業精神決心重返皎空走廊，將餐車上的料理送至指定房間。豈料，卻遭遇令她崩潰大叫的駭人變故！

皎空走廊上，鍾千又嚇得癱跌在地，聞聲而來的住客和其他員工，以及秦旺，同樣清清楚楚看見了走廊內側的牆面上，以血字撰寫著一段話：「敢擅入吾棲息之地者，必遭天譴。」

署名：磺水之神。

消失的臉譜，冒出的血字，劍指哪處所爲何來？莫非眞是神靈作祟，或者……

2

泉都大學理工學院某個實驗室內，正在進行「阿斯匹靈製備實驗」，向來這種實作皆是由一眾助教帶領著學生操作，按常理而言教授是不會到場指導並參與，畢竟殺雞焉用牛刀，飲料不算管銷。

但在泉都大學化學系裡卻有個對實驗課事必躬親從不翹掉的指導教授，她總是用鯊魚夾將一頭微捲長髮隨性夾住了事，戴著一副大大的圓框眼鏡，下身穿著一個月才丟進洗衣機一次的牛仔褲，上身則是印著卡通圖案的夜市T恤加上白大掛，並不由自主對著各種試管內溶液變化露出微笑，可能是有些猥褻的微笑。她在杏壇頗負盛名，外號「Miss 海森堡」！

「Say My Name！」而蕭瑤本人對這個可以將實驗狂人特性表露無遺的稱號，相當滿意。本來不理解這個稱呼的她，還特地在Netflix上補完絕命毒師全季劇情，並愛上了這句經典台詞。

但被這句話突襲的大一新生們往往露出驚恐表情，不知所措，囁嚅著回答：「蕭瑤……副教授？」

蕭瑤睜大眼睛，再度進逼道：「Say My Name！」

面對猙獰面孔的學生語帶惶恐，憶起了那個綽號，緩緩回答：「Miss Heisenberg……」

一抹滿意微笑攀上蕭瑤嘴角。

下課鐘聲敲響，蕭瑤環顧各組學生道：「好了，快點將燒杯內的沉澱物減壓抽濾，用阿斯匹靈的白粉末量來交換你們各組下課的權限吧？一個組員要五公克喔！」手掌比五。

「誒～～」各組學生們發出哀號聲。

所幸在各助教幫忙下，各組學生都順利在十五分鐘內達標下課了。

當學生和助教紛紛離開實驗室時，卻有一個熟悉跫音踏入，律鳶花凝望著仍專注做著各項實驗的蕭瑤不禁感嘆：「理組人的癡迷實在令人敬佩，這些實驗妳都做過上千次了吧？卻還一臉興奮。」

「上千次？怎麼可能，加上這一次一共是一萬三千兩百三十五次。」

「妳還記得眞清楚。」

「有實驗記錄簿啊。」蕭瑤短暫離開試管，瞥了一眼律鳶花。「當然抄襲學長姐的實驗記錄簿這種情形是不允許的，如果學生不想『被R』[1]的話。」

「有趣嗎？」

「架冷凝，上旋濃，藥品量一量，加溶劑轉一轉、熱一熱、抽一抽，明明是同樣的步驟，可是卻常常每個人都做出不同的顏色和結果，多麼有趣啊！到底是哪裡出了差錯？名偵探，妳看得出來嗎？」

「我好像聽過類似的東西，什麼轉一轉、舔一舔、泡一泡……」手指靠著下顎思索中的律鳶花，倏然話鋒一變：「實驗或許很有趣，不過我知道有更有趣的東西喔！」

蕭瑤莞爾一笑：「終於露出狐狸尾巴了啊，『Miss 福爾摩斯』。不等到放學回宿舍，急著來找我，難道是陷入了理化詭計，無法勘破箇中奧妙？」

律鳶花和蕭瑤是同住在泉都大學教師宿舍的鄰居。

「妳是『Miss 海森堡』，又不是『怪人伽利略』。何況偵探的寶座，我可不會拱手讓人喔！」

「那麼我算是華生囉？」

律鳶花歪著腦袋一想，腦海卻蹦出了個既陌生又熟悉的身影力圖佔據此位。「或許……妳只能當哈德

1 R 指 reject：退回

森太太喔。」隨後露出難得一見的淘氣笑靨。

「咦……」蕭瑤不由得震驚，心裡浮現了一個疑問……那華生是誰？

不及追問，律鳶花掏出了一張活動節目單遞給了蕭瑤，轉移了焦點：「我想請妳陪我一起去，因爲有善心人士提供住宿券，所以食宿都是免費的喔！」

蕭瑤迅速瀏覽了一下單子上的字體：「『推理溫泉季』，原來是舊溫泉街舉辦的活動啊……」

上頭列了下個連假假日的活動項目如：

APP實境遊戲。

爛漫燈海。

演唱會。

溫泉巡禮問答競賽。

廣場水舞表演。

卮飛車大賽。

「好像挺好玩的嘛！」雖然蕭瑤是個無庸置疑的理工宅，但面對養顏美容的極品溫泉，豈有女人不動心？自是欣然允諾：「既然有工具人，不，善心人提供住宿券，我當然要去囉！」

律鳶花開心傾訴：「太好了，那麼就讓我們去揭開『礦水之神』的眞面目吧！」

「咦？什麼神？」

3

八条溪溫泉街（舊溫泉街），爲了抗衡在泉都另一端設立不久的櫻嶺溫泉街（新溫泉街），自去年起開始舉辦了名爲「歌舞溫泉季」的各種活動以增加旅遊來客率，雖所費不貲但確有成效，因此今年又再度續辦。

去年邀請了角鴞廣播電台協辦，身爲當家DJ的辜沉自然而然接下主持人一職，無論是各種趣味競賽、打卡拍照項目或大學熱舞社和地下樂團的小型演唱會，皆可看到他賣力搖旗吶喊炒熱氣氛的身影，雖然今年的主持人由別的DJ擔任，但爲了感謝辜沉去年的辛勞仍贈送了數張住宿券給他。並在其建議下替換了新主題，名爲「推理溫泉季」。

於是拿到住宿券的辜沉靈機一動來了個借花獻佛，力邀律鳶花一同共襄盛舉，但孤男寡女相約泡溫泉容易讓人想入非非，爲了避嫌並增加律鳶花答應機率故給了她兩張住宿券，好讓她可以再邀一名朋友相偕同行。

正當律鳶花考慮著是否該答應前往時，恰巧發生了磺水之神血字留言和泉面顯像的詭異事件，令猶豫再三的她，瞬間決斷落下，攜友赴會，誓要揭開這些現象背後的眞相面紗，一探神顏。

住宿券提供的地點則是蘭湯溫泉會館，除了位於舊溫泉街尾端的氣派本館外，相鄰不遠處的另一山腰上還有著一棟別館，雖位處偏僻，但有著舊溫泉街獨有的泥漿溫泉，不預訂是很難入住的。

而自本館往別館的路上則需步行過一座相接兩山幾百公尺長的吊橋，底下溪流湍急，並時常有強勁落山風吹拂而來，令整座吊橋搖搖晃晃如鞦韆般擺盪著，所幸定期養護並未橫生意外。

此時，風勢稀薄橋板走來穩若泰山，但背著行李包的辜沉卻難掩一臉雀躍，似在期待著什麼。緊跟在側的律鳶花好奇發問：「DJ先生，你在興奮什麼？」

「該不會再想些什麼壞壞的事吧？」正在看手機影片當低頭族的蕭瑤，推了下鏡框中央。「哼哼，宅男的腦袋裡總是裝著那些不切實際的妄想……」

律鳶花剛才告誡蕭瑤不要邊走邊看時，順便瞧了一眼影片內容，是前陣子當紅的BL韓劇《語意錯誤》，對於她的腐女屬性雖有些訝異，但細想後又覺得並不違和。

「不……妳們就好像是我的妹妹一樣……絕無什麼一起泡湯幫忙搓背之類的非分之想！」辜沉急忙否認，但又忍不住露出微笑：「那個，我啊只是覺得現在的狀態，真的可謂是『暴風雨』前的寧靜啊！不是嗎？」

望向律鳶花的辜沉，眼眸似在暗示著什麼，尋求著呼應，但她卻不明所以，只一臉懵懂。

蕭瑤則冷語低回：「醒醒吧，你沒有妹妹。」

然而，在抵達蘭湯別館約莫六小時後，律鳶花終於明白了辜沉意指何事。

聯繫著本館和別館兩端的那座吊橋，不知何時斷裂了，橋身皆墜落溪谷中，只剩繩索垂落。

在別館的人們聽聞消息後，皆出來觀望，不知何時吹起了凜冽的狂風，戰慄著風中無助的靈魂。可重返彼端舊溫泉街的時日，亦不知何時。

來到別館的眾人猶如深陷在推理小說的名場景「暴風雨山莊」中，暫時斷絕了和外地的聯絡，被孤立於這處荒郊野嶺，而蟄伏暗處的真凶是否會趁機露出獠牙？

正值黃昏，別館大廳中，眾人聚集。

「DJ先生，你所期待的正是這種情況吧？」律鳶花質問辜沉。

辜沉開懷回答：「沒錯，從看到吊橋的那一刻我就猜想肯定會發生這種事，眞的被我料中了！這是多少推理迷夢寐以求的場面啊，《一個都不留》中的「暴風雨山莊」太棒了！」

田博政略帶不滿道：「小哥，我不知道你在興奮什麼？我們可是被困在這裡了，本來還打算今晚去看溫泉街的燈海隧道，這下行程全被打亂了。」

本業是終日南北往返的大貨車司機田博政，難得抽空前來度假卻遭遇這種鳥事，自是滿腹不快。

蘭湯溫泉會館的老闆娘林映蓉，出來安撫眾人：「請各位客人不用擔心，已經聯絡了警方和工程公司，由於並無急難事件加上目前山風甚大，救難隊直升機會於明早來接各位去往本館。」

旅館員工許辰辛則替眾人送上甜點和飲料，以示慰藉。

「什麼嘛，電話和手機都還能撥出啊！」辜沉拿出手機確認訊號可用。「兇手也太隨便了點，連架個干擾儀器和切斷線路這種基本功都沒做。」

尙學銘疑惑看向辜沉，提問道：「難道吊橋斷裂是有人刻意爲之？」

怕造成了不必要的恐慌，辜沉趕緊搖手否認：「不，我只是隨口說說而已，請別當眞。」

「要去看看嗎？」蕭瑤掙脫手機俘虜抬起頭來。「假如吊橋兩側的繩索是遭人切斷，斷裂面必是光滑的，若是自然斷裂，則是不規則狀。一看就眞相大白了，不是嗎？」

丁樹人附議道：「我贊成。」因剛動完微整形手術正在恢復期，故戴著遮陽護頸口罩、墨鏡和漁夫帽，將全臉遮掩。

忽然別館門口的玻璃自動門打開，秦旺走了進來向在場眾人陳述道：「我已經去確認過了，切口處並不平整。再者若是從別館這邊將繩索切斷，照理講吊橋會整個往主館那邊擺盪過去，不至於整個橋樑皆摔落溪谷。或許只是個意外，雖然原因尚不明朗。」

律鳶花卻幽幽道：「那倒也未必……」

「看來這位小姐，另有高見？」

「一般而言，若是自然毀損應該最常見的肇因是年久失修，但聽你的語意只說是原因不明，是否你認爲橋樑的保養狀況是良好且完善的呢？」

「當然，實不相瞞我是這八条溪溫泉街協會會長，吊橋的養護由我一手經辦，每年都會定期檢驗絕不會有年久失修的情形發生。」

「既是如此，人爲的可能性很大。」

蕭瑤插嘴提問：「但繩索斷面並不平整，應該不是被人切斷的吧？」

「不，只要作案時間充裕就有可能。」律鳶花接著解釋：「只要切斷繩索後，再用刀尖將整齊的繩絮斷面挑花，僞造成自然斷裂面即可。」

身爲老闆娘的林映蓉頷首道：「確實我是第一個察覺到橋樑斷裂的人，但也並未目睹到橋樑墜入溪谷的瞬間，此橋不大相距別館也有些距離，且午後風勢勁大，掉落聲響自不明顯。」

秦旺盤著胳膊思索：「假若眞有個兇手A將橋樑繩索切斷，並待在原地挑花斷面繩絮，萬一有人靠近也只要將刀具順勢丟入溪谷中，再佯裝成剛發現橋樑斷裂即可。這麼一想，確實不無可能。」

田博政大聲嚷嚷：「但剛才不是說了，只從這邊切斷橋樑只會擺盪過去另一邊垂掛著，不會直接掉入溪谷？那個什麼……兇手A，難道還能遠端切斷對面的繩索，讓橋身掉落嗎？」

正當眾人一片鴉雀無聲時，辜沉一個響指聚焦了所有人的目光打在身上，露出了如偶像明星般自信笑容，自弧形沙發中霍然起身，開始了彷彿名偵探似的踱步講解作案手法。

「我看穿了兇手A那堪稱犯罪藝術的手法了！」

二十歲出頭的許辰辛，因閱歷尚淺而被辜沉的裝模作樣所震攝，不禁讚嘆：「哦哦，這位客人簡直像是個名偵探呢！請讓我們聆聽你那精湛的推理。」

蕭瑤低聲問身旁的律鳶花：「妳朋友行不行啊？」

律鳶花露出複雜又曖昧的呆滯神情：「嗯，這我可說不準啊。」

「其實手法很簡單，只要一項東西輔助即可。」辜沉刻意停頓賣了一下關子，並享受著眾人渴望解答的眼神。「只要用一台無人機就可以了！」

「咦？」律鳶花忍不住出聲。

辜沉接著解釋：「首先兇手A先將對岸的繩索皆切到只剩中間一點繩絮連接，然後再回到別館這邊操作裝有極銳利小電鋸的無人機，將對岸的繩索全都砍斷，緊接著你們猜怎麼著？」

眾人陷入靜默，唯有許辰辛認真地舉手搶答，在辜沉手指點選後，興奮回答：「橋樑會擺盪到別館這邊的山壁垂落著。」

「沒錯，這時兇手A再操作無人機回來，並取下極銳利小電鋸割斷別館這端的繩索，於是橋樑便墜落溪谷了，而無人機和極銳利小電鋸一樣丟入溪谷中毀屍滅跡，如何？這推理是不是無懈可擊？」

面對辜沉提問，眾人面面相覷，緘默霎時蔓延讓時間變得格外漫長。

按捺不住的田博政臉皺成一團，抓抓頭滿腹不解道：「啊，是在講三小？你乾脆說兇手A丟一個刀鋒迴力鏢過去，把繩索都砍斷算了。什麼吉利果小GG，聽攏沒……」

「是極銳利小電鋸。」𡍐沉糾正。

一向圓融處事的尙學銘，想了想緩緩道：「雖然不能說你這手法一定不會成功，但裝著電鋸的無人機飛來飛去總是有些招搖，萬一過程中被人發現，處理起來可比刀具困難多了。小哥思路清奇，我甚是欽佩，但或許有別種可能性存在，我們不妨都再想想集思廣益，集思廣益啊！」

秦旺附議：「我亦有同感，假如兇手A在破壞橋樑繩索時被人撞見，要同時處理掉手上的遙控器和空中的無人機難度倍增，不易矇混過關。」

推理手法遭受質疑的𡍐沉，正欲反駁，丁樹人卻先開了口為其辯護：「我倒認爲這手法並非天馬行空，利用電鋸比一般刀具可以更快速切斷繩索，縮短作案時間，無疑降低了被人發現的機率，且容易製造不平整的切面。假如被發現只要事先做好僞裝像我這樣遮住全臉，再快速逃離現場即可，有人追上，還可以用裝有電鋸的無人機阻擋追兵不是嗎？」

𡍐沉頻頻頷首，對丁樹人的補充解釋深感英雄所見略同，然後走至窗邊猛一回頭面對著所有人，發出了類似名偵探的宣言：「沒錯，而且兇手既然孤立了我們，必是爲了針對我們中的某個人，甚至某些人，所以兇手一定也身在別館這裡，換言之，兇手A就是在場的9人之一！」

此言一出，所有人臉上神情一凜。

「我記得在午餐後外面便颳起了狂風，至今未歇，在這等風勢下，無人機眞的能進行用裝置電鋸切斷繩索，那種精細作業嗎？」

隨著質疑聲浪娓娓道出，一條挺拔人影自設計精緻的迴旋梯上緩緩由二樓走下。

律鳶花略感訝異：「原來還有其他人未出席啊。」

蕭瑤略帶調侃：「什麼兇手A是在場9人之一，結果還有第10人，太尷尬了吧？」

「嗚……」被刺中玻璃心的辜沉按著胸口，質問來人：「敢問你是何方神聖？」

豈料未等男人開口，秦旺慎重介紹道：「這位是由溫泉街協會極力邀請來擔任『推理溫泉季』出題者的知名犯罪小說家『遲正壎』老師，並非什麼可疑人士。辜沉，你應該很熟悉他才是，畢竟他是你給我們的推理出題人參考名單中，排名的首席順位。」

「不，我沒見過他本人，小說書上也沒有作者照片。」辜沉一臉訝異地看著眼前自階梯上走下，穿著一身潔白的風雅男人，有種搬石頭砸自己腳的感譽油然而生。「沒想到遲正壎長這樣啊……」

遲正壎禮貌性向辜沉一笑：「原來是你舉薦我的，看過我的書嗎？哦，對了，假如懷疑我的身分的話，可以打給出版社確認喔，只要開視訊通話即可當場確認。」

「不用了，秦會長向來做事嚴謹，諒必已確認過了。」

秦旺向視線投射過來的辜沉，微微點頭。

犯罪小說家遲正壎以「魅影指揮家」系列作品聞名，本本暢銷，長年雄踞各大排行榜上。內容講述是一名自稱魅影的人爲了實行非法正義，以詭計操控人們助他揭露眞相或懲治罪惡，並將檢警和偵探皆玩弄於股掌間，演繹出一場場堪稱完美犯罪的鬥智懸疑故事。

尙學銘將主題拉回問道：「既然遲正壎老師您是寫犯罪小說的名家，想必對這吊橋斷裂的原因有些更專業的看法吧？不妨讓我們聽聽您的見解，一解迷津如何？」

辜沉略帶不服輸的語氣說：「我洗耳恭聽。」

依舊笑顏不減的遲正壎，移步至弧形沙發處將手掌壓在沙發椅頂端，藉以支撐身體，環顧眾人：

「在一九四〇年，美國華盛頓州內，曾發生過一起塔科馬海峽吊橋崩塌事件。當時整座吊橋橋身劇烈抖動，隨後不久整座吊橋突然土崩瓦解支離破碎，墜入了海中。」

田博政表示：「所以你是說和我們這座吊橋的肇因是一樣的？」

「正是。」

丁樹人以左手拿起咖啡啜飲，興致盎然：「真有趣，那麼原因是什麼呢？」

「是『卡門渦街』效應所致。」見眾人一臉茫然，遲正壎接著解釋：「當時吊橋崩塌後，深諳空氣動力學的『馮．卡門』利用風洞模型模擬了事發狀況，讓風扇的風吹動了橋樑模型，並發現當振動頻率達到橋樑的固有頻率時，引發『共振』，橋身開始劇烈震動，然後……」

辜沉接續著：「橋樑斷裂了……」

「正是。」遲正壎壓在沙發椅頂端上的手一路遊移至旁邊，然後順勢在最左側仍空懸的位置上堂皇入坐。

「目前館外風勢仍大，我認爲這是極符合邏輯和科學的一個解釋。」

律鳶花不假思索向辜沉耳語：「DJ先生，他是不是在暗諷你的推理不符合邏輯和科學？」

「嗚……」辜沉低鳴出彷彿遭受重擊的野狗哀號。

蕭瑤拉了拉衣角向律鳶花低語：「鳶花，妳太直接了要給妳朋友留點面子啊。」

「可是小瑤妳剛才不也取笑了DJ先生，宣告兇手時的嫌疑人數量，被馬上打臉了嗎？」

「所以我在反省了啊，沒看我剛都沒講話。」

「喔，難怪我覺得妳怎麼那麼安靜，原來是這麼一回事，我知道了。」

兩人短暫交談後，達成共識。

但這些話卻一字不漏，全鑽進了佇立身側的臺沉耳裡，而置若罔聞，是大人的成熟表徵！

短暫低落後，臺沉旋即重整旗鼓不甘示弱反擊：「如果要說是湊巧遇上，機率未免太低了，假設吊橋眞是被風力引發的共振所吹斷，那麼也有可能是在對面山上架設了某種『強力風扇』或『聲波武器』發出了和橋樑本身一樣的頻率。」

遲正壎不以爲然：「看來你是堅持認定這起吊橋斷裂事件是『人爲』的囉？」

「那當然，因爲最近才剛發生了『那種事』啊！我可不認爲眞的是神在作祟，既然如此，必然是有人在裝神弄鬼！」

田博政一頭霧水以宏亮聲音提問：「『那種事』是指什麼啊？」

「我知道，是『磺水之神』的留字！」蕭瑤打破沉默。

「哦，原來有人不知道啊，這件事在各大網路論壇上可是掀起一陣討論熱潮呢！」遲正壎用手機打開相關網路新聞報導，並投影在大廳的65吋液晶電視上。「新聞也有小篇幅報導。」

田博政只看了下標題和附圖，不以爲然道：「只是無聊的惡作劇或商業廣告手法吧？」

許辰辛興奮補敘：「這張照片是我提供給記者的喔！」新聞上的附圖不偏不倚將當初的磺水之神血字留言完整拍下。

林映蓉望向臺沉詢問：「所以臺沉先生你認爲這吊橋斷裂事件，同樣是出自磺水之神的手筆？」

臺沉再度承接話語權，銳利視線橫掃眾人，一字一句力重萬鈞道：「沒錯，我大膽推測兇手A即是磺水之神，而這個假借神名意圖不軌之人，毫無疑問，就是在場的10人之一！」

秦旺、林映蓉、許辰辛、尙學銘、田博政、丁樹人、遲正壎、蕭瑤、律鳶花以及辜沉本人，猜疑的目光如傳接球般反覆在十人間流轉輪替，但各自眼神裡深邃潛藏的想法，又豈能輕易推敲而出？

倏忽一聲叮咚，玻璃自動門開啓，微微聲音在一片緘默中格外清晰，輕輕響徹。

「哇，太好了，這裡有人，差點以爲我們倆要因爲斷橋被困在別館這一側，孤立無援了。」

「看到這麼多人聚集在這裡，這下我就安心了。」

兩名穿著浴衣貌似情侶的年輕男女進入了別館中，手上還各自拘了個小檜木桶，裝著個人物品。

「噗！」蕭瑤忍不住噗嗤一聲笑了出來。「什麼兇手是在場的10人之一，結果又冒出了兩個人，一直被打臉，不行我快笑死了……」

律鳶花瞧著笑到捧腹彎腰，儼然不能自己的蕭瑤規勸道：「小瑤，妳是不是忘了方才說的話了，這樣對DJ先生太過分了喔！妳看大家都沒有笑啊。」

「抱、抱歉，我失態了……」蕭瑤勉強壓抑著笑意，頭卻還抬不起來。

面對這難堪場景的辜沉，不禁在內心抱怨著：「可惡，照套路來看『暴風雨山莊』不是應該人越來越少嗎？爲什麼人越來越多了啊？」

在蘭湯溫泉會館老闆娘林映蓉接待下，得知造訪別館的小情侶是本來入宿本館的旅客，因慕名別館的泥漿溫泉，打算泡湯後返回，怎料歸途時卻驚見吊橋斷了，只好來此求援。

「原來你們正在推理吊橋斷裂的原因啊，聽起來挺有趣的呢！」薛定緯一臉躍躍欲試的樣子。「感覺像是金田一漫畫的套路，一群人又又又又被困在孤立無援的地方了。」

田蕙雯依偎在薛定緯身旁附和著：「不過『吊橋斷裂』這原因也未免太老套了，假如要是推理小說的話，作者肯定被讀者們吐槽到無地自容吧？呵呵……」

律鳶花微微點頭表示認同，並直抒己見：「我完全同意，最近孤立宅邸的詭計，譬如《屍人莊殺人事件》甚至進化到了用『那個』，來取代傳統的暴風雨、大雪漫天、孤島等設計。相較之下，吊橋斷裂這乏善可陳的手法，實在令人有些提不起勁。」

「嗚，所以偵探小姐妳沒有高談闊論的原因，是因爲覺得有些無聊嗎？」辛沉恍然大悟。

「也不全然如此……」律鳶花語帶保留，卻未再接續。

此時，遲正壎突然搶過話語權，瞅著辛沉調侃道：「好了，我知道接下來名偵探先生又要宣告『破壞吊橋的兇手就在這12個人之中』了，但還是不要吧？萬一又冒出新的人物登場，我擔心這別館會住不下啊！」

「噗！」好不容易挺起身子的蕭瑤，聞言再度笑到捧腹低頭。

見討論告一段落，秦旺向眾人宣告：「雖然吊橋斷裂的原因尚不確定，但既然有與外界取得聯繫，還請各位不必擔心，我身爲溫泉街協會會長會負起責任，保證各位的人身安全。」

蘭湯溫泉會館老闆娘林映蓉亦接著道：「稍後六點整晚餐時間開始，餐廳仍會提供自助式的 Buffet，假如希望在房間內用餐，請通知櫃檯，我們會將餐點送達各位房間。請各位將這當成旅程中的一段小小插曲，繼續享受本會館的極品溫泉和各項娛樂設施。當然此事本會館責無旁貸，會替各位的帳單打相當大的折扣作爲補償。有不便之處，敬請見諒……」

隨後，林映蓉替小情侶薛定緯和田惠雯安排了臨時房間入住，並叫喚了員工許辰辛一同準備餐點。

大廳中聚集的人也各自離開，有的去泡溫泉，有的回房休息，懷揣著各自心思，各做各事。

一轉眼大廳只剩律鳶花、蕭瑤和辜沉三人。

辜沉眺望著落地窗外，因吊橋墜落而空蕩蕩的溪谷，有感而發：「今夜必會有事發生！」

律鳶花、蕭瑤聞言對看一眼，不置可否。

然而，辜沉的烏鴉嘴似乎總是好的不靈壞的靈。

4

自小情侶口中知悉了別館外泥漿溫泉，乃是這溫泉街名覆金甌的三大名泉之 ，律鳶花三人雖暫時不打算入浴，卻仍想親眼一睹這處勝景的廬山眞面目，且尋幽探奇，窺那氤氳飄香，凝脂流土。

行至中途，卻在一棵大樹下瞧見一個巨型鐵籠子，佔地約9坪寬廣，高度有 層樓，籠門深鎖。籠內中央擺放著一塊枯木枝枒横生，頗顯蒼勁，然眞正令律鳶花三人驚訝的是鐵籠子裡的囚犯，竟是一群活蹦亂跳的野猴子！

牠們望見有人靠近紛紛抓住鐵籠的欄杆搖晃，叫聲吱吱唧唧似在尋求放生？

「哇，這些猴子被關在這裡，該不會是要做什麼非法料理的食材吧？」辜沉提出合理懷疑。

蕭瑤興奮地睜大眼睛，開心道：「該不會是猴子軍團表演秀吧？溫泉季的活動節目單上有這一演出項目嗎？」

律鳶花則觀察到某隻猴子身上沾染著些許泥漿乾掉的痕跡，霎時心裡有譜。「我想這些猴子應該是因爲出現在溫泉業者所經營的湯池中，所以被當作侵入者抓起來關禁閉了吧？」

「答對了！」一個略爲熟悉的聲音在耳後響起，來者正是蘭湯溫泉會館的員工許辰辛，手裡還提著一桶雞蛋。「這附近猴群可猖獗了，所以整條溫泉街的人都會將不請自來的野猴子，捕抓並帶到這裡囚禁起來，要不然一直放任猴子闖入露天湯池與人同浴，可是會被客訴到爆的啊。」

律鳶花關切詢問：「那麼……這些猴子要如何處理呢？」

「這個嘛……還要等溫泉街協會的會員們開會決議，才能確定。」許辰辛語氣藏著無奈。

「依『野生動物保育法』來看，獵捕猴子應該是不被允許的吧？」

「是的，但秦會長人脈很廣在農業局也有熟識的人，所以算是有申請許可，能先暫時將猴子捕捉並關押在鐵籠中，再做處置。」

蕭瑤似在回憶裡翻箱倒櫃：「讓我想起了到某大學開研討會的情境了，那間大學也是深受猴群騷擾所害，猴子不但會搶奪學生的食物還會闖進宿舍大鬧天宮一番，即使報警也是徒勞，在那裡猴子被稱作合法土匪啊！甚至爲了抗衡猴子的攻擊學生還會自備空氣槍自衛。」

「我知道這件事，好像每隔一陣子這人猴大戰就會上新聞啊！」辛沉望著鐵籠子裡的猴群，同情憐憫稍微收斂了一些。「該如何處置，還眞是個難題。」

許辰辛解釋道：「不過目前這裡的猴子還沒有主動攻擊人的紀錄，我想尚不算罪大惡極。」

「猴子們是由你負責照料餵食的嗎？」律鳶花問。

「啊，是的。」許辰辛將水桶提至胸前展示。「我正要去泥漿溫泉那裡煮一桶溫泉蛋，一半是 Buffet 的菜色之一，一半是猴群的餐點。」

「咦，怎麼有種我們被當成猴子的錯覺了……？」幸沉眉頭一皺難掩苦笑。

隨後四人相伴而行，來至泥漿溫泉參訪還順道提前享用了幾顆溫泉蛋。

由於許辰辛尙有工作在身，在贊助完溫泉蛋後便先告辭離去，剩下律鳶花、蕭瑤和幸沉三人褪下鞋襪在泥漿足湯裡一邊泡腳一邊閒聊，頗有種滌盡塵囂，舒鬱忘憂的感觸，將心境一換。

而此時的律鳶花卻掛念著一件事：「對了，除了『礦水之神』和『吊橋斷裂』外，既然是推理溫泉季，那麼作爲出題者的遲正壎先生給旅客的謎題又在哪裡？」

幸沉掏出口袋裡的智慧型手機，打開了推理溫泉季的互動 APP，並登錄後：「好像是在6個活動中會各得到一組數字，集齊6組數字率先打開寶箱的人，即是勝利者。第一個活動項日，正是這個在 APP 上的實境遊戲。」

「APP 上的謎題啊……是在歧視沒有手機的人……嗎？」律鳶花微嘟著嘴，眼裡透露出無辜。

「噗噗，連我八十歲的阿嬤都有手機，成爲低頭族的榮譽會員了。」蕭瑤拿出手機，同樣觀看著推理溫泉季的活動辦法。「在我認識的親友裡只剩下小白和鳶花妳不用手機了。」

幸沉表示：「原來也有人和偵探小姐一樣不用手機啊？」

蕭瑤立即否認：「喔，不，小白是我實驗室裡最長壽的那隻白老鼠的名字，情同家人。」

「呃，原來如此。」幸沉將手機畫面開好後遞給了律鳶花。「第一則謎題在這裡。」

「謝謝。」接過手機，律鳶花仔細端詳，是一個看似有趣的遊戲。

畫面中一共有一百座溫泉，但只有一座是硫磺泉，假設無法以氣味來辨認，只可以靠銀幣變色來篩選出哪一座是硫磺泉，並且銀幣變色需耗費一小時，若要在一小時後判斷出硫磺泉所在，至少需要幾枚銀幣？

選項如下：

A）7枚。

B）13枚。

C）50枚。

D）99枚。

蕭瑤瞅了瞅題目：「結合了銀製品碰上含有硫化氫的硫磺泉水，會變成黑色硫化銀的化學變化來出題，還算是有用心。」

眼看律鳶花雙眼凝望螢幕陷入了深深的沉思中，緘默許久，不發一語的模樣，幸沉偷偷看著律鳶花那臉欺膩玉的容顏，似也陷入了什麼裡不可自拔。

一向對這種事敏感的蕭瑤瞧著幸沉瞧著律鳶花，不禁感嘆：「一個陷入謎題，一個陷入情網，只剩下我一個人陷入泥沼就是了。」

良久，律鳶花忽然抬頭望向蕭瑤：「似乎是個數理謎題，小瑤妳知道答案嗎？」

「嘿嘿。」蕭瑤露出驕傲的神情將下巴抬得高高。「當然，你們兩個文組出身的大概很難想出解題關鍵，但像我這種理科女一眼就看出解題手法了喔！只是不想破壞妳解題的樂趣才保持安靜。」

「別講，讓我再想想。」律鳶花再度低下頭思索著。

幸沉卻起身道：「天快黑了，還是先回別館，在路上一邊走一邊想吧，畢竟走路也有助於思考。」

苦思不解的律鳶花，望了望漸晚天際，點點頭，然後看向蕭瑤：「看來歸途上，要請妳做一回楊修，我做一回曹操了。」

蕭瑤微笑：「回別館的路程可不到三十里喔。」

5

返回蘭湯溫泉會館別館後，並無任何異樣，律鳶花、蕭瑤和辜沉三人在餐廳的 Buffet 用膳。實際上除了不願揭下面罩的丁樹人和在房間內趕稿的遲正壥外，其餘人等一樣選擇了在餐廳用膳，只是時間上略有錯開。

而爲了應付萬一有突發狀況橫生，秦旺則在用餐後待在大廳看著電視新聞守望著。尙學銘在和秦旺聊了一下後，亦返回房間。

田博政前往一樓的室內湯屋去，打算好好放鬆享受難得的假期。

小情侶薛定緯和田惠雯二人，則在娛樂室玩著時下正流行的健身環電玩遊戲。

廚房裡林映蓉與許辰辛，面對杯盤狼藉，正收拾善後。

約莫晚上八點左右，夜色漸濃。

某個手機螢幕上橫字堆積往右刷出，一排接著一排似惡魔低喃狐魅軟語，操弄人心所向。

「裡面的東西已替換，相信對你要做的事有莫大助益。」

「可以去將門打開了。」

「但請容我暫時保密，姑且當作是份驚喜吧。」

三則訊息接續發送，接收到訊息的人不疑有他，依令行事，只為了彼此冀望。

打字者在通訊軟體上的頭像穿著黑斗篷臉部只顯一團漆黑，而暱稱則是：魅影指揮家。

正是遲正壎在房間內振筆疾書中的故事主角，假借其名者是誰？

在娛樂室對決完空氣飛碟球機後的律鳶花和蕭瑤各自香汗淋漓，過程中亦談及銀幣謎題之事，很可惜律鳶花仍未勘破箇中關竅，但宰沉卻已試出了正確答案。原來一旦答錯選項，只要等個五分鐘便可再次作答，直至答對為止。

「除了最後的謎題外，剩下的活動皆是如此，只要參與即可獲取該組數字，畢竟讓旅客擁有參與感才是首要條件，若是無人可解到頭來這推理活動豈不如同虛設？是我們協會拜託遲正壎老師這樣設計的，但請放心最後一關，真的只有憑實力一路推理出正解的人才能破關，不會剝奪你們推理的樂趣。」

回憶中的質問，秦旺給出了兼具情理的解釋。

蕭瑤自信道：「答案是A，7枚銀幣對吧？」

律鳶花點點頭：「沒錯。」

「妳想明白了？」

「不，即使知道了答案，我依舊推理不出。」

「呵呵，鼎鼎大名的負極偵探律鳶花也有推理碰壁的時候啊……？」

「覺得名偵探可以輕鬆解開所有謎題，本就是一個謬誤，只是一種對於全知全能的崇拜心理所產生的集體妄想，實際上每個偵探在面對不熟悉的領域時，都和一般人無異。」

「像是金田一或柯南有時會因爲聽到某些專業人士的一句話而靈光一閃，解開謎題那樣？即使是名偵探依然需要獲取解謎時必備的知識和線索，否則終將一籌莫展。」

「事實正是如此殘酷。」

「所以妳放棄一個人埋頭苦思了？」

「倒也不全是如此……」律鳶花手指抵著下顎，如入思索。「秦會長說『只有憑實力一路推理出正解的人才能破關』這句話無疑透露了一件事。」

「哦，是什麼？」

「所有的謎題，恐怕並非各自獨立而是具有相關性，或許我可從後續的謎題和解答，來倒推出這銀幣謎題所隱藏的推理思路。」

聽見了這番話後，蕭瑤不禁莞爾一笑，律鳶花雖不明其意卻無追問打算。

「那妳還要繼續挑戰囉？」

「當然，離最終謎題揭曉還長得很。」

一個敲壁反殺，飛碟球順利攻入對方球門同時結束了賽事。

兩人來到娛樂室外的迴廊上，一排販賣機矗立牆邊，不僅有各式飲料和特產甚至連研磨咖啡和現煮拉麵都有，可謂是琳瑯滿目一應俱全。

蕭瑤掏出零錢包準備投幣來杯咖啡，卻不慎打翻了錢包使得零錢們上演了一場大逃亡，滾了滿地競相出走，律鳶花見狀也趕緊蹲了下來幫忙撿錢幣，所幸錢幣皆後繼無力旋即成擒。

「哦，這是異國幣嗎？」律鳶花撿拾了一枚紋樣特殊的硬幣賞玩著。「好像是刻了一尾龍……」

蕭瑤接過硬幣：「這枚硬幣是我奶奶給我的護身符喔，不但可以招財，還能招桃花喔。」

「也太萬用了吧？」

「嘿嘿，很羨慕吧？限量可是比事實還殘酷的喔！」

隨後，蕭瑤順利買了杯瑪琪雅朵，律鳶花則買了杯無糖紅茶，兩人相偕閒聊著往電梯口走去。

豈料在路經湯屋門口時，在正對出入口的牆壁上驚見了揮灑潦草的血字留言，題字紅墨如血流在字體底端拉下一條條血痕如淚，周遭還留有噴濺的血紅污漬似的圖騰烙印，增添了詭譎感。

「吾覷見了，通電後的罪人將入死關！」

署名：磺水之神。

蕭瑤興奮道：「哇，真的有血字留言耶！」

「這句話……」意外熟悉的語法令律鳶花不自覺觸碰了牆壁上的字，頓感一陣冰冷刺骨。「為什麼會……好冰……」

剛結束工作，自湯屋沐浴出來的許辰辛一身短衣短褲頸肩還掛著條小浴巾，同時撞見了此景：

「喔喔，又出現了嗎？血字留言，我要趕緊拍下來發IG。」手腳俐落地以手機拍照，留存證據。

正當律鳶花和蕭瑤準備前往將此事告知秦旺等人時，忽然一聲慘呼刺破了旅館內的幽靜。

「啊……」兩人對望一眼，旋即趕往聲音發出的地點查看。迴廊景緻，迅速自眼簾掠過幾個轉角後抵達了大廳，在電視面前是站了起來的秦旺和趺坐在沙發上的林映蓉，各自臉上皆滿溢出驚詫和惶恐，他們到底是看到了什麼？

律鳶花趕至電視前一看究竟，碩大螢幕裡顯現出一個竹簍套頭，令人不寒而慄。

隨後頭罩怪客將拍攝鏡頭往後移，顯露出全身除了竹簍外只套著一襲黑斗篷掩蓋了身軀，一手掌控著自拍棒上的手機，另一手掌心裡則握著兩束粗大的電纜線，在切口剖面呈不規則的斷裂狀。

同時旁邊佇立數個直立燈盞，盞內炭火燒得熾烈，照明四周。這時一個熟悉物體映入眼中，是那個關押著野猴子們的大鐵籠，然而此時野猴已全消失無蹤，底部鐵板上赫然躺著一個人形！

同樣聞聲趕赴而來的田博政，看著電視上被切換的畫面臆測：「什麼東西，難道是殺人直播嗎？好傢伙，終於開始動手行凶了嗎？」

「頭上套著像是虛無僧的竹簍，太詭異了吧……」自娛樂室趕至的田惠雯乍見螢幕，略感不適。

「是突然間轉成這個畫面？莫非是線路被偷接了嗎？」同行的薛定緯提出疑問。

隨後到來的許辰辛則猜測道：「應該是和遲正壎老師一樣用手機投影吧？只要在一定距離內，可以不經由遙控器設定，直接由手機強制同步畫面。」

田惠雯環抱住薛定緯，有些膽怯：「好可怕喔，又是血字留言，又是殺人直播……」

「血字留言？」秦旺乍聞此語難掩驚訝。

蕭瑤接話解釋：「沒錯，我們正是要來向您通報這件事，在湯屋門口的白牆上又有新的血字留言出現了。」

「寫了什麼？」

「『吾覷見了，通電後的罪人將入死關。』」

未及秦旺反應，局面再度生變，頭罩怪客將鏡頭對準了鐵籠裡的人，火光映照下，此人正是——

「辜……沉……，怎麼會……」律鳶花凝望著螢幕，一時呆滯。

田博政面露驚慌：「喂喂，那個疑似名偵探的小哥該不會要被撈起來滴水了吧？」

恢復冷靜的林映蓉剖析畫面所在：「是關押野猴的鐵籠子，地點在通往泥漿溫泉的路上。」

此刻螢幕中的頭罩怪客，將鏡頭固定住後，把手裡的兩束斷裂電纜裸露出的銅線接近，霎時碰撞出一條清晰的藍色電光串連兩端，滋滋作響，極度駭人。

薛定緯緊緊摟住田惠雯，臉顯難色：「那是高壓電吧？莫非那怪人想要……」

然後像是要驗證電流威力般，鏡頭一偏旁邊大樹上垂下一個布條底端綁著一本類似雜誌的書，頭罩怪客再度將銅線靠攏，藍色電光接觸到書角後猛然著火，轉瞬燒成一顆火球將布條燃斷，墜下。

秦旺面色凝重：「不是虛張聲勢，這傢伙是來真的！」

旋即頭罩怪客將其中一條電纜接在鐵籠底端外側並固定住。

一條則綁在樹枝上，懸吊在鐵籠上方並設計了一個簡單定時裝置，在中空型時鐘的分針上焊接了一個銳利刀片，將懸吊電纜用的釣魚線藉由樹枝纏繞，橫放進時鐘指針行進路線中，只待分針刀片劃斷釣魚線，電纜線便會掉落在鐵籠頂端，屆時兩極會合將使整座鐵籠子通電。

頭罩怪客設置好機關後，拿起手機將鏡頭對準了時鐘並拉近至極限，好讓螢幕前的眾人可以判斷出約莫還剩幾分鐘電纜線將無情掉落，然後中斷了連線畫面。

於是電視畫面再度跳回了千篇一律的新聞台播報。

「可惡！」秦旺牙一咬緊轉身衝出。「我不會讓任何人喪命在溫泉街的！」

此時的蕭瑤才驚覺律鳶花竟消失了？

「咦，鳶花怎麼不在了？」

「剛才律小姐慌慌張張跟我討了鐵籠子的鑰匙後，就飛奔出去了。」許辰辛向蕭瑤解釋。「只是大家注意力都放在轉播畫面上，所以好像沒什麼人察覺。」

「咦咦，有這種事，看來鳶花很擔心臯沉的安危啊，不行，我也要趕快追上才對。」

「呿，那兇手或許還在籠子附近徘徊，我也去。」田博政義憤塡膺跟上。

林映蓉指示許辰辛道：「阿辛，你也去吧。多一個人，多一份照應，但別輕易和兇手起衝突，安全爲上。」

「老闆娘，我知道了。」許辰辛頷首應諾並收起了手機，尾隨著蕭瑤和田博政而去。

只剩林映蓉和薛定緯、田惠雯三人按兵不動，留守大廳。

然此番騷動下，卻仍不見尙學銘、丁樹人和遲正壎三人下樓查看，爲何置若罔聞？

路燈稀稀落落勉強照亮出指往泥漿溫泉的荒徑，草叢窸窸窣窣似風催促著指針轉圈，不擅長跑步的律鳶花奮力朝鐵籠子所在處狂奔，深怕遲了片刻，即是換來天人永隔的下場。

「DJ先生，你可千萬不能出事啊？雖然那鐵籠子是……但我……」

正當律鳶花瞧見了遠處數座火盞紅芒時，秦旺等人亦追了上來，出乎意料的是蕭瑤的體力絲毫不遜於另外三名男人，緊緊跟在隊伍中未曾落後。

指針呢？轉了幾分之一圈了？離懸吊著電纜的釣魚線被切斷還有多久？

「哇，救命啊，有人嗎？快來救我啊！」自鐵籠中甦醒的臯沉，在一番觀察後理解了自身所處的險境，緊抓鐵欄杆朝外大聲呼救。望見律鳶花身影漸近，難掩欣喜。「偵探小姐，快救我啊！」

律鳶花雖一路踉踉蹌蹌，終是及時趕至，正當她一把抓起鎖頭準備插入鑰匙時，鬧鐘聲乍然作響，指針刀片立即劃斷了釣魚線，失去釣魚線支撐的電纜線登時朝鐵籠頂端無情墜落。

田博政大叫：「太危險了，快離開。」

這時候，秦旺一個箭步上前抓著律鳶花的後領往後一拉，將她拉離鐵籠。

眼看著，最後一絲生機愴然湮滅，但能在魂歸九泉前再見律鳶花一面，辛沉不由得滿足地笑了。

「訣別了，偵探小姐。」

斷裂的電纜線不偏不倚落在鐵籠頂端，竄出藍色電流貫向整座鐵籠。

「哇啊……」辛沉嘴裡不斷嘶吼著，身軀亦不斷顫抖扭動像是隻笨拙的八爪章魚般。

律鳶花則是一臉冷靜詢問：「DJ先生，這是你新學的舞蹈嗎？看來進步空間浩瀚無垠啊……」

辛沉被問得傻住，看了看自身並無遭電流灼傷的跡象：「咦，我沒事嗎？」

「恭喜你，成爲了『野猴中的法拉第』。」

「法拉第是誰……？我只知道法拉利，而且我買不起……」

除了蕭瑤外，秦旺、田博政和許辰辛皆目瞪口呆，搞不懂如今到底是什麼情況？

隨即律鳶花將固定在鐵籠底端外的電纜線踢開，正式解除了通電狀態，然後用鑰匙打開鐵籠門。

重獲自由的辛沉，閉著眼想衝去擁抱律鳶花卻被她閃開，而抱到了補位而來的大叔田博政。

許辰辛疑問：「難道鐵籠子並無通電嗎？一切只是假象？」

「至少我想應該不會是這個小哥天生神力不怕電流，或者是要覺醒成漫威英雄了吧？」田博政無奈望著辜沉。「再抱下去，我可要按節收費了啊……」

「咦，偵探小姐妳的聲音怎麼怪怪的？」辜沉拉開距離定睛一看，才驚覺抱錯了人，趕緊鬆開。

秦旺向四處調查線索的律鳶花提問：「律小姐，妳似乎並不意外，可以請妳解釋一下嗎？」

律鳶花一邊用枯枝撥弄著火盞裡的木炭，一邊回答：「簡單講是一種『物理現象』。既然現場有理科教授在，我就不班門弄斧了，還是請小瑤解釋給大家聽吧！」

「喔喔，原來是『法拉第籠』啊！難怪我一直覺得有點火燒豬頭，面熟啊面熟。」蕭瑤握拳捶掌恍然大悟，當仁不讓開始闡述其原理。「此乃英國物理學家，麥可・法拉第曾做的一個實驗……」

蕭瑤以淺顯易懂的方式，解釋了法拉第籠是基於靜電屏蔽原理。

金屬導體（鐵籠子）是一個等電位體，在靜電平衡狀態下，內部電場強度處處爲零，不存在著電位差，因此人在裡面並不會觸電。

「雖然聽不太懂。」田博政搔搔頭，懶得去梳理並參悟蕭瑤的解釋。「反正簡單講，這就是個看似魔術或詭計，但實際上只是個用來嚇唬外行人的理科實驗是吧？」

蕭瑤無奈苦笑：「要這麼說，似乎也可以……」

秦旺望著忙碌亂竄的律鳶花問道：「有發現了什麼關於兇手的蛛絲馬跡嗎？」

「確實有些收穫。」律鳶花自草叢裡拖出一台小型發電機。「嘿咻，例如這個……」

許辰辛見狀趕緊上前接手：「律小姐，讓我來拖就好。」

「麻煩你了。」

「我發現有項『理該存在於此的東西』消失無蹤了！」律鳶花忽然疾聲宣言。

蹲在地上研究發電機的許辰辛聞言，猛然抬頭望向律鳶花一時四目相接，隨後她嫣然一笑：「那本被頭罩怪客燒燬的書，竟連一點殘骸都不剩了，爲何頭罩怪客要將殘骸清理掉呢？」

「可能不想讓人看到那本書的殘餘內容吧？」許辰辛面露微笑，顯得有些倉皇地回答。

田博政則指著樹幹上的時鐘機關問：「那個機關呢？是否也該取下看看，或許是個重要線索。」

「好，我來拿！」幸沉自告奮勇搶攀上樹，不一會便將時鐘、刀片和釣魚線等機關組成零件全數回收取下。

採證告一段落，在秦旺提議下眾人旋即攜帶著相關事證，打道回府，重返別莊。

歸途上，問及幸沉可曾見識到頭罩怪客的廬山眞面目，他只表示在開門回房時遭到偷襲被迷暈了，自此意識中斷，發生了什麼事一概不知，再醒來，已成爲了鐵籠中的囚客，只得坐困愁城。

律鳶花則沿路瞧著地面徐徐而行，落在最後，若有所思。

6

蘭湯溫泉會館別莊大廳內，除了仍在振筆疾書趕稿的遲正壎外，一度缺席的尙學銘和丁樹人皆已入座，打老闆娘林映蓉口中知悉幸沉慘遭囚禁命懸一線後，皆待在此處靜候消息傳回。

「不該趕快報警嗎？可能會演變成命案，甚至是連續殺人？」尙學銘面露憂戚，不斷搓手。

「在吊橋斷裂的情形下，即使再次報了警，警察也一樣無法立即趕來吧？當然如果眞的出現了被害死者，或許另當別論。」丁樹人冷靜剖析，語氣中甚是穩重毫無驚慌。

「眞是散漫的國家，難怪過去會發生像八掌溪那樣延誤救援的事件。」

「不見棺材不掉淚，正是這個國家的本質啊！出事之前，任何建議都是小題大作，危言聳聽，出事之後，只要隨便道個歉，在網路上製圖帶風向推鍋就好了，反正很快就會被新事件覆蓋了。」

田蕙雯頓感一絲詭異連結：「八掌溪、八条溪，只差一個字，該不會是『抓交替』吧？」

「要從刑偵劇，變成靈異節目了嗎？」薛定緯半開玩笑，試圖緩和氣氛。「別擔心啦，就算最後演變成喪屍片，我也會乖乖讓妳咬讓妳感染我的。」

「你才喪屍啦！」田蕙雯用小拳捶向薛定緯的胸膛表示不滿。

倏然伴著門開鈴響，一陣聲音由外而來接續著話題道：「多虧了法拉第大神顯靈，看來一時半刻閻羅王還收不了我，至於《屍速列車》還是讓它在另一條平行世界線外過站不停吧！」

隨著語音落下，辜沉等人再度出現在別莊大廳，同時帶著不知該稱爲證物或戰利品的小型發電機、鬧鐘機關、布條、一些木炭和兩束斷裂的電纜線回來。

林映蓉輕拍心口，吐氣道：「沒事，眞是太好了。」

「既然脫險了，實在可以先打個手機回來報平安才是，難道是想讓我們感受一下未知存亡與否，那種恐懼的戰慄嗎？」丁樹人語調平和，面罩又掩去臉部表情，讓人搞不懂到底是開玩笑抑或調侃？

面臨疑問，秦旺回答：「我們並無此意，只是事出突然，一時思慮不周沒想到罷了。」

「呵呵，我隨口一問而已。」

「好了，人沒事就好，我到廚房準備些宵夜給各位，請暫時留在大廳。」林映蓉轉向許辰辛交代工作。「阿辛，請遲先生下來一起用膳。」

「是，老闆娘。」許辰辛將小型發電機靠放在櫃檯前，然後撥打室內電話。

尚學銘緊繃神情亦舒緩許多，按壓了頭兩側的太陽穴似乎還有些精神不濟：「剛才下來前我有去敲遲正壎大師的門，但並無回應，不知是否和我早前一樣昏昏入睡了？」

「好，我知道了。」此時許辰辛掛上電話，向眾人告知。「遲正壎先生表示寫作告一段落了，稍微整理一下，很快就會下來了。」

眾人入座後，辜沉忍不住發了牢騷：「太可疑了吧？我都發生了這種被綁架差點被撕票的事件，那傢伙卻還可以泰然自若地龜在房裡寫作……？」

蕭瑤順著思路接話：「你是懷疑……或許他剛才根本『不在房裡』？」

大膽推測霎時引得廳內眾人側目，氛圍一僵，豈料一陣慌張跫音踏碎了凝凍氣氛，如冰裂解。

「字……消失了……」林映蓉略顯緊張地前來知會。

聞言，律鳶花乍然起身往迴廊上奔去，其餘眾人亦瞬間領會所謂的字，是指血字留言，紛紛尾隨跟上欲一探究竟。

在湯屋入口前，本該渲染著一片血豔文字，譜寫著如戰場屍骸拼湊般的錯落潑墨，然僅彈指一瞬，全煙消雲散恍若虛幻，潔淨白牆廓然清明，莫非真是磺水之神自將其手筆隱去？

而律鳶花則將手掌攤開貼在牆上，凝望蒼白，默然無語。

「真的字都不見了！」許辰辛難掩詫異。

田博政不以為然：「八成是趁我們趕去營救小哥時，有人偷偷將字擦掉了，有啥好大驚小怪？」

薛定緯伸出手指觸摸牆壁：「短時間內，一般人有可能將血跡擦得這麼乾淨嗎？」

尚學銘眉頭一皺：「難道眞是神靈作祟？」

田蕙雯則提出疑問：「雖說是血字留言，但眞的是難清理的血跡嗎？或許只是好擦拭的油墨？」

「要做個『魯米諾』來檢測是否眞有血液嗎？」出聲者乃是姍姍來遲的遲正壎。「可惜這裡沒有鑑識小組，也沒有理科實驗室。」

辜沉意有所指道：「按照推理套路『最後一個抵達案發現場的人』，極大機率是眞凶啊！」

遲正壎微笑予以駁斥：「不對吧，往往『第一目擊者』才是最具嫌疑的啊！」

言一出，俄頃間眾人視線往林映蓉身上圍剿而聚，雖感壓力襲身，但慣看人情冷暖的她依舊沉著，面不改色，只微微搖頭，否認此番假設。

正當局面陷入膠著，律鳶花驀然收回了貼在牆上的手掌回眸一笑：「與其胡亂臆測，不如用理性的『推理』來釐清眞相，姑且就從這神祕出現又莫名消失的血字留言來開始如何……？」

蕭瑤半打趣半褒揚道：「看來名偵探要上線了！」

許辰辛表情一振：「需要椅子嗎？畢竟等等就要擺出沉睡的姿勢了吧？」

「我可不是某位小鬍子大叔，但確實需要請你幫我準備一些東西。」律鳶花耳語一陣向許辰辛囑咐了所需道具。「我想廚房裡應該都有這些東西才是？」

「沒錯，都是常用的料理器具，我這就去幫您拿來……」語畢，許辰辛慌慌張張往廚房奔去。

辜沉微低垂著頭手指扣住下顎思忖道：「廚房？該不會是使用了『分子料理』技巧的劃時代詭計？在各類型推理偵探中，確實也存在有美食偵探這一分支啊……」

田博政哈哈大笑吐槽：「小哥你腦洞比黑洞還大，智商比情商還低啊，這種事怎麼可能？」

薛定緯則虛張手掌在空中蓋章般逐字加強語氣：「假如是動畫或電視劇，此時八成會上字幕『溫、泉、會、館、料、理、殺、人、事、件』。」

田蕙雯被逗笑了，隨即附和：「呵呵，好有畫面喔！」

「分子料理……嗎？」略微想了一下的律鳶花，語露玄機。「硬要說的話，似乎還真有一點點關連喔。」

「咦？」正當辜沉對律鳶花值得玩味的回答感到詫異時，許辰辛推著輛餐車返回至眾人眼前。餐車上面擺放著一個噴燈和一個圓柱桶子以及鐵夾。

遲正壎一瞧見霎時心領神會：「原來是這種詭計，太簡單反而忽略了。」

林映蓉凝望著遲正壎問：「遲老師，你知道手法了？」

「君子不掠人之美，還是讓名覆金甌的負極偵探來解謎吧！我洗耳恭聽即可。」

「那我就獻醜了。」頷首示意後，律鳶花不囉唆開始解釋整個手法。「手法確實很簡單，只是利用了『感溫油墨』罷了。」

尙學銘追問道：「意思是隨著溫度變化，油墨會出現或消失嗎？」

「沒錯，就像這樣。」律鳶花拿起鐵夾打開圓柱桶自裡頭夾出一塊乾冰，往牆壁上磨蹭了過去，隨即血紅字跡登時映現而出，一筆一劃皆未磨損。

雖是簡單手法，但親眼見證下還是令眾人不禁瞠目。

丁樹人舉一反三：「我懂了，和『擦擦筆』的原理一樣對吧？」

「是的，擦擦筆是以摩擦產生高溫讓字消失，而這裡我們用更快的方法。」律鳶花轉開噴燈以火焰輕拂過血紅字跡，往復數次，血字霎時銷彌無蹤牆又歸白。

蕭瑤憶起律鳶花過往的舉動，恍然頓悟：「所以鳶花妳剛才伸出手掌觸碰牆壁，是感受到了溫熱？但在初摸血字留言時手指卻感冰冷，兩者差異，讓妳洞悉了機關所在？」

「正是如此。」律鳶花接著闡釋並剖析早前發生在蘭湯主館的事件。「而早些時候秦會長在主館三樓，所遭遇的溫泉池面上漂浮顯靈的『神怒相』臉譜以及長廊牆面上的『血字留言』，皆是同樣原理的應用。」

秦旺略一思忖回答：「我若沒記錯，當時千又推著餐車在長廊與我擦肩而過時，車上的餐點是炙燒生魚片拼盤，確實是一道會同時用到『乾冰』和『噴燈』的日本料理。」

薛定緯順著脈絡推敲：「根據網路新聞報導，神怒相是漂浮在溫泉水面，莫非是用同樣的感溫油墨作畫，再藉著油水不相容特性讓圖騰浮顯在水表面上。」

田蕙雯提出疑惑：「但感溫油墨不是遇熱會消失無蹤嗎？如何在溫泉上顯現出來？」

律鳶花隨手將噴燈歸位並回答：「很簡單有人事先調換了溫泉裡的水，變成冷水，再以感溫油墨布置了神怒相，在三樓燈光消失後一陣子，隨即放掉冷水並灌入眞正的溫泉水，如此　來縱然油墨並未隨冷水排出，在溫泉熱度下亦會變爲透明而隱匿了起來。」

尚學銘問：「要辦到這種事，沒那麼簡單吧？」

律鳶花答：「沒錯，這手法雖單純，但除非是可以操控『鍋爐室』溫泉水自由灌注和排放的人，否則難以實行。」

一個響指在額頭旁打出，茅塞頓開的辜沉亦侃侃而談：「除了『可進入鍋爐室的人』外，當時向櫃檯『訂了炙燒生魚片的房客』也很可疑，似乎早有預謀。」

田博政大呼有趣：「有意思，看來嫌疑人的範圍開始限縮了。」

神情頓顯慌張的許辰辛，岔開了話題：「當時將辜沉先生綁走的頭罩怪客可是做了直播，所以在場的所有人應該都有『不在場證明』才是！我想真凶諒必是隱藏在暗處的外來者吧？」

一臉微笑的遲正壎，卻毫不遲疑將自己推向了風口浪尖：「不，直播時我和丁樹人、尙學銘都在樓上並未露面，或許那頭罩怪客就是我們中的一個也說不定，不是嗎？」

「不，那影片並非直播，而是預錄的。」律鳶花語氣果決。

秦旺試著推論：「妳的意思是頭罩怪客在拍完預錄影片後，便將鬧鐘按停了？甚至是往回撥了？」

「正是如此。」律鳶花自袋子中取出從案發現場帶回的鬧鐘，並在眾人眼前演示。「這鬧鐘雖經過小小改造，但不影響分針的控制，要回撥一圈並無問題。」

林映蓉接著道：「這麼說大家的不在場證明，最多必須往回推一個小時才能成立？」

田博政：「這只是懷疑吧？還是說妳有確切的證據嗎？」

「當然有。」

「證據是什麼？」

「是木炭。」律鳶花請眾人移駕至大廳，並讓許辰辛將早前手機錄製畫面投影至電視上。「那時我向許先生索討鑰匙後，同時請他將電視畫面錄製下來，請看。」

隨著頭罩怪客的犯案實況和後來秦旺等人趕往鐵籠所在救人，這兩部影片先後播放，可隱約看出兩者燈盞的火焰大小有所消減，且木炭體積亦有縮小，其幅度絕非短短幾分鐘所產生的差距。

秦旺倏然憶起，當時律鳶花曾用樹枝撥弄著木炭的情景：「原來那時，妳就懷疑了兇手在『時間』上動了手腳？」

「在有所限定的『嫌疑人數』中，『不在場證明』尤為重要，因此在『時間』上掩飾詭計，是很合理的預判。」律鳶花繼續解釋。「而兇手返程時為了避免撞見眾人必小心行走，同時為了掌握眾人的分布情形，以求盡可能讓多一點人可以看見直播畫面，勢必得耗費不少時間。」

遲正壎似在嘲笑：「為了讓多一點人上鉤，反倒造成了破綻。眞是聰明反被聰明誤啊！」

辜沉將血字留言和預錄影片合併思索後，剖析道：「重新整理一下，血字留言是在你們救援隊離開後才消失，所以救援隊所有人和我，皆可排除在嫌疑人之外。而因觀看直播而取得的不在場證明，也因鬧鐘詭計而瓦解，所以留在別莊內的遲正壎、尙學銘、丁樹人、林映蓉、薛定緯、田蕙雯，眞凶就在這六人之中？」

聞言，薛定緯辯解道：「假設若和發生在蘭湯主館的上起事件是同一人犯案，那時我和小雯皆未到溫泉街來，一起在賣場內上夜班，有監控錄像，是很明確的不在場證明。」

丁樹人亦以同藉口開脫：「我也一樣，上起事件時我正好赴診所看病，有就診紀錄可以作證。」

田博政則瞥著丁樹人不以為然諷刺：「在推理劇中，像這種遮掩著臉的角色，由多人輪流扮演冒充不是理所當然的嗎？現在和我們談話的『丁樹人』，和一開始的『丁樹人』，搞不好並非同一個人對吧？偵探小哥？」

被點名的辜沉不加思索回答：「確實，蒙面頂替是很司空見慣的推理套路之一。」

丁樹人毫不慌張，反唇相譏：「要說共謀，我看兩個姓田的或許才是沆瀣一氣，田姓雖不稀罕，但要在這寥寥數人中撞上兩名，只怕亦非巧合？」

田蕙雯一臉皺成了包子，無奈辯解：「傻眼貓咪，我和那個大叔才沒關係喵！」

眼看田博政又欲出言尋釁，秦旺急忙喝止：「好了，缺乏論證的互相猜疑，只是淪爲構陷，並讓眞凶看笑話罷了，請諸位適可而止。」

亦名列嫌疑人名單之中的遲正壎卻一派從容，單刀直入問了律鳶花一個問題：「那麼律大偵探，妳知曉凶手的廬山眞面目是誰了嗎？」

霎時間，鴉雀無聲，眾人目光皆聚焦於一處等候著答案。

「我不知道。」律鳶花斬釘截鐵回答，眼眸中流露出幾許複雜情思。「線索尚不滿足，妄斷眞凶身分只是劃地自限，但我認爲『眞凶尚未達成日的』，所以必然還會再出手，到時總會捉到那一條神出鬼沒的狐狸尾巴。」

遲正壎又環顧眾人提醒：「對了，每個人都最好清點一下貴重物品是否遺失？若是外來的入侵者，或許別有所圖。」

眼見推理告一段落，身爲蘭湯溫泉會館老闆娘的林映蓉挺身而出，撫慰眾人情緒。「既然眞凶尚無定論，夜又已深，諸位可回房休息，明日一早，救援直升機將會如期趕至。若不想落單者，可在大廳歇腳，我會徹夜相伴。」

夜深了，如各自輾轉難眠的思緒深深。

蕭瑤倚著窗望著無垠星空，口中輕輕吟唱著某首歌：「這裡的人家遠渡重洋，找到他們家，看了幾回就要這個，六歲的女娃。爲了大哥要娶媳婦，沒錢的媽媽，收了四百個龍銀，讓她離開家……」眼瞳裡盪漾著惆悵，亦深深。

檢查是否有物品遺失的尙學銘，望著牛皮紙袋上的線扣和自己慣用的捲法似乎有些微差異，疑問著是否被誰偷偷動過了？

因靈感用罄而打字驟停的遲正壎也起身向窗外望去，空蕩的山谷不久前還懸著座吊橋，而今只剩幾盞小燈照明，提醒著路人勿要在夜裡一腳踏空墜下深谷，看著再無橋樑的山谷，若有所思。

秦旺坐在床沿刷開了手機相簿裡一張翻拍的陳舊照片，是一群婦女聚集在一間溫泉旅館前的合照，裡頭抓著正中間婦女的手的小男孩，正是小時候的他，受了何種觸動爲何突然想起了往事？

同樣的一首《四百龍銀》在同樣清醒不寐的丁樹人嘴裡只餘曲調哼唱，他將一枚硬幣用拇指彈起接住，再彈起再接住，反覆不止，而床頭櫃上則放著兩罐玻璃瓶，裡頭裝著像是水的未知透明液體。

夜深了，連眞凶的利爪都收斂蟄伏了，而殺意仍深深。

一向早睡的律鳶花卻還醒著，踩著輕聲步履來至某房間外輕輕敲門，房裡有誰？她所爲何來？

「DJ先生，不，兇手先生請開門。」

門扉應聲拉開。

夜深了，謎團潛藏在眾人心中依然深深。

6

「這下是不是算縱虎歸山了？不對，應該說是擲葉入林才對，聽起來怎麼好像還是怪怪的？」

坐在直升機艙內的辜沉搔著頭，研究著該用何種措辭來詮釋如今兇手尚未明朗，而暴風雨山莊的孤立性卻已被土崩瓦解的當下，那種將眞凶放走的無奈和無力感。

靠窗座位上的律鳶花卻很平靜只淡淡回應：『這不是好事嗎？在有人遇害前，暴風雨山莊便不攻自破了，假如是推理小說那可是創舉喔。」

「什麼創舉啊，這種『放走兇手』的爛發展，根本不算是『本格推理』啊！」

「說得是，那麼應該將兇手逮捕歸案才是。」律鳶花倏然一抹眼神如冷箭射出，刺穿了辜沉欲蓋彌彰的笨拙掩飾。「DJ先生，你覺得呢？」

心虛的辜沉一聲乾咳：「咳咳，是我錯了，都民國幾年了還玩啥暴風雨山莊，每個人的頭像一個個打X，最後才找出兇手，人都死幾輪了想想這偵探有夠可笑，還是創舉好，創舉好。」

同坐一列的蕭瑤則隨口一問：「那麼說來，與其說是『放走兇手』，倒不如說是『逃出兇手魔掌』更適合，隨著風險增加兇手還會出手嗎？」

「那得看兇手是否達成了『眞正的目的』？」律鳶花自機窗俯瞰著溫泉別館，映入眼簾裡的還有空盪的山谷。「但我認爲『血字留言』還會出現……」

「咦，眞的嗎？是推理出來的嗎？」辜沉一臉驚訝地追問。

「不是推理，難不成我會通靈嗎？」律鳶花的冰冷回答令辜沉一時語塞，只剩尷尬陪笑。

下了直升機後，眾人到蘭湯溫泉會館的主館內 check in。

在會館老闆娘林映蓉和溫泉街會長秦旺的簡短賠禮和介紹推理溫泉季活動後，眾人各自領著行李入房，旋即將被關在別館的不愉快暫時拋棄，重新開始享受旅程。

然而，對於那仍隱於暗處的謎樣兇手，眾人亦心存忌憚，因此皆有所防備。

「既然是享譽盛名的『負極偵探』，那應該能輕鬆解開推理溫泉季的謎題才足，我會在最後的關卡溫席以待恭候大駕，希望律大偵探妳不是浪得虛名，要不然我會很難過的。」

遲正壎在留下這段語含挑釁的話後，隨即揚長而去。

「哦，小花，妳被盯上了喔。」蕭瑤調侃道。

辜沉則看著遲正壎離開背影碎念回嘴：「你難過，我還讓你難產呢！」

律鳶花和蕭瑤聞言瞪大眼盯著辜沉，略顯驚恐，他接著解釋道：「小說難產。」

整頓好行李後，三人便開始遊覽舊溫泉街並參加推理溫泉季的相關活動節目。

在「爛漫燈海」拍了幾組不知該說是唯美抑或搞怪的照片和錄影，上傳IG和TikTok。

在「演唱會」和甫出道不久的歌手唱著近期的流行歌曲，當然身爲DJ的辜沉是倒背如流，可律鳶花和蕭瑤只能傻傻跟著搖晃螢光棒裝懂，但那熱烈氛圍仍有相當渲染力令人心曠神怡。

同時在過程中，相繼取得了「5」、「3」兩個最終解謎需用到的數字。

順道一提，在辜沉於APP實境遊戲試出正確答案後，得到的是「2」這個數字。

緊接著，來到了「溫泉巡禮問答競賽」的試題會場參賽。

遊戲方式很簡單，草坪上鋪著撰寫了大大的 YES 和 NO 的巨大方格拼接地板，每一道題目只要選擇

YES 和 NO 即可，留到最後的人可獲得精美禮品並會在最後揭露這一關的解謎用數字。

主持人拿著麥克風看著手卡出題：「問題一，俗稱美人湯的溫泉，是屬於弱鹼性的碳酸氫鈉泉，Yes or No?」

「簡單，簡單。」、「這個我知道。」幾乎大多數人都站進了粉紅底白字的 YES 方格中。只有幾個人站在淺綠底白字的 NO 方格裡，在答案揭曉後慘遭淘汰。

「問題二，日本別府地獄溫泉八景中的鬼石坊主地獄裡，有個被稱作鬼打鼾的噴氣口，可以發出 98 分貝的聲音，Yes or No?」

「問題六，八条溪溫泉街三大名湯中的寶劍泉，相傳是國姓爺鄭成功插劍後所冒出的溫水，聚集而成，Yes or No ?」

隨著問題難度由淺入深，一轉眼只剩下不到十人。

其中最具冠軍相的是個綁著俐落馬尾戴著墨鏡，身穿白襯衫加牛仔褲的年輕女人，她叫陳霈媛，因為工作上的需求，所以對溫泉的相關知識調查得鉅細靡遺且滾瓜爛熟。

好幾次都是第一個做出正確選擇的人。

而律鳶花、宰沉、蕭瑤三人，只剩下宰沉還獨自留在場上奮鬥，律、蕭二人皆早飲恨敗下陣來。

「問題八，早期台灣日據時代的八条溪溫泉街通用貨幣『龍銀』，寫著一圓的那一面上頭刻有 16 瓣菊花，Yes or No?」

因為陳霈媛接連答對又第一個做出選擇，使得有些人開始跟著她選，然而在這一題她卻玩了個小心機在時間截止前，臨時改站向了 Yes，一口氣淘汰了那些企圖坐享其成的跟隨者。

同樣站在 Yes 方格裡的只剩三人，宰沉也在其中。

陳霈媛瞧了一眼宰沉低語笑道：「看來做了不少功課，不愧是主持了十幾期『異聞館』的人。」

「妳在跟我說話嗎？」只看到嘴動，卻沒聽見的宰沉狐疑一問。

「沒事。」陳霈媛急忙瞥過頭去。

緊接著第九題後，又一人淘汰，僅剩下陳霈媛和宰沉兩人一決勝負。

主持人興奮道：「很好，只剩兩名參賽者了，到底誰會取得勝利呢？仔細聽清楚，想明白了！問題十，八条溪溫泉街是由當地土生土長的居民，胼手胝足開墾出來的，Yes or No？」

「根本送分題嘛！太簡單了。」宰沉毫不猶豫站進了 Yes 方格內，同時琢磨著：「要是兩人一直選同一邊分不出勝負，該不會一直玩下去吧？」

但陳霈媛卻未走向 Yes 方格，而是留在了 No 方格內。

主持人大喝道：「這題的答案是 No，八条溪溫泉街是由遠渡重洋而來的移民開墾。恭喜這位漂亮的小姐可以得到溫泉街限定的一萬元禮券！」

宰沉懊惱道：「被擺了一道，原來是陷阱題啊。」

陳霈媛志得意滿向宰沉解釋：「其實正確來講，也不能夠算是移民，而是『被買來的女人』……」

「被買來的女人？」正當宰沉想再追問。

陳霈媛已走上臺接受主持人頒獎，同時公布了第四組解謎數字爲「15」。

舞台上燈光閃耀霓虹四射，白霧般的乾冰似噴泉濃烈湧出，像極了古早綜藝節目的特效，陳霈媛自主持人手上接過了獎品，左手高舉獎牌並致謝。然而在煙塵漸散後，雪白朦朧中幾個殷紅大字卻在布景上，猝然顯露出來，一時間臺下喧嚷不休，神情中略帶驚恐。

陳霈媛和主持人雙雙回頭一望，頓時布景紅字映入眼簾：「執迷不悟之人，必遭天譴所誅！」署名：礦水之神。

「哇啊，偵探小姐妳說對了，血字留言真的又出現了！」幸沉指著布景上的紅字大呼小叫。「幕後黑手苦心孤詣部署的暴風雨山莊都被破解了，卻還打算一意孤行執行殺人計畫嗎？」

幸沉這一席話，卻讓律鳶花舉目相望後低首陷入了深思。

「怎麼了嗎？我有說錯什麼嗎？」幸沉眼角餘光捕捉到一抹熟悉人影。「咦，那個人不是……」

「太好了，這次也順利拍到了血字留言。」不遠處許辰辛也擠在圍觀人群中拍下了照片。

律鳶花在幸沉的指引下，亦看到了許辰辛。

一旁的蕭瑤琢磨著：「我記得之前旅館的血字留言時，他好像也在，該不會是有靈異體質吧？」

「是嗎？」聞言律鳶花竟走向了許辰辛，幸沉、蕭瑤二人趕緊跟上。

律鳶花禮貌道：「可以借我看一下過去那些你所拍攝的血字留言照片嗎？」

「喔，當然可以。」許辰辛將手機遞給了律鳶花，且語調中難掩炫耀和興奮。「四張照片，我可是一張不漏都拍到了。」

四張照片，一一刷過眼前，原來沒關注到的細節赫然浮現，將一切零碎逐片串起，終至完整。

只見律鳶花將手機放下嫣然一笑。

「偵探小姐，難道妳……」幸沉剛巧湊上律鳶花臉龐前。

「DJ先生，我看見了，通電後的曙光！」

7

本次推理溫泉季的壓軸節目乃是「皀飛車」大賽，考慮到不是每一間旅館皆有空間可存放，故協會找了一間倉庫讓參賽隊伍可免費擺放，但見昏暗的倉庫內依序停泊著一輛輛皀飛車，皆蓋上了布罩保持著神祕感。

一個黑影手持噴罐在倉庫木牆上噴灑，隨即空白的牆面上浮顯出了字跡。

倏然，倉庫亮若白晝，是燈被打開了。

「看來撰寫『血字留言』的兇手落網了，是吧？陳霈媛小姐。」律鳶花信步而來。

那個噴灑運動用冷凍噴劑讓血字浮顯的黑影人正是陳霈媛無誤。

「妳……妳怎麼知道我將字寫在這裡？」

「只是用了土法煉鋼的笨法子。」律鳶花舉起右手食指綁著一個OK繃。「我推測最後的血字留言必和皀飛車有關，所以用乾冰噴遍了整座倉庫內外，終於發現了這裡。當然我又用噴槍讓字復歸隱形，等妳前來，還不小心燙著了手指。」

辜沉憤恨咬牙：「竟敢害偵探小姐受傷，我們就要在此揭開妳的眞面目讓妳惡貫滿盈。」

律鳶花卻冷言相對：「DJ先生，似乎忘了自己也是這『共犯結構』的一員呢！」

「哈哈。」辜沉聞言尷尬陪笑，氣勢頓時削弱。

除了丁樹人外，所有當時在別館的人此刻全都聚在此處。

林映蓉提問：「所謂『共犯結構』是怎麼回事？難道除了她還有其他從犯一同故弄玄虛？」

律鳶花解析道：「是的，要營造出神出鬼沒的礦水之神警告，共犯結構一共有三人，擔任開鎖人的許辰辛、擔任偵探的辜沉和擔任兇手的陳霈媛。」

此話一出，眾人難掩震驚，田博政則指著辜沉斷聲道：「連這個小哥也是共犯？」

「沒錯，且讓我從那一夜說起吧……」

時間回到前夜——

律鳶花輕敲房門：「DJ先生，不，兇手先生請開門。」

打開門後的辜沉一臉心虛輕聲回答：「妳都知道了？」

「詳情等進去再說吧。」

於是進入房間後的律鳶花便開始侃侃而談：「要在暗夜山路中搬運像DJ先生這樣的成年男人，是很困難的，一路上亦無使用交通工具留下的痕跡，因此最有可能的情形是你自己前往鐵籠處的。假如你不是兇手，無須隱瞞此點。」

「但我被弄暈後，不是同時還有出現一個頭罩怪客嗎？」

「沒錯，所以兇手不只一人。」律鳶花望著神情慌張的辜沉接著道：「然而從你當初的反應來看並不知曉後續一連串的電擊設計，故兇手雖是複數但彼此間或許並不認識？」

辜沉嘗試辯解：「妳在說什麼啊？既然不認識，如何共謀？」

「你知道派翠西亞・海史密斯的名作《火車怪客》嗎？」

「妳是說我們用了類似『交換殺人』的手法？」

「是的，我是這麼推測的，眞正的幕後黑手『礦水之神』，用了『某些條件』作爲交換，召集了一票從犯幫助其製造這些詭異事件，由於每人只負責一部分且互不相識，所以很難找出破綻。」

「妳根本沒有證據吧？只是腦洞大開的推測罷了。」

卻見律鳶花突然雙目深邃望向辜沉的眼眸裡，似乎潛藏著期許：「確實如你所說，假如你並不願坦承，那麼除非借助檢警力量展開科學搜查，或許能從微物跡證中證明我的推論。否則，我的推理將陷入沼澤中，無法前行。DJ先生，你願意向我坦承嗎？」

而辜沉的表情從堅持到沮喪，再到無奈，最後舉了白旗放棄抵抗，如實相告。

時間回到現在，辜沉拿出了手機出示了和幕後黑手的社群訊息紀錄截圖，而對方使用的暱稱卻並非礦水之神，而是魅影指揮家。

「『魅影』嗎？」遲正壎不由得一笑，這名字正和自己的暢銷犯罪小說中的主角如出一轍，簡直像是栽贓嫁禍的圈套，或者故作圈套的圈套？

薛定緯推測道：「該不會是你故意用自己小說中的人物來犯罪，藉此成爲話題，來刺激銷量？」

田蕙雯附和：「確實這種事屢見不鮮，爲了賣書什麼惡劣的行銷手法都有。」

遲正壎不急著辯解自清，反倒向陳霈媛道：「和妳提出交換條件的一樣是魅影嗎？在這種眾目睽睽現行被逮的情形下，相信妳應該願意坦承一切吧？」

「哼！」陳霈媛也拿出手機播放了一段和魅影互通訊息的錄影。「沒錯，直到現在我才知道原來除了魅影，我還有兩個同伴啊。反正都被當場抓包了，再狡辯未免太難看了，我是以四處『撰寫血字留言』爲代價，和魅影合作的，條件是『祕湯』中的溫泉水。報酬，我已經拿到了。」

辜沉疑惑道：「祕湯，是指泥漿溫泉和寶劍泉嗎？那不是很容易取得嗎？」

林映蓉解釋道：「不，在溫泉街流傳著一句話『四水三泉一祕湯』，四水是指四種溫泉水質，三泉則是泥漿溫泉、寶劍泉和山鬼血泉，然而一祕湯並未對外公開，知曉其位置所在者屈指可數。」

此時陳霈媛又將話題丟給了許辰辛：『我的小同伴啊，你又和魅影交換了些什麼？」

許辰辛雖顯慌張，但神情又好似早預料到會有東窗事發的一天，微顫道：「我、我沒有截圖，也沒有錄影備份，但和我聯絡的是魅影沒錯。我以『調換溫泉水』和『打開鐵籠和倉庫的鎖』為代價，條件是替我救出『鐵籠中的猴子們』。」

林映蓉訝異低喃：「咦？阿辛，你這傻孩子……」

「魅影讓我可以親手放走牠們而不被懷疑，我很感謝他。」許辰辛滿臉欣慰，顫聲已然平穩。

辜沉卻一臉問號：「那你此刻坦承，不就等於讓魅影的掩護失去意義，根本是做白工啊。」

蕭瑤卻偷偷望向辜沉低語：「還是該像某人避重就輕，才是上策對吧？」

咳咳，辜沉輕咳兩聲掩去蕭瑤的質問，關於交換條件，無論如何都要絕口不提，否則前功盡棄！

許辰辛卻坦然道：「沒關係，因為害辜沉先生陷入危險，我一直深感內疚，對不起，辜沉先生，幸好你沒事，要不然我難辭其咎。」並鄭重鞠躬致歉。

「不、不用放在心上，我們不是『同伴』嗎？哈哈……」辜沉拍了拍許辰辛的肩膀表示無礙。

尚學銘琢磨道：「這麼說來『頭罩怪客』就是真正的幕後黑手礦水之神？同時也是魅影？」

田博政見縫插針，昂聲推論：「誰是真凶不是再明顯不過嗎？當日被困在別館中的人，只有一個人不在這裡，沒錯，那個沒臉見人的『丁樹人』八成就是眞凶，我猜得對嗎？美女偵探？」

「不，丁樹人此刻就在這裡。」律鳶花此言一出，眾人皆感莫名。

「小姐姐說得沒錯，因爲我就是你們所熟知的丁樹人。」眾人朝出聲者望去，竟是陳霈媛。「眞正的丁樹人是我大學的社團學長，因爲剛動完手術不便前來，我就借用了一下他的身分，想說這樣更容易掩飾我的行蹤，小姐姐妳是什麼時候看穿的？」

律鳶花打量道：「因爲妳和丁樹人同樣是左撇子且身高相近，所以當我看見丁樹人缺席時，我便知道了你們兩個是同一個人。」

陳霈媛瞧著左手掌：「沒想到會因爲這麼陳腐的理由被看穿啊，都怪我得獎的時候太開心了，一不小心用了左手。」

許辰辛亦好奇探問：「那律小姐是怎麼察覺到我涉案其中的呢？」

律鳶花耐心回答：「在確立了共犯假設後，如果我是兇手，拉攏能夠開鎖的人無疑是最簡單的方法，加上幾起事件鎖都未被破壞，更重要的是你並未查看『鎖的狀況』，一般來說身爲鑰匙掌握者會更關注鎖是否受損，因此鎖是你親手所開的機率很大。」

「原來如此，不是我做了什麼，而是我沒做什麼才被懷疑。」

「你拍攝到了四次血字留言，完整記錄了磺水之神的宣示也非巧合對吧？我猜測那是兇手做的一個『保險』，爲了怕某人錯過了留言。」

「確實魅影有告訴我，若能拍下每一次血字留言就能得知他的眞正目的，而他也會告知我大略的時間和地點，基於好奇心驅使，我每次都趕赴現場並順利拍下了照片。」

田博政不滿道：「那兇手到底是誰？肯定是在場的某一個人吧？」

「那麼以下我就來解析五則血字留言，眞凶想傳達的究竟是什麼吧？」律鳶花請辜沉拿出微型投影機將前面四則血字留言依序投放在牆上。「關鍵不在文字，而是右下角的圖紋。」

薛定緯疑惑道：「圖紋？那不是隨機造成的血色污漬嗎？」

「假如只看單一則留言，確實會這麼認爲。但若每一則留言都有看到，便會發現右下角的圖紋是刻意爲之，因其相較其他污漬更加清晰且成形明確。」

眾人定睛細看，圖紋分別像是：菊花、左弧櫻花串、右弧櫻花串、繩結以及剛被陳霈媛冷凍噴劑噴至顯形的『一』字。

田蕙雯仍是一頭霧水：「所以這些圖紋到底是什麼意思啊？有看沒有懂。」

「是龍銀！」律鳶花以手指彈擲出一枚龍銀硬幣，墜落在秦旺眼前被他伸手接住。「沒錯吧？秦會長。」

秦旺翻轉著手裡龍銀有感而發：「龍銀啊，眞是令人緬懷。」

「兇手眞正想傳達訊息的對象，就是秦旺會長！前四次血字留言出現後，你也都剛好在現場對吧？或者該說因爲預測你會在現場，所以兇手才選擇了那些地方撰寫留言。」

「我也隱約察覺到了。」

「那麼……秦會長應該也明瞭兇手眞正的意圖，可願公諸於眾？畢竟單靠目前的線索，是無法推理出來的。」

凝望著手裡龍銀，一面是一條飛龍盤舞之狀，一面則是集合上菊花紋、左右櫻花串、下繩結和置中的一圓字樣，秦旺百感交集，思緒彷彿回到了數十年前的那節光陰、那段日子，喜樂而艱辛。

「我有一個要求，不知在座的各位可否應允？」秦旺環顧在場眾人，眼眸裡滿是真摯。「希望大家不要對幕後黑手的真實身分追根究底，而我也會在此回覆幕後黑手暗示的問題，願一切紛擾在我表態後告一段落。」

眾人聞言面面相覷，各自思索，然辜沉則吐了口氣如釋重負：「我舉雙手贊成，這樣我們三人也算雨露均霑一起解套了吧？我不可想去警局喝那廉價咖啡。」

「我附議。」陳霈媛當即跟著帶起了風向。

「我……我也是。」許辰辛亦笨拙舉起了雙手卻像極了投降。

很快薛定緯和田惠雯也舉手贊同：「雖然不知道兇手真面目很吊人胃口，但假如可以順利解決一切也是不錯，畢竟參加溫泉季才是我們兩個此行真正目的。」

田博政則略帶不滿：「哼，都只想息事寧人啊！算了，當我棄權。」

爾後尚學銘、遲正塤、林映蓉、蕭瑤和律鳶花等人亦從善如流，舉手表示贊同，不再深究。

「感謝大家原諒我的任性，那麼我便長話短說。」秦旺看著尚學銘，輕輕頷首致歉。「很抱歉，尚先生我恐怕得拒絕貴財團要『購買八条溪溫泉街土地產權』的提議了。」

此話一出，霎時撥雲見日，眾人心領神會，原來幕後黑手磺水之神想要阻止的是這一件事！

尚學銘淡然一笑：「果然跟收購溫泉街這件事有關啊，當晚在別館我便發覺放著收購合約的牛皮紙袋繩扣綁法有所不同，八成是真凶偷看過了吧？」

「是嗎……」

林映蓉插嘴道：「之所以使用『龍銀』圖樣，是在暗示不要忘了溫泉街創立的初衷吧？」

秦旺點點頭接著解釋：「沒錯，當年溫泉街是由我母親和另外兩位年齡相近的阿姨所一手開創，那時這裡還很偏僻，幾無人煙。會用『龍銀』除了是那個年代的通用貨幣外，還有另一層涵意……」

陳霈媛靈光乍閃：「恕我失禮，該不會秦會長你母親和另外兩位都是用龍銀『買來的女人』？」

「正是。」秦旺毫不遮掩，這對他而言並不羞恥，所以無須遮掩。「那時盛行從附近的鄰國，以數百龍銀購買年幼女童，作爲『童養媳』。只因這些女童的原生家庭多半因經濟條件欠佳，而撫養不起，我母親便因此離鄉背井來到了這裡落地生根……」

一番講解，論點清晰提綱挈領，令眾人皆明瞭了來龍去脈。

秦旺講完後卻轉向律鳶花提問：「對了，律小姐，妳可知曉眞凶的眞實身分了？」

「是知悉祕湯地點的人。」律鳶花似乎理解了秦旺的用意遂不吝暢言。「若所料無差，應是另外兩名女子的後裔之一所爲，可惜線索僅此而已。」

妙至點上的一席話表明了若非藉助檢警力量以查戶籍，一般人難以藉由找出那兩名女子後裔的方式來鎖定眞凶是誰；且秦旺之所以不願揭露眞凶，正是因爲其乃母親摯友後裔而網開一面。

「既然如此，這喧鬧多時的磺水之神事件便劃下句點了。請各位盡情享受推理溫泉季的活動，你說是嗎？遲正壎老師。」

接續秦旺話鋒，遲正壎瀟灑一笑：「當然，我設計的謎題，可比什麼陳腐的血字留言有趣多了。」

秦旺向眾人深深一作揖。

隨後各自散去。

然而辜沉卻有一個疑問潛藏在凝望倩影的眼眸中，律鳶花她眞的未推理出磺水之神的眞身嗎？

8

翌日，上午十點。

在存放皀飛車的倉庫裡眾參賽者各自來領取車輛，辜沉整理著在來此旅行前一天寄出的皀飛車，藉著需兩人參賽的鐵規則，順利邀請了律鳶花共乘，雖然幫兇身分敗露然而計劃卻尚未破滅。

是的，打從一開始，揭露礦水之神眞相就非辜沉此行眞正目的。

苦心排布這一切種種，甚至借勢利用了以魅影之名在通訊社群搭訕的眞凶，提出了那個條件並與其合作設計，皆是爲了即將到來的那一個神聖時刻。

交換條件是：「請替我的告白製造機會！」

沒錯，向律鳶花表明心跡正是辜沉此行前來推理溫泉季的眞正追求。

但由於體內推理魂本能蠢動，在昨夜仍忍不住向律鳶花探詢了礦水之神的本尊究竟是誰。

然而，她並沒有直接告知，只是讓辜沉跟隨在側，一同展開見證拼湊眞相圖片的短短旅程。

「所以妳想和我談什麼呢？」第一位找上的是遲正壎。「關於推理溫泉季的謎題答案，我可是無可奉告喔。抑或妳懷疑我是眞凶……？」

律鳶花並未直球對決，反而投了顆變化球：「在離開別館時，我自直升機下俯瞰整座山谷發現了一件事，從遲老師你的房間窗戶往外看，是可以將吊橋盡攬眼底的，那麼你是否看見了毀壞吊橋者的眞面目呢？」

辜沉驚詫道：「咦，眞的嗎？若是如此，也有可能是他佔據了唯一一個可看見吊橋的房間，好在無人察覺下偷偷毀壞掉吊橋對吧？」

「妳能察覺到這件事眞不簡單啊。」遲正壎不掩讚許之情，卻語帶保留。「我確實看見了，我能說的只有這麼多了。」

緊接著遲正壎下了逐客令，辜沉雖想逼問，律鳶花卻似滿意地離開了。

稍早的九點前，在水舞廣場中央擺放著一塊被白紙包裹住的告示牌，牌面上寫著密碼的字跡若隱若現，等水舞開始後字跡便會在噴水濺濕後顯露出來。

在這裡，律鳶花卻向蕭瑤問了些莫名其妙的話：「在來此前妳正在做『阿斯匹靈製備實驗』，在實驗過程會使用到『乙醚』沒錯吧？」

一旁辜沉搔著頭道：「是那個可以讓人昏迷的乙醚嗎？莫非我在鐵籠昏倒是因爲……」

無視於辜沉拋來的質疑視線，蕭瑤反問：「小花，那個溫泉和銀幣的謎題妳解開了嗎？」

「解開了。」律鳶花望了一眼辜沉後，接著道：「多虧了DJ先生邀請我參加需『兩人共賽』的皀飛車競賽，讓我洞悉了破解的關鍵所在。」

「兩個人啊……」

倏然，整點一到，水舞隨著音樂噴灑而出，許多小孩奔入廣場中與水共舞，玩得不亦樂乎。

白紙被濺濕的告示牌顯露出了「13」的字樣。

「我聽說了遲正壎老師的皀飛車搭檔是旅館的千又小姐，但她或許會『睡過頭』也不一定，我們來一決勝負吧，我相信遲老師不會拒絕妳的遞補的。到那時，兩個人再會吧……」

於是律鳶花起身離去，徒留蕭瑤望著水舞燦爛默然不語。

「喂，偵探小姐，等等我啊。」腦子還一時轉不過來的辛沉，急忙跟上，卻不由得想著：「睡過頭是被迷昏了，或者眞的睡過頭啊？」

「好了嗎？」律鳶花一句問話將辛沉思緒拉回。

「嗯，出發了。」辛沉推著皀飛車，出倉庫往競賽地點集合。

金鑲布幅橫空，墨跡蒼勁題字，「推理溫泉季之皀飛車大賽」現場，熙熙攘攘的人海將賽道兩側夾滿歡欣鼓舞的浪潮，一眾造型各異奇思妙想的車輛列陣在側，如軍儀壯盛，似群雁南舉。

主持人興奮地炒熱氣氛，知名歌手亦在舞台演唱著符合主題的飆車名曲：「風，敲醒每一個面孔，我是明天被讚嘆的驚悚，讓看到的人全部感動，零到一百K，only 四秒鐘……」

隨著歌曲循環播放作爲襯底音樂，皀飛車競賽正式拉開序幕！

什麼拉麵車、北港香爐車、憤怒鳥車、檳榔攤車、侏羅紀恐龍車盡皆傾巢而出，霎時亂舞春秋。

很快輪到了辛沉的盆栽車，她和律鳶花則穿上了多肉植物裝坐在車內，一個白鳥帽子，一個綠鑽。

計劃一：在車底部藏好一束玫瑰花束在翻車後，來個浪漫告白。

哼著背景慷慨激昂的音樂，恍若辛沉車神上身：「今天的我沒有極限！」

律鳶花低語吐槽：「希望我不會跟小輝一樣到最後要下來推車……」

一個衝刺，盆栽車自斜坡俯衝而下，登時歡聲雷動只見車尾部噴出大量花瓣，猶如以繽紛花舞替換了引擎排氣一般，畫面絢爛卻讓辛沉刷白了臉。

最後盆栽車一個偏移在終點衝線後，撞上了護欄。

自撞車現場脫困的律鳶花讚許道：「DJ先生，想到用花瓣替代排氣這點巧思，還挺厲害的嘛。」

辜沉苦笑：「呵呵，當然我可是有備而來。」

計劃一，失敗。

「哦，對了，偵探小姐，妳要等等看遲正壎和蕭瑤有沒有來參賽嗎？」

「不了，我想趁著空檔去將最後的推理結束掉。」

「咦？」

在乜飛車的終點拱門後立著一幅數字，是最終的密碼「5」。

暫離了喧囂人群，在最後解謎一站的地點已有些許人員在緊鑼密鼓布置中，秦旺正於此處監督，在律鳶花借一步說話的提議下，他們在不遠處某個樹蔭下展開了對話。

「毀掉吊橋的人，正是你吧，秦旺會長！」律鳶花首開話鋒的一席話，便讓辜沉驚呼出聲。

秦旺不置可否：「哦，爲何妳會這麼想呢？」

「因爲對眞凶而言，將所有人隔絕起來形成暴風雨山莊，並無好處，只是讓嫌疑人減少，增加暴露身分的機率罷了。且在吊橋崩毀後，你並不擔心後續重建費用，我猜想吊橋本有拆除打算是嗎？」

「眞不愧是個偵探，正如妳所說，我之所以毀掉吊橋，是爲了鎖定兇手的範圍。而吊橋早至使用年限，不日必將拆除，協會確實也籌措好了重建經費。」

「而眞凶並沒有退縮，一如預計持續展開了血字留言等一連串恐嚇威脅，間接證明了眞凶就在當時的別館之內。」

辜沉質疑道：「眞凶難道不能在山谷另一側遠距控制我們三人嗎？」

律鳶花回答：「眞凶和你們並無信賴關係，若不親自控場恐怕你們隨時有揭露一切的可能，正因如此眞凶才會化身頭罩怪客登場，主因便是爲了穩住你們三名陌生共犯。」

「話說回來，爲何眞凶非找我們三人聯手不可？」

「一來或許是身爲後裔爲了紀念以前溫泉街共同開墾的三人，二來是怕一開始便被認出身分導致後續計劃窒礙難行吧？然而到了如今，秦旺會長你應該已經認出了那兩人的後代？」

秦旺澹然一笑：「妳不也了然於心了嗎？」

律鳶花往外眺望，話鋒一轉：「人潮似乎朝這裡移動了，也該替這次的推理溫泉季劃下句點了。」

「有把握解開謎題嗎？」

「當然，這次無法指著眞凶的臉宣洩我的滿滿負能量，可是很不痛快啊！不好好解開謎題，可是會睡不著覺的。」她略帶自嘲回答。

臺上在一個寶箱前，以藍芽連接著一塊平板電腦和鎖頭，象徵此次謎題的最終堡壘和高峰，等候著睿智的勇者予以攻堅攀登，將之征服。臺下人潮簇擁，各自打開了APP一樣等候著輸入密碼解謎。

主持人：「那麼最後的謎題將同時顯示在臺上的平板螢幕和APP上，率先輸入正確答案者，即是本次推理溫泉季的最後贏家！大家準備好了嗎？3、2、1，GO！」

倒數計時結束，螢幕霎時出現了：「Two People □□□□□□□□□□□□□□□□□□ Close。」

在一個英文句子裡，有著十八個空格。

「咦，密碼依序不是2、5、3、15、13、5嗎？怎麼算都只能填滿八格啊？」

和幸沉同樣的疑惑在會場裡此起彼落，如濤似浪喧騰不斷。

律鳶花則一眼看穿了答案：「看來DJ先生，你似乎還沒解開第一道謎題呢？這不過是相同原理的應用罷了。」

「別賣關子了，到底答案是什麼啊？要是慢了的話，寶箱會被別人先打開的！」

「無所謂，只要解開謎底，我不在乎是否拔得頭籌。」

「那……到底該怎麼解題？」

「還記得題目嗎？」

辜沉返回APP首頁，搜尋出第一道謎題：

「畫面中一共有一百座溫泉，但只有一座是硫磺泉，假設無法以氣味來辨認，只可以靠銀幣變色來篩選出哪一座是硫磺泉，並且銀幣變色需耗費　小時，若要在一小時後判斷出硫磺泉所在，至少需要幾枚銀幣？

選項如下：

A）7枚。

B）13枚。

C）50枚。

D）99枚。

「很簡單，只要用『二進位』的思維來解題就行了。首先給一百座溫泉標上數字，一號、二號直到一百號。以二進位制來表示，會是如何呢？」

辜沉略微思索後答道：

「一號是 0000001、二號是 0000010、三號是 0000011……一百號是 1100100。我懂了，接下來只要按照位數進行分類，分成七組，1表示取用，0表示不取。然後各取一部分標註爲1的泉水混合後放入銀幣，然後觀察七枚銀幣各自變色與否，便可得出是哪一號溫泉，才是眞正的硫礦泉了。」

「正解，假設銀幣顏色由左至右依序是黑、白、黑、白、黑、白、白，即是 1010100，再轉換成十進位制……」

「硫礦泉，是第八十四號溫泉！」

「沒錯。」律鳶花微露讚許。「同理可證，這寶箱的開鎖密碼是……」

歷經點撥，辜沉茅塞頓開，當下心領神會，將六個數字皆從十進位轉換成二進位表示。

2，是二進位的 10。

5，是二進位的 101。

3，是二進位的 11。

15，是 1111。

13，是 1101。

5，是 101。

在轉換過後，顯示出的數字正巧是十八個，和空格數相符合。

辜沉趕緊在活動的 APP 頁面上，依序輸入了 101011111101101 的數字，旋即顯示出「Open」字樣，一抬頭臺上平板螢幕同樣顯示出了寶箱鎖被開啓的動畫。

計劃二，依交換條件，魅影將有助告口之物替換放入了寶箱中，拿出同時順勢來個浪漫告白。

正當辜沉心臟因興奮蹦蹦直跳時，主持人卻看著手上小平板道：「哇，截至目前爲止，一共有十六個人解答出了正確密碼，而搶佔鰲頭的人是……讓我們恭喜 APP 會員編號 168 的這位先生，請上台領獎，請大家鼓掌！」

語入耳畔，辜沉當場猶如慘遭石化般僵直不動，手機上顯示出的會員編號是 520。

「哎呀，似乎一語成讖了，慢了。」律鳶花語調平靜輕訴著。

計劃二，失敗。

失魂落魄的辜沉垂頭喪氣地走出會場，寶箱中放著什麼此刻已不重要，律鳶花雖不懂爲何辜沉打擊如此之大，只默默尾隨著他脫離了洶湧人海如一只小舟緩緩駛離煙花樓台，唯兩人同舟。

她驚鴻一瞥的最後環顧，好似瞧見了蕭瑤和遲正壎並肩而立，又或許只是看錯了。

沿著溫泉街景緻而行，一路風景秀麗，浮嵐暁翠，風光長如二三月，琪花玉樹不識人間秋。

「DJ先生，不用那麼沮喪吧？謎題不是解開了嗎？沒有獎勵又有何妨？」

律鳶花試圖開解，但她豈知辜沉眞正難過的是，他不惜協助眞凶換來的告白機會卻這麼白手裡白白溜走了。做壞事，果然不會有好報啊，但他多奢望這因果循環能來晚一點，只要一點點。

「DJ先生，你想知道『磺水之神』究竟是誰嗎？」

「咦，妳願意告訴我嗎？」

律鳶花殺手鐧一出果然成功將辜沉自失落深淵中拯救出來，用一條名爲推理的繩索。

「其實只要用排除法，便可過濾掉大多數嫌疑人了。首先眞凶是當時身處別館的人。」

「我想想，一共有秦旺、林映蓉、許辰辛、尙學銘、田博政、丁樹人、遲正壎、蕭瑤、薛定緯和田惠雯，加上妳我，十二個人，若扣除妳我名單上還有十人。」

「眞凶乃是當初草創溫泉街事業的另外兩人後裔之一，並反對將溫泉街土地賣掉，才策劃了這一連串礦水之神顯靈事件，所以秦旺、林映蓉、尙學銘三人優先排除。」

「許辰辛、丁樹人，也就是陳霈媛和我一樣都是共犯，機率較小，應該也可暫時排除。」

「依田博政的年齡，秦旺必會一眼認出，所以也不會是他。」

「所以眞凶極有可能是遲正壎、蕭瑤、薛定緯、田蕙雯，四人之一？」

「薛定緯和田蕙雯兩人，並非原本登記在別館上的住客，而是因吊橋崩毀才臨時入住，若是眞凶大可不必進入別館過夜。」

一番刪減後，辜沉望著剩下名單：「這麼說……眞凶是遲正壎或蕭瑤，其中之一？」

「是的，那個控制著你的『魅影』，即是兩人之一。若我所料無誤，兩人都是那另外兩人各自的後裔，且年齡相仿很有可能曾經相識，並認出了彼此，卻不相認。」

「有可能是兩人聯手犯案嗎？」

「若是兩人聯手，便不需要你們三名外援了，但非是眞凶的那一人或許早察知對方是眞凶，而默默掩護著。」

「所以妳才會去找他們兩人套話。」回想過往，辜沉恍然醒悟。「那麼……眞正的『礦水之神』到底是暢銷犯罪小說家遲正壎，抑或妳的同事泉都大學化學系副教授蕭瑤呢？」

「其實答案很明顯了，能符合磺水之神行動的只有那一個人了。」律鳶花露出算計的眼神，凜然望向辜沉雙眸。「DJ先生，你不是很喜歡推理小說嗎？那麼關於磺水之神的眞身，請當作是我給你的『給讀者的挑戰』吧！」

「誒，艾勒里．昆恩那一套嗎？」辜沉雙手抱頭苦叫。

倏然律鳶花神情一斂眞誠地向辜沉問道：「一直沒機會問你，DJ先生從鐵籠裡醒來的那一刻，你一定感到很害怕吧？畢竟眞凶只將你誘騙到了那裡，對後續計畫你一無所知。」

計劃三：直球對決，浪漫告白。

「確實是震驚啦！」辜沉用手指搔著臉頰。『但仔細想想……又覺得磺水之神沒啥好怕的……』

「爲什麼？」

四目相接，幾抹陽光自律鳶花無瑕容顏旁灑落，照入了眼簾然後明亮了心室，清輝皓然若雪，凝脂傾城在靨，如映如畫，似將一生最美好風景皆鎖放在這一剎那，無語。

——磺水之神我不害怕，因爲我也有專屬於我的推理女神啊！

「到底爲什麼啊？」望著緘默的辜沉，律鳶花再度發問。

辜沉情不自禁一笑，然後將話鋒一轉提議道：「偵探小姐，既然別人都稱妳爲『負極偵探』，不如我就來當個『正極助手』如何？」

計劃三，失敗。

律鳶花難得蹙起眉頭：「不要吧……聽起來很怪。」

「不會啦，妳看負極偵探，正極助手，多對稱多平衡啊，這樣不是很好嗎？」

「不要。」

「好啦。」

「不要。」

「好啦。」

其實推理溫泉季最後的寶箱密碼還蘊含著第二層解法，假如將通過關卡後得來的6個數字，依排序轉換成英文字母的話，可得到：

2，是排序第二的b。

5，是排序第五的e。

3，是排序第三的c。

15，是o。

13，是m。

5，是e。

無視空格數強行代入的話，即是「Two People Become Close。」（兩人變得親密）

或許這就是磺水之神允諾辜沉的條件，律鳶花是這麼推測的。

她並不說破，只看著他莞爾一笑，而追逐還在繼續。

END

要推理116　PG2957

要有光
FIAT LUX

律鳶花的電極

作　　者	蒲　靜
責任編輯	陳彥儒
圖文排版	陳彥妏
封面設計	李孟瑾

出版策劃	要有光
發 行 人	宋政坤
法律顧問	毛國樑　律師
印製發行	秀威資訊科技股份有限公司 114台北市內湖區瑞光路76巷65號1樓 電話：+886-2-2796-3638　傳真：+886-2-2796-1377 http://www.showwe.com.tw
劃撥帳號	19563868　戶名：秀威資訊科技股份有限公司 讀者服務信箱：service@showwe.com.tw
展售門市	國家書店（松江門市） 104台北市中山區松江路209號1樓 電話：+886-2-2518-0207　傳真：+886-2-2518-0778
網路訂購	秀威網路書店：https://store.showwe.tw 國家網路書店：https://www.govbooks.com.tw
總 經 銷	聯合發行股份有限公司 231新北市新店區寶橋路235巷6弄6號4F 電話：+886-2-2917-8022　傳真：+886-2-2915-6275

出版日期	2024年9月　BOD一版
定　　價	420元

讀者回函卡

Printed in Taiwan

國家圖書館出版品預行編目

律鳶花的電極/蒲靜著. -- 一版. -- 臺北市 : 要有光,
2024.09
面 ;　公分. -- (要推理 ; 116)
BOD版
ISBN 978-626-7515-16-7(平裝)

863.57　　113011135